当代作家精品·小说卷　主编　凌翔

那一片海市蜃楼

步缰 著

天津出版传媒集团

天津人民出版社

图书在版编目 (CIP) 数据

　　那一片海市蜃楼 / 步绾著 . -- 天津：天津人民出
版社，2022.1
　　（当代作家精品 / 凌翔主编 . 小说卷）
　　ISBN 978-7-201-17864-6

　　Ⅰ . ①那… Ⅱ . ①步… Ⅲ . ①中篇小说—小说集—中
国—当代②短篇小说—小说集—中国—当代 Ⅳ .
① I247.7

　　中国版本图书馆 CIP 数据核字（2021）第 239155 号

那一片海市蜃楼
NA YIPIAN HAISHI SHENLOU

出　　　版	天津人民出版社
出 版 人	刘　庆
地　　　址	天津市和平区西康路 35 号康岳大厦
邮政编码	300051
邮购电话	（022）23332469
电子信箱	reader@tjrmcbs.com

责任编辑	岳　勇
封面设计	陈　姝
主编邮箱	jfjb-lx2007@163.com

印　　　刷	三河市金元印装有限公司
经　　　销	新华书店
开　　　本	710 毫米 × 1000 毫米　1/16
印　　　张	14
字　　　数	200 千字
版次印次	2022 年 1 月第 1 版　2022 年 1 月第 1 次印刷
定　　　价	49.00 元

序

几年前，好友约我去个新地方吃饭。我和她几十年的交情，说闺阁密友一点不为过，可因为实在难以耐受那俩字透出的浓浓塑料味，我坚持不肯用这烂大街的称呼冠以好友。

餐厅临水而立，木制长廊探入江中，城市在身后、在天际，眼前只有落霞孤鹜、秋水长天。这样的环境和情调，100个女人有101种喜欢，包括按部就班、乏善可陈的我。

当时我练习写作一年，结识了一些同道，每天忙得不亦乐乎，连走路都在推敲、构思，以至于看起来面色恍白、反应迟钝，像棵移动的榆木疙瘩。不是好友拉我出来，都不记得多久没有感受这城市的日新月异、光怪陆离。

好友尚单着，很懂得爱自己地快乐地单着，对爱情依然怀有少女般的憧憬，这也是我最欣赏她的地方。

暮色渐合，灯火渐次亮起与江面辉映，最熟悉的人在身侧说着熟悉的那些人和事。我忽然强烈地感觉到，此情此景，应该发生点故事，不然太可惜了。

此前我写了大概30多万字，都是散文之类，没有写过故事。而我心里再清楚不过，所有这些练习，都是为了某个故事做准备。

《那一片海市蜃楼》完成之后，第一时间给好友看，她很快表达了深深的"不满"。她坚持认为里面风情万种的吃货就是她自己，而美貌与智慧并存的女主人公是我，因为那个地方我们曾去过，而风情万种、对吃的执着和她一样。

于是她的不满集中在没有把她写得更迷人、更矜持、更娴雅。

而我把自己写得那么完美。

为此她发来长长一段话让我反省，那些人生道理占满了手机屏幕，每个人都有追求美好的权利，我竟然无法反驳。

如何对她解释，风情万种只是个引子，后面的故事都没她什么事，只因为情节的推动需要这么一个人。

试着理解，她在学画画，如果把我画丑了我也会不开心吧。而更丑似乎是必然，据说镜中人至少比本人好看30%，看来她很善良，从未将我入画。

而那个对应的我有什么好？如果是真的，家里那位先生怕是要笑醒，我如此大方白白送了他一段艳遇。

好友"噗"地笑出了声："那不管，我只要迷倒众生的美貌。"

这个故事在某次小小的评选中获了奖，没有奖金，却委实比发了一大笔年终奖还振奋人心。第一次写完整的故事，除了一往无前的冲动，什么也不懂，就像第一次拿起枪的人，完全凭直觉，居然没打飞靶。

后来我又写了不少故事，生活中的故事真多，人是如此有趣的动物，一辈子都写不完。好友终于找到情投意合的伴侣，过起了只羡鸳鸯不羡仙的幸福日子，没空在我的故事里对号入座了。

后来各种有情有调的餐厅越来越多，而我坐在里面却再也没有过想写点什么的激情。

目　录

第一辑　曾经的沧海

女人依梅　002

记得绿罗裙　058

我知道，你会跟我一起去　064

对不起，我找不到天国的邮票　073

她，他　080

关山月　084

不敢叹风尘　089

那一片海市蜃楼　093

鞋　109

白月光　113

离婚　120

尘埃里只有沙　128

长公主　133

公不离婆秤不离砣　141

第二辑　我的七岭镇

印刷厂里的张清华　150

苏家阿姨　155

曾经的少年　160

画家的爱情　164

唯母可亲　170

第三辑　在故事里望穿秋水

上顶妈　　176

橛子叔　　183

月凉如水　　187

老原　　196

白色巨塔　　200

不是每个故事都有结局　　205

我爱上了一条蛇　　210

后记　　218

第一辑　曾经的沧海

女人依梅

一

在那天之前，方依梅的日子再正常不过。

龚大力还是有空就往牌桌上钻，惹得她时不时地咒两句。好在他自觉做完了家务才出门，依梅只是在哄女儿睡了后有些寂寞，其他的倒也没受累。思量男人对自己是不错，除了玩心重些，所以也舍不得咒狠了。晚饭后的电视剧一开始，当时生出的一点火气慢慢就消散到脑后了。

30岁的护士方依梅属于没什么特点的女人。眉眼浅浅，不漂亮也不难看，一年烫回中规中矩的头，和大妈一样买批发市场的货色打扮一家三口。不会化妆不用香水，不会颔首轻笑更不会放浪大笑，眼里也没那勾人的耙子，夏天一穿裙子倒显出没胸没屁股，男人们谈论起美女她向来排不上号。在这所不大不小的医院里，出格的男女情事当然是花边新闻的主角，是永远在茶余饭后最为人津津乐道的，而这么适合做老婆的女人，自然不会成为话题，倒也因此少了些桃色的绯闻。不过她身材娇小皮肤细白，说话柔声细语，除了龚大力很少有人见过她疾言厉色，所以虽然不出众却怎么也不至于让人生厌的。

实际上她对生活的满意度正一天天增加，暗暗庆幸自己找了个医生，才能够在结婚的第四年集资到这套房。虽然是最高的六楼，依梅可一点没嫌弃。西边的单元，隔壁化工厂烟囱不冒烟的时候，推开前后阳台的窗户，空气清新、视野开阔，收叠起晒好的衣服，看绚烂的彩霞下班，日子在依梅轻快的小曲中一天天地明亮起来。

搬进新家的第一年冬天，依梅惊喜地发现，楼底下那株黑瘦的毫不起眼的树竟然开出了梅花。她从小跟着父亲看过许多山里的梅花，父亲是极爱梅的，在老屋后山上种了几株红梅。从前的冬天有很大的雪，花瓣上落了洁白的雪和晶莹的冰凌，显得尤为鲜艳动人。

这株是白梅，粉白的小花、嫩黄的花蕾，娇娇柔柔缀于枝头，在黯淡冬日里远远就跳入她的眼帘。依梅像中了彩票一般，兴奋地摇着龚大力的胳膊傻笑，偷偷叫他在高处折了一枝插在玻璃瓶里，每天要低头嗅好几回，这样的画面常常撩起龚大力心底的丝丝柔情。

可那一天之后，所有的日子都打碎了，碎得再也拼不成原来的样子。

1996年11月25日，方依梅希望这一天最好能从日历上抹去。如果可以重来，她打死也不会让龚大力去玩牌，不会在他摔门而出后咒他不要死回来，不会只留薄毯子让他在沙发上蜷一宿，更不会不做早餐让他空着肚子赶去查房。所有这些，如果她做到了一点，也许压垮他身体的那根稻草就不会出现。虽然理智告诉她病情是持续发展导致的，和那些事没有必然联系，可依梅始终不能原谅自己。好多年里她一直想不通，为什么是他，为什么是她们家摊上这样的事？她上辈子受过什么样的恩惠如今要还这么多？她的大力又造了什么孽要活得这么辛苦？

龚大力是在行政查房的时候被发现浮肿发烧的。周三安排查五病区，熊院长是个细心的人，这天他注意到年轻的主治医生龚大力面色发黑浮肿、神情倦怠，便问起怎么回事。大力昨晚玩到一点才散，早晨洗了把冷水脸连镜子也没照，还不知道自己颜色迥异，此刻被领导关怀得有些不好意思，只说是感冒了不碍事。

坚持到汇报总结，人开始恶心作呕，觉得可能有些发烧，就请假回家睡下了。

做了7年的皮肤科医生，医学院学的那些内科理论全还给了老师，这段时间的各种不适大力居然都忽略了。等方依梅下班看到肿得变了形的男人，当时就慌了手脚。

双肾功能衰竭尿毒症期，附属医院肾内科的一纸诊断让这个家彻底抛了锚。从那天起，龚大力不得不脱下了他的白大褂。

年纪轻轻就得了这样的绝症，男人坏了腰子，更比别的病多一层苦楚。单位同事惋惜同情之余又热心地发掘出不少因果关系，有说他家离烟囱最近是被污染害的，有说摘星楼的单元压着龙头风水最不好，有条有理、绘声绘色，和五年前一样，不过那次纷纷欲证明的是电工老陈的肝癌源于吃了病人送的一袋霉变花生。每天晚上散步大家总要唏嘘一会儿，再回忆拼凑一段，把大力一家人之前的种种总结一番，似乎这个家将就此画上句号。一个多月后，三单元老杨家的女儿出了车祸，19岁的姑娘嫩得跟青葱似的，说没就没了，让院里的人又有了新的慨叹，龚大力才慢慢少被善良的人们提及。

出院的时候已经快过年了。天欲雪，云满湖，一个阴沉的冬日，依梅带着九死一生的龚大力回了家。

进门的那一刻，她几乎要落下泪来，若不是怕男人难受，真想瘫在地上痛痛快快哭一场。丹丹扑过来，小脸蛋冻得通红，还挂着没擦干的鼻涕，依梅蹲下来紧紧搂住5岁的女儿，把头埋下贪婪地深吸着。等忍回眼泪抬起笑脸，女儿送上了一个湿漉漉的甜甜的吻，顿时让她心里又涌生出无穷的力量。

两个多月来，她疲于奔波，回来只是做点适合大力的饭食，再收拾几件换洗衣服带去医院，对女儿根本无暇顾及，只能把妈妈从乡下叫过来帮忙。每次离家时看着女儿可怜兮兮眼巴巴的神情，想着躺在血透室生死未卜的老公，依梅的心就像被锯齿来回割扯着，只剩下一个念头在狂呼：丹丹不能没有爸爸！我不能没有大力！一定要一起回家！

后来她刻意等女儿睡着了才回来，这样能够亲亲那温暖的小脸然后安静地离开。和女儿带着奶香的柔软肌肤的触碰，是方依梅的强心针，让她在不着边际的黑暗里不再惧怕，让她暂时放下眷恋和牵挂勇敢地上战场。她做到了，她把她的大力带回来了！

龚大力回到家的时候恍如隔世。

几个月前他还是为别人治病解痛的大夫，时常要面对反复询问希望得到确切承诺的患者。皮肤科接诊的没有什么急危重症，但像神经性皮炎、牛皮癣之类的病迁延难愈，且患者瘙痒难耐直接影响生活质量。得了病的都巴不得医生斩钉截铁、包治包好，谁又记得病去如抽丝呢？碰见这样不客观的患者，龚大力纵是脾气再好心里也是有些不耐烦的，只是职业操守要求他不能表现出一丝丝的不快。不断接手新的病人，也就有永远写不完的病历。晚班时有大块安静的时间，没有那么多事宜需要和病人交流，他很享受在这种状态下写病历。他的病历写得一丝不苟，科室点评时总是被拿来做范本，这得益于他对文字的尊重、对医学的尊重，基本上他是一个有文艺青年情节的医学生。

可当自己成了患者，成了一名再也离不开血液透析器、再也离不开医院和医生的肾衰患者，他才深深地体会到，同理心对罹患疾病辗转病床的人和他们的家庭有多重要。

医学的严谨是必须的，可往往又是那么冰冷无情，那些玄奥的专业术语和所有可能出现的不良后果，对病人和家属来说是一道重重逼来的墙，穿过去才可能获得新生。对流水般的患者，除了流程要求的必要沟通，除了社会关系和金钱所托，越来越少有医生会耐心细致、不厌其烦地给予安慰和疏导，即使他们深知，信心和温暖对某些患者胜过最先进的治疗手段和药物。

龚大力可以基于所学的临床知识读懂治疗方案和康复进度，而其他病友，几个月来进进出出的不同病友，要明白这些何止隔着千山万水。有些文化的自己去看医学科普乃至久病成医，不然只能顺从地、茫然地听凭医生和护士的指示。治疗方案他们自然有知情权或者选择权，可所谓选择也不过是经济承受能力的差异而已，是否性价比最高，是否途径最佳，医生全凭良心，患者则全凭运气去遇见良心。

"有时去治愈，常常去帮助，总是去安慰"，是"既是病人又是医生"

的美国人特鲁多墓碑上的铭文。当过病人，才知道如何当个真正的好医生，如果有机会重新开始，我一定会做得更好更用心，龚大力想。

这一切只是如果。如果能恢复正常人的生活，如果能重新披上白色战袍，如果能再次埋首堆成山的病历去消耗掉那一支支的水笔，他该会像热情的年轻人那般投入吧。

"两只老虎，两只老虎，跑得快跑得快。一只没有眼睛，一只没有耳朵，真奇怪真奇怪！"晚饭后，客厅里传来丹丹奶声奶气的歌声，和着爸爸和外婆的拍手伴奏。依梅在厨房洗碗，听着这久违的欢快似乎重新活了一次。幸好这个家还在，以后丹丹和大力都靠你了，一切都会好起来的。她周身热腾起来，有一种叫希望的东西注入了血液。

日子并不会因为人们的兴奋或煎熬而人性化一点，恰恰相反，快乐似乎总是心有他属、不愿盘桓，苦楚却乘机一点点磨蚀人的心志。

对依梅而言，男人病倒就是人生的分水岭，此前她和身边的护士们一样，有个嘴上嗔怪不已，心里却舍不得刻薄一点的老公。

方依梅在这几年新分来的人里不太扎眼，三四年了也没哪个男同事主动出击，护士长给她介绍大力的时候心里并没抱多大希望，不承想一拍即合。大力来自农村，幼时丧母、家境贫寒，口拙寡言、性格也有些懦弱，但身形挺拔、待人温厚。80年代的大学生是紧俏商品，刚毕业那几年想给他牵线的婆婆妈妈还真不少，但也一直没见他真的有过女朋友。每所医院的医护夫妻搭档都很普遍，依梅护校的同学一半以上都是找同单位的医生，当时医护的收入差距并不大，吸引女孩子的是那"大本"学历的光环。

突如其来的幸福让同样来自农村的22岁的年轻护士方依梅常常有晕眩感，每每倚在他怀里依梅都要深呼吸几下，她喜欢他身上的气息，哪怕是烟草和汗水的混合也与众不同，喜欢被大力的宽厚强大包容遮挡，她竟能拥有这如山般的安全感，连娘都说她有福气。

即使她初次羞涩地闭上眼，颤巍巍地迎接他笨拙生硬按上来的双唇时，能感觉到他环在腰际的手也在轻轻发抖，即使后来在她的半推半就下他的胆子越来越大，几乎探索过所有的敏感部位时，她仍然不确定，自己哪一点让他喜欢。对于她反复的追问，龚大力有一次回答得颇文艺："反正一看到你就想保护你，就想和你有个家。"这话他只说过一次，也足以让依梅在很长一段时间里，想起来就要湿了眼眶。

结婚，成了很自然的事。

住房紧张全中国都一样。在医院这种职工众多的单位，套房只能覆盖到主任和工龄30年以上的，年轻人想都别想。平房也要论资排辈地来，打了结婚证才有资格交申请，学历、工龄、职称、职务，一样一样计分，双职工另加5分。几轮公榜下来，龚大力终于分到一间平房，12平方米加一个另外搭建的小厨房。

打扫干净后，龚大力第一件事就是拉着依梅去买床，他们的婚床。

谈恋爱一年多了，依梅不是不想答应他，实在是没有合适的地方。两个人都是住四人间的集体宿舍，虽说同住的倒班或回家了也有房间空着的时候，可她怎么都不踏实，总归不是只有自己有钥匙，万一被撞上怎么办？外面的小旅馆会突击查夜，而且脏兮兮的，那圣洁的第一次怎能这么没有仪式感呢，她接受不了这样的潦草。扯了结婚证也不方便做夫妻，把个龚大力熬得两眼直冒火。

那个周末的晚上，在单位澡堂各自洗完后，他终于把香喷喷的女人搂入了怀里。这是自己的房、自己的床，拉上窗帘，电视机调大音量，完全的二人世界，他坚持不关灯来看清祖呈在自己面前的女人。她头发湿漉漉地披在肩上，灯光下一片白嫩，两只小巧的玉兔温顺无比，粉红的花蕾静静地只为他开放。他小心翼翼地托起它们，像托着两轮月亮，醉人的体香一阵阵袭来，他情愿再不要清醒。

依梅娇羞地闭上眼，任凭他的眼、他的手、他的唇在全身游走，终于忍不住低吟起来。

二

龚大力第三次提出了离婚。

去医院前，他把离婚协议又抄了一遍放在茶几上，收拾了几件换洗内衣和袜子。依梅白班，下次透析前他不会再见她，除非她肯签字。

他已经连续一个月自己来做血透了，始终都妥妥帖帖没出啥意外，依梅应该会放心点。

透析半年了，口渴、恶心、呕吐、疼痛，几乎所有的失衡症状他都经历过，从上刑场到视死如归，心理和生理都重新建立了阈值。一切以为的不可能，都是因为没有事到临头。

龚大力不是没想过放弃，作为医生，他比常人更明白今后的日子身体的苦痛将远逊于对透析依赖的绝望。当他只能绵软无力地躺着，看到依梅日益苍白憔悴的面色，心里的愧疚像一波一波的春潮，瞬间生起长痛不如短痛的念头。

好在只是一念之间，大力没有第二次认真琢磨这事儿。在医学院时，天天面对那些人体、组织、骨骼，他对生死算是有点参悟。人，以一百来斤碳水化合物的物质形式存在，其实脆弱得很，决定人生的，并不是寿命短长，而是所留下的意识形态的内容。大人物捭阖风云、青史留名，寻常百姓只做好本分羽护家人也不负一世担当。

前面34年的人生，除了高考时全村的艳羡，龚大力没有别的辉煌，也没有什么愧对于心的过去。老天如果硬行要定格，只能由它收了去，但自行了断在男人看来终是懦夫行径。自幼丧母的大力深知，对未成年的孩子来说，父母在，头顶那片天便是完整的。

他的丹丹刚6岁，每天蹦蹦跳跳地去学校，再像只小喜鹊一样飞回巢，还不懂得体味父亲的支撑和护佑，他怎能妥协，怎能让她在悲伤的夜里无从怀想父爱的温暖？为了女儿的那份安全感，大力坚定了这件事，只要医学上有一天希望，他就要存在一天。

可这对依梅是不公平的，她是个女人，才31岁。

丈母娘家里也一摊子事。老岳丈身体不好需要照应，依梅的嫂子生了第二个，是男孩，还没坐满三个大月丈母娘就过这边来照看丹丹。毕竟要靠儿子养老的，不是出了这种事，农村老人断没有不带孙子去带外孙女的。好在依梅嫂子还算通情达理，并没有传来什么不中听的话，但也不好长期把老岳丈丢下不管，所以大力出院半个月后，等事情慢慢都理顺了，丈母娘还是回了乡下。

这个家要靠依梅撑着了。依梅不怕万里长征辛苦，只祈祷奇迹发生在大力身上，祈祷三个人能一直这么走下去。

好在丹丹上的小学就在医院旁边，依梅值班的日子可以委托院子里其他接孩子的家长帮忙一起带回来。丹丹很少在外面和伙伴们嬉闹，自己回家写作业、画画、玩积木，这样让爸爸看得到就不会担心她。

大力一周两次透析，每次差不多四小时，初期是很痛苦的，依梅得陪着。已经请了太多假，能不请就不请，她尽量和同事调晚班上，用轮休时间去。还好丹丹吃饭睡觉都很乖，不用大人操太多心。

动静脉内瘘在住院时就做好了，透析时操作起来相对痛苦会小些。即便如此，看着原本那么健硕的老公，如今一脸蜡黄浮肿地躺在那儿，身体被许多管子和一台冰冷的仪器连接起来，很长一段时间，依梅只能在心里狂呼：老天爷，我的老公从来没害过人，为什么要让他受这样的罪呀？

只有经历过的人，才知道要遏制那种时时刻刻都想扯断管子逃离的念头有多艰难。那些皮管像章鱼狰狞的触角蜿蜒着，抽取他的血液，折磨他的心智。他呕吐、全身发麻、头痛难忍，却从没有在依梅面前大声喊出来过。他不忍心再往这个女人羸弱的双肩上压哪怕多一点点的担忧，实在难受就闭上眼低低呻吟几下，告诉自己，熬过这一段，身体会耐受的，习惯了就好，总比放疗好过些。

病后的龚大力一直在努力摆脱抑郁。

睡眠变得很浅。白天不敢多睡，他会独自在楼下的石椅上坐一会儿。春天来了，天蓝、风甜、草嫩、花娇，什么都是新的，只有那株梅树和他一样失了光彩，被周遭的明朗簇新衬得更加落寞颓然。

他在一片树荫下，看金色的醇厚的阳光投射脚边，去冬的薄棉衣还未脱下，身上也不觉燥热。一只鸟儿唰啾着掠过，他视线尾随它却又迅即见不着了。他想起来，那样的敏捷和明快，就在不久前自己也有过的，而恍惚间已离得太远。他退化成了年轻的老人，一个连春天的暖阳都嫌刺眼的老人。

不远处的平房前，一群人围成一圈在打牌，有轮休的职工，也有家属。天气好的时候，那里是最热闹的，一方矮桌、几把竹椅、几副扑克，依人数定，"四团"或"六团"便开始了。周末更是麻将都摆在日头下，从上午打到天擦黑才散去。

原来的龚大力常常混在这堆人里，一耗就是大半天，周末下班若瞧见还有人，总要绕过来看几把才回。为这，依梅没少和他怄气。

现在大力听着他们的喧哗，一点也不想过去看。对于他，人们的好奇心和同情心尚未得到完全的满足，如果不为出来晒日头透透气，他不会由他们的视线摄入，不会让那一支支善意的利箭击穿他好不容易构建的心理防线。

不透析的日子，午睡后他就看一会儿书。图书馆不远，依梅办了借书证，一次借四本，一个月归还再换书，可以打发掉不少时光。现在他还不能走那么远，等以后好些了就去图书馆待上半天，再挑几本中意的借回来。

大力现在明白了，为什么老人总说屋子要靠人气来暖。没有人的屋子就像被白蚁蛀空的梁，模样虽在那儿，却是一触即溃。一个人在家时，墙上挂钟的声音都能听见，传递着永远不为所动的无情。为了驱赶这种使人不安的分外宁静，有时大力会打开电视，有意调到体育节目，让解说员迅疾高亢的音调加快空气分子的布朗运动。那尖锐的声音被光滑的墙面反弹回来，散射于十来平方米的客厅，才软塌塌地掉下来，落在大力头发里、衣衫上、指缝间，有个名字，叫寂寞。

丹丹回来了，他会以最快的速度开门，随着防盗门咣当一声关上，房里开始有丝丝的暖意进驻。拖鞋的踢踏声、翻书和写字的声音、孩子对着玩具的自言自语，动画片也因为有了可爱的小观众才生动起来。龚大力愿意和丹丹一起看这些线条简单画面明快的节目，孩子多好啊，开心了又笑又跳，难过哭一回就忘了。房里有了生气，他知道今天又熬过了一个人的时候，依梅很快会用切菜的声音、下热锅的刺啦声、洗衣时哗哗的水流声来装点这个家，而他的丹丹又悄悄地长大了一点。

大力晚上十点会上床，翻几页书便关灯躺下，他入睡并不困难，但是深夜两点会准时醒来。近三个月都是这样，然后翻来覆去，有时五六点又迷糊睡着，透析的日子惦记早起便常常睁着眼到天亮。他不想吃安定，也没和依梅说太多睡眠不好的事。她要送女儿去幼儿园，然后陪他去医院，还有多少精力操心，大力只希望她睡得香甜。

病情稳定后，龚大力就睡在丹丹房里，依梅带着女儿睡，说是上下夜班动静大怕吵着他，小孩子反正打雷都不醒的。这样大力早醒后倒是自在些，翻个身也不用顾忌。一觉到天亮的人总认为别人是心事太重才失眠，却不理解其实是因为睡不着才浮想联翩。失去健康的痛苦在寂静的夜里更加清晰地折磨着龚大力，他想起遥远岁月里的母亲，担忧着自己还能不能看到 18 岁的丹丹，怀念着过去和依梅的幸福时光。想到依梅，大力偶尔会泛起一阵激情，许久没抱过她了，她不渴望吗？

三

一直担心的事还是发生了。

出院三个月后，龚大力开始接受自己再也不能重振雄风的现实。他曾心存侥幸，或许原来身体素质好，若是能恢复到七八成也行。结婚这几年不管怎么拌嘴，他们的夫妻生活还是很美满的。都说男人希望女人"床上像荡妇，床下像贵妇"，在他怀里的依梅像只温顺无比的小白兔，却总是能激起他勃勃的欲望。他包围着她又进入她，他想把这个女人嵌进自己的身体，又不舍得肆意去蹂躏撕咬。他想带着她飞上云端，她总是面露羞怯微微闭着眼。他有时会叫她睁开眼看着自己，瞳仁里深蕴着一张小小的脸，他躺在她的眼波深处，不免又被这羞不自胜的妻子收藏了去。

她常常要他关了灯。可她越怕羞，他就越喜欢将她裸呈于床上，直起身去观赏灯光下的这具美好肉体。有些女人的美丽身段是被性感恰好的装饰衬托出来的，真的褪去所有，黝黑粗糙的皮肤、不复平坦的小腹、粗壮的腿、松弛的胸部，引人想入非非的诱惑倒是减了半。而他的依梅却是个褪去衣服后闪闪发亮的女人。

日常不事铅华的方依梅，大概不知道自己在大力眼里竟是这么美。

龚大力是医生，自然知道肾衰竭会发生性功能减退，所以他一直在耐心等待，等待习惯透析后的逐步恢复，理论上是有 30% 希望的。他一度很有信心，因为夜里的欲望回来了，虽不澎湃，也不够刚强，他觉得应该可以的。

一次透析后的第二天，方依梅正好白班。丹丹熟睡后，她坐在床上看电视，手里织着大力的毛裤，自从得病，他比以前怕冷多了，织条新的保暖性更好。龚大力没有按时睡，整个白天他都挺亢奋，酝酿着今夜的情绪，又期盼又忐忑。

他走进卧室拉起她的手。她放下毛衣看着自己的丈夫，那久违的温柔让她心头一热，被他牵着来到女儿房里。两人紧紧拥抱着，都有些哽咽。

"大力……"依梅轻声呼唤着，身体已软了。

他嗯声应一句，捧起她的脸找寻那唇，四瓣热切的唇胶着在一起，手已熟练地探入睡衣游移。天气尚凉，二人钻进被子方褪去衣裤缠绕起来，在大力的抚弄下依梅已双唇微张呼吸急促。

龚大力悲哀地发现，他不能威武雄壮地勃起了，那短暂的兴奋并不足以让自己完成冲锋陷阵的任务。焦虑的疑云越滚越大，几乎要吞噬他，一番努力之后，他沮丧地从依梅身上下来。后来又尝试过几次，状态甚至还没有开始好。依梅安慰他身体需要恢复别太在意，也尽力配合着，可大力是一次比一次紧张，一次比一次更颓废。

　　他完全被这个事实击溃了。他无法界定到底是心因性还是生理性，主治医生的宽慰是程序式的，听起来苍白无力的可笑，还有眼底深藏的一抹同情。他不是轻易言败的男人，开始心理调适让注意力转移，甚至不再封闭自己，每天去打牌的人堆边观观战，听同事们开些荤的素的玩笑。他引导依梅爱抚自己的敏感部位，他觉得体力一天比一天强点，虽然不可能回到从前，但做个不太激烈的爱应该不会太疲倦。

　　可是又过了几个月依然毫无起色，龚大力开始绝望，一个男人最难以面对的绝望。

　　龚大力很自然地想到了离婚，他觉得任何一位真心爱护妻子的男人到了这一步都会这么做。他不能放弃生命、放弃治疗，可是不该还强占着丈夫这个位置，因为自己已经无法履行应该的义务了。作为医生他比其他人更明白，性福对婚姻是何等重要。就像盐，在一盘活色生香的菜肴里你是看不见的，它已经溶解成无数个分子，浸润到那些食材的纤维里、汤汁里，咀嚼的人才能有滋有味。没有性爱的婚姻是残忍的，坚守并见不到月明往往都有一个狼藉溃散的结局。如果是依梅患了病，龚大力不能保证自己能坚持多久。少年夫妻才老来相伴，而依梅刚三十出头。

　　方依梅当然不答应。她好不容易从死神手里抢回了大力，怎能生生拆散这个家，她的丈夫、丹丹的爸爸，必须在！她理解大力的处心积虑，也感动于他的怜惜成全，越是这样她便越敬他、爱他、需要他。她并没有说自己可以忍受无性的夫妻生活，她清楚那些夜里的渴望，只是告诉大力，他年轻底子厚，一切都会好起来的，不该绝望太早。这一年多方依梅挖掘出了太多智慧，她更多地去懂得大力，作为男人、作为病人，他需要的不是同情和包容，是信心。

这个结果是龚大力意料之中的，他本来也没想一次就能达成，不然也不是和他同盖一床被子这些年的那个女人了。中国人离婚多是伤心欲绝、伤筋动骨的，不拉扯到恩断义绝、筋疲力尽不肯罢休，离异者的前因后果总是在别人的唇舌下繁衍生息，何况他这样的壮士断腕，亲情、责任、道德，哪一样都能把女人淹死。他打定主意要渡了她，而自己能泅多远算多远。

他积极地透析，规律作息，在允许范围内尽可能地摄入营养，体力在慢慢恢复，除了那方面。他的脸色好多了，虽然还是浮肿，但至少不再发黑。他甚至能慢慢散步到单位小区门口去接丹丹下课。他想再过一阵应该可以走去菜场了，那是一段 10 分钟的路程，首先要让依梅相信他一个人可以。

有了目标日子好像不那么难熬，一切都在计划中进行，进展比预想的还要快。于是龚大力第二次提出离婚。

"不要再说了！就算你舍得下我和丹丹，我又怎么可能让你一个人生活？做透析谁陪你？你又住哪儿去？"

"只要你同意，这些都不是问题。我就在附近租房，也不贵，你上晚班时我还可以照顾丹丹。"周边是城中村，有许多当地村民的房出租，当初建院也是从这个村里征的地。因为公费医疗可以报销，单位还会给予困难专项补助，经济上目前还不是问题。这几年医院的性病专科效益非常好，奖金福利在市级医院名列前茅，双职工家庭一年下来收入很可观，如果龚大力还是临床医生，小日子应该不错，同批的医生都骑上两万多的日本摩托了。想到这些，龚大力越发觉得委屈了依梅。

"你不要逼我啦，大力！你是我老公、丹丹的爸爸！"心力交瘁的依梅已哭得眼都肿了，她不想再谈下去，而他费了很大的劲才按捺住去拥抱妻子的念头。

又到了透析的日子，龚大力坚持单独前往，如果依梅不答应他就放弃治疗。依梅苦苦哀求未成，眼看着预约时间要错过，只好狠心顺了他的意。千叮咛万嘱咐让他出了门，心神不宁了半小时想想还是放不下又赶去附属医院，护士说正做着呢，便在外面等。

大力出来时有些疲倦，见了她也不说什么话，二人一前一后坐公交回了家。

四

方依梅上班都没了心思。

好在病房不忙，皮肤科住院病人本不太多，也没什么危重的，对护士岗位而言，这家医院算是相当清闲。依梅那些分在综合性大医院的同学都忙得脚不沾地，儿童医院的还多受些委屈，福利上也并不比她现在好多少。所以依梅有些庆幸自己当时个不高挑、貌不出众，没被大医院选中，不然忙成那样家里再摊上这么档事儿，怕是哭都没有眼泪。不过话又说回来，不来这里也遇不上龚大力。

世上的路看起来万千条，每个人只能挑一条走，正应了那句老话"万般皆是命，半点不由人"。方依梅并没有抱怨过自己的命，只是怪老天对大力太刻薄。不管家人怎么操心疲惫，真正承受病痛折磨的还是患者自己，有人说做透析的感觉是生不如死，大力都没让她过于心疼，他真能忍。可现在，他怎么就过不了自己这一关，不能接受继续做她的丈夫。

女人多的地方，空气中都活跃着想象的分子。有些事男人们心知肚明却是不说出来，当然也许他们之间有更隐晦的表达，依梅不知道而已，因此她觉得和男医生们共事比较放松。女人们则不同，她们倒不会凌厉到欺侮柔弱的依梅，只是三个两个时常忍不住那泛滥的同情心，那份真诚如果不说与依梅听，好像在肚里留一夜会变质似的。

"唉！你也别想那么多，只要你们家小龚的病能靠透析稳定下来，好好把女儿带大就好了！"

"也就女人才做得到哟，这可是一辈子的事呀，若是男人早变脸了……"

依梅能说什么呢？她本来也没多想，唯愿大力的信心能更强点，目前这样还没有性命之虞，医学的事需要时间，等来希望也说不定。她本就只和几个同批的护士熟些，现在更有意不扎女人堆，她也没时间逛街、聊天、打麻将，一心只做自己的事。

她默默地祈求她们不要见着大力也这么富有同情心。

龚大力岂是需要听进耳朵才想到的人？事实摆在那儿挡不住人说，自己得了坏病没办法，他不能太自私误了依梅的幸福。

依梅太善良了，她不介意自己的苦，一心想着怎么让大力恢复信心。

人言可畏，首先得消除大家的揣测和好奇，把他们当成和别人一样的普通夫妻，只剩下两个人面对就好办了。可也不能逢人便说自己的夫妻生活正常吧，依梅向来羞涩，不像其他妇人可以拿这种事在大庭广众和男人们玩笑逗乐，若这会儿突然改了性情，倒有些欲盖弥彰的意思。那日科里有位护士带环受孕来请假提醒了依梅，如果怀孕了就能说明一切，完全无需多费口舌。

方依梅想来想去还是这个办法最稳妥，是不是真怀谁知道呢，反正不用生下来，歇一回人流假而已。丹丹 1 岁时她也上过环，一直不太适应无奈又下了去，当时休假大家都知道原因的。她打定主意便开始着手，肯定不能让龚大力先知道，他不会同意的。

依梅买了许多菜把冰箱塞满，打电话让母亲来帮半个月的忙，然后找了妇保医院的同学弄来一张早孕诊断书，又缴费得到了署名"方依梅"的就诊发票，倒不是贪图报销这些钱，只是若没有发票的话整件事经不起推敲。一切办妥，可以去请假了。当她把假条交给护士长的时候，护士长惊喜得眼眶都湿了，忙不迭地让她好好休息，家里的事要帮忙尽管吱声。依梅笑笑谢过，说母亲会来照顾自己，大力已经可以自己去透析，家里的事都能安排过来，如果可以的话她明天就去做了，也好早恢复早上班。

依梅把自己关在家 15 天，龚大力气得一句话也没和她说。

女人的自作聪明真是叫人没一点办法。他生气，有时又觉得自己没有生气的资格，她这样穷尽心思不都是为了证明他还是个男人吗？

而她竟不知他更在意的是她的人生是否完整，就一厢情愿地在这新鲜的伤口上又撒了一层盐。那是他无法回避的事实，厄运狞笑着劈了一刀，他能做的只有默默舔舐等到结痂陈旧。只要是个人，就没法不在乎，他是，她也是，只是目前她还没意识到。她这么做，正说明善意的同情的议论在她看来是不可小觑的，虽然他并没听到多少，也几乎可以想象她生活在一种什么样的目光里。同情会淡去，日子却不会轻饶每个人，她是这样的单纯和冲动，将如何面对那些不可避免的嘲笑、恶毒和误解？

龚大力心里更清晰了，长痛不如短痛，她终会明白的。

他向依梅表达了对此事的极为不满，并且感到屈辱，然后开始沉默。屈辱是真的有，只是他其实并不忍心怪罪她。

丈母娘兴冲冲赶来，以为这下女婿的病大概是好利索了，没承想整天看着两口子打哑谜。丹丹上学一走女婿便一脸冷冰冰，没半点体恤的样子，女儿也不和她说什么，只是偷偷抹眼泪，坐着小月子也不肯闲，下凉水都不顾忌点。做娘的心疼女儿，闷了一肚子的不明白又不好多事，只能不停地把依梅赶回床上多躺躺。

方依梅这半个月过得实在苦闷。龚大力是真生气了，做完透析回来也拒绝她的关心，没想到他会这么介意，可能自己真的考虑欠妥，完全没想到他在她面前也是有自尊的。可是泼出去的水已收不回来，别人怎么看她无所谓，只希望大力早点消气，他的身体可经不起折腾。不好下楼，做点家务娘又抢下来，老人也把她当了真的照料，她只有守着电视等娘把丹丹接回来才有事可做。一个礼拜不到依梅便无聊得发慌，心里只盼着早点休完假让娘回去，又想到自己才几天就难熬，大力成天都是这么过真是太难为了，他从前可是在家待不住俩钟头的主儿。

依梅更没想到的是，这回大力的气生得这么长，两个月后留下一份离婚协议竟不辞而别。

她急得手脚冰凉。龚大力你到底要干什么呀？你不知道自己是病人吗，还学别人赌气玩失踪？外面的东西你不能随便吃的，一个人可怎么过？依梅快被一堆害怕压倒了，半天都想不起来他能去哪儿。

拜托邻居帮忙接丹丹，依梅追到附属医院，得知大力是做了今天的透析后离开的，她才松了口气。医院门口是本市最繁忙的大道，天已经擦黑了，下班的人和车密密麻麻，她不知该去哪儿找自己的丈夫。这座城里他没有亲人，几个同学的电话自己也不知道，若是找小旅馆住那是一时半会儿找不着的，也不知身上带的钱够不够……方依梅六神无主，丹丹还在别人家呢，只得先回去再说。

五

龚大力做完透析后直接去了胡子枫那儿。

胡子枫是中医院骨伤科的医生，两人是大学室友。胡子枫家境比大力好得多，加之风度翩翩、口才超群，是个引无数女生竞折腰的角色，5年医学生阶段忙着不停地恋爱、分手，就是没见他难受过。最后结婚的对象还是高中的初恋，在大学教声乐，今年刚被单位派去美国进修，孩子放在外婆家，胡子枫又回归了单身汉的生活。

龚大力事先和他电话商量过，暂时去他那儿借住一阵，小旅馆太脏而且不方便自己做饭，他是不能随便吃外面东西的。看着曾经亲密无间的同学如今身染沉疴，胡子枫的心情比较沉重，大力是个事事仔细周全的人，做出这般抉择也是无奈，他除了尽量支持还能怎么办呢？

两人回到家，次卧已经收拾好，龚大力很疲倦，需要休息一会儿。他带了小米，让胡子枫熬点粥就行，便进屋躺下。

胡子枫一向不做饭，老婆不在更是不着家，昨晚愣是把房间都整理了一遍，尤其熟悉了下厨房，才知道原来炊具和餐具分那么多种。他用砂锅把粥熬上，然后坐在沙发上发呆，他需要捋捋。都是男人，也素知性情，龚大力的处境和良苦用心不说他也能明白，若不是饮食上有诸多禁忌，大力怎么将就也不会投奔自己，只是他这种状况实在不适合单独生活，左右都是为难，可真愁煞人了。

先让他一个人想想清楚也好，或许时间长了回心转意也未可知。不管怎样，先和依梅说一声，找不见人还不知多着急呢。

依梅接到胡子枫的电话，一颗心才暂时落下。家里这电话才装不久，近 4000 元的初装费本不是这个家容易承受的。把集资房和装修借的钱还完，两个人节衣缩食又存下 5000 块，刚感觉小日子有些踏实大力就得了这病。医药费好在有报销再加单位补助点，自己倒不需要出多少钱，只是长病假在家工资只有 400 多，依梅加上奖金有 800，这 1000 多块勉强能应付日常开支，积蓄就很难了。不过依梅还是咬牙装了一部电话，毕竟家里有个长期病人，就怕万一用得着。

胡子枫让她别着急，肯定会尽量劝大力早些回去，这之前他负责把她老公照顾得妥妥的，不长两斤肉依梅就割了他老胡的肉爆炒辣椒。爱住多久都行，正好逼着自己每天按点回家吃饭，冲这条他老婆还得谢谢龚大力。

早晨胡子枫煮好面，煎了两个蛋做早餐，面先盛出一碗再加点盐，不然寡淡无味没法下咽。想着大力每天只能这么小心翼翼地过活，又想起两个人在寝室里比赛吃剁辣椒满头大汗谁都不肯认输的狼狈，胡子枫不禁鼻子发酸，便骂了声娘，抹一把脸将面端上桌：

"你将就下吧，我只会煮面，就这还煮糊了！"

龚大力吃着玩世不恭的老胡出品的清汤挂面，也是五味杂陈，却什么也不想说，只问了最近的工行和集贸市场怎么走，老胡上班他随后也出了门。

他带了存折出来，先取了200元，再寻去菜场买了几样菜，土豆、芹菜、2两瘦肉、10个鸡蛋，还有一袋奶粉。老胡家只有啤酒和方便面，而他许多东西不能吃，所有的豆制品、鱼虾和海产、新鲜水果、动物内脏、菌类，等等。辣椒及辛味佐料早就戒了，低盐，少喝水，除了能吃点肉，日子比苦行僧还不如，至少人家还能大口喝水能尝个咸鲜。想这些有啥用？龚大力甩甩头，似乎要将这些无济于事的悲哀丢到命运之外。

中午炒了土豆和芹菜肉丝，切了点葱花在土豆里，哪怕不吃看着也增强些食欲。他许久没做过饭了，有时想给依梅打打下手也被她赶出厨房去。不怕女人主了一辈子的内，自古以来男人若专了心，不管做饭还是做裁缝，常常都要强出屋里的一截。他的厨艺本是摆得上台面的，依梅怀孕时他变着法儿让她开胃，她最爱啤酒烧鸭和凉拌肚丝，丹丹则隔一段便吵着要吃爸爸做的清蒸狮子头，那时哪怕是三缺一他也要把闺女喂得眉开眼笑了才去玩。

想到母女俩龚大力心头一热，接着又一阵揪着疼。欢乐本不多，离开她们的日子就更要少些，还是给她打个电话吧，这个可怜的女人都不知急成啥样了，昨晚怕是没怎么睡。龚大力并不知老胡已经安抚了依梅。

方依梅正在家里斟酌是否该去胡子枫那儿，又完全没有把握现下能改变龚大力的心意，或许还是听老胡的让他先冷静然后慢慢来，却等来了大力的电话。

"我在中医院的同学胡子枫家里，他老婆出国了就一个人住。协议看了吧？你好好想想，也别再劝我什么了，如果没意见就签个字，具体问题我们再面谈。"龚大力尽量言简意赅，不带一丝暖气的平静。

"大力，你不要这样！那件事是我太鲁莽没和你商量……"

"我心意已决，打这个电话也是免得你到处找我，丹丹没人照看。想通了再联系我吧！"龚大力打断了依梅的道歉，她竟认为他还是有资格嗔怨和矫情的，到底是心思太好。

龚大力住在老胡家感觉还不错。老胡是倒班的住院医,一周里没几个白天在家,开始说换班陪他去透析,大力坚持不要,又见他处处安排妥当便也放了心。老胡家在热闹的步行街旁边,离附属医院只有两站路,不远处有个秀湖公园,总少不了退休的老头老太遛鸟、打太极、跳扇子舞,也有吊嗓子、拉二胡或手风琴的。龚大力不去医院的日子便在这街上、公园里慢慢地逛,闻闻人声鼎沸,沾沾市井生气。这些人都不认识他,自然也不知他是病人,他在店家门前站住时,售货员常常热情地招呼,他也乐得被请进去瞧瞧,甚至试一两次衣服或鞋。他在听拉琴时,陶醉于中的老者偶然会抬眼,给他一个满足的微笑。他反正醒得早,便经常来这公园转,半晌才踱去菜场,午睡起来再去步行街上看那买的和卖的,各样的人、不同的橱窗,以前极少逛街的他倒是看什么都新鲜。

半个月下来,失眠的毛病竟好了,吃东西也香些,胖了倒不止两三斤,是真长肉不是浮肿。老胡真的假的劝过不止一次,都被龚大力玩笑说舍不得走了,他老婆要不回来就赖在这儿,老胡就不好再提这茬儿。说实在的,这段时间倒是大力照顾老胡更多些,每天都另外再做道下饭的菜,让他下班回来都能吃上热乎的。老胡眼见大力面色一日日好些,便也不拦着,只是多买些适合他吃的不让冰箱空着。

这天依梅却来了。丹丹问过好几回爸爸去哪儿了,小姑娘心里害怕,以为爸爸又和上次那样在医院住。胡子枫也劝不动大力,依梅想只能靠自己了。

依梅之所以忽然有了主意,是因为一项新规定的实施,离婚不再需要单位的证明。一直以来,中国式离婚都不是纯粹两个人的事儿,必须单位开出证明才能办理,而这种事往往是传播最快的,整个过程使得双方都毫无隐私可言。这一夜之间说放开就放开了,不知道将有多少人蠢蠢欲动。

她和龚大力约在秀湖公园。这样的约会谈恋爱时都未曾有过,他们那时都住集体宿舍,一楼和二楼的距离而已,对方在哪儿都很清楚,不需要望穿秋水。

她等在公园门口，龚大力很快来了，俩人慢慢走到湖边长椅上坐下，一路无言。下午公园里人并不多，他们像两片普通的树叶，毫不起眼。

大力胖了，脸色也不错，这是方依梅没想到的。她以为离开家的男人该是何等凄清可怜，原来他适应得这么快。一个人内心的轻松在神情上会有直观的表达，除了放心，依梅还有点说不出来的味道。

"丹丹还好吗？"龚大力率先打破了沉默。

"问了好几次你去哪儿了，她想爸爸。"依梅的语气里有些嗔怪。

龚大力没说话，的确对不起女儿，他又何尝不想丫头。

"现在离婚可以不要单位证明，我想了下，如果一定要离也行，但我有个条件。"方依梅怎么都觉得有点谈判的感觉，怪怪的。

"你说！"龚大力侧过脸看了看她，很陌生，她什么时候变得有主见了？

"离婚不离家。既然离婚可以不让别人知道，我也不想让丹丹受到任何影响，她太小了，见不到爸爸很可怜，而且你的身体状况也不适合独居，我不放心，你不对自己负责也要对丹丹负责。我们俩在一个屋檐下生活，可以互不干涉，以后怎么办边走边看。如果你同意的话，我签字。"依梅一口气说完，似乎这样可以显得坚定些。

龚大力完全没想到还有第三条路。他本想把依梅推向新的生活，离婚不公开又如何开始呢？这般委曲求全都是为了给他台阶下，他犹豫了，对丹丹的考虑让他动摇。等丹丹大点当然更好些，或者先离了，至少她是自由身。她最大限度地照顾着自己的情绪，而身为男人却什么也无法为她们做，命运到底是什么意思，给了他一副扛不起生活的身板，又赐给他这么好的妻女。世间安得双全法，不负如来不负卿？

六

龚大力养了一只画眉，取名"如意"。每天清晨遛如意，是他目前最重要的功课。

开始他只在小区里转悠，找棵树挂上鸟笼，打开笼衣，任如意欢快地叫不停。大力爱极了这婉转啁啾，听上一阵心里能像吹皱一池春水般温暖而荡漾。

后来他发现如意的叫声越来越无精打采，有老人告诉他，画眉不能单独遛，该和其他养鸟人聚在一块儿，让它们赛着叫。北京人管这叫"会鸟儿"，一只伶俐的画眉能学会不少其他鸟的叫声呢。

龚大力并没有调教如意的念头，他是不忍心看鸟儿孤独，作为一个有太多无奈的男人，他希望眼见的花鸟虫鱼、绿树蓝天都鲜嫩明朗。附近新修了个广场，走去大概十分钟，有一大片草坪和各种花树，吸引了不少休闲锻炼的人。只要天气好，龚大力便常常带上如意来这儿。

提着鸟笼甩开手臂的龚大力，要比常人穿得多一层，总戴一顶洗得有些发白的黑色棒球帽，为了遮住那过早的谢顶。39 岁的他面色黄胖，目光不再清亮，行动略显迟缓，看上去和一起遛鸟的退休大爷没什么分别。

方依梅已经过了 36 岁生日，离婚证躺在柜子里 4 年了，除了母亲谁也不知道。丹丹的成绩很好，又画得一手好画，小升初时直接被师范附中实验班录取。那是全市最好的初中，她在一群尖子生中仍脱颖而出，期中考年级第五，依梅奖励她去吃牛排，她却说想省下钱买本吴昌硕的画册。丹丹从小爱画画，依梅再困难也没停过兴趣班，每次上国画课她最开心。女儿的作品依梅都小心收好，留着长大了给她。

签完离婚协议的第二天，依梅便去买了张新床，原来丹丹睡的是三尺六的小床，龚大力躺下去脚都不能完全伸直。从胡子枫那儿回来以后，表面上什么都没变，一口锅里吃饭，孩子的事两人有商有量。丹丹画画时大力能在一旁静静地待许久，兴致来了便拿上几张报纸对着字帖临摹，居然也像模像样。有时他会散步去买点小菜，回家烧几道女儿爱吃的。依梅想着适当走动也好，便不再拦着，丹丹更是没发现一点异常。

不记得谁说过，结婚证就是一张纸。对龚大力和方依梅来说，离婚证也是一张纸，不过颜色不同而已。它们连一丝触角都没有，不能捆绑住你也不能让你解脱，更带不来良心上的轻松。一切的意识和禁锢都源于自己，若能忽略它的存在，你便是自由的，是没有任何亏欠的。

方依梅就能做到，管那张纸是红还是绿，一样过她的生活，一样为不停长个子的女儿织毛衣，甚至闲来无事也会去平房前看打牌。丹丹完全不用她操心，平平静静的日子让方依梅一粒粒地数过去了，似乎三个人能永远这么下去。

半年前依梅调到了门诊部。门诊白天比较忙，因为很少急诊就没分大小晚班，一般都可以睡囫囵觉。这个岗位常规安排40岁以上的护士，是依梅家里情况特殊，医院才给予了照顾。

门诊值晚班的医生必须副主任医师以上职称，由临床科室的医生轮流值守。龚大力若不是生病现在也能晋升副高了，和他差不多资历的有几个已经当了科副主任。依梅同批分配来的五人，四个提了护士长，只有她还在一线倒三班。医院的效益年年增长，双职工家庭收入相当不错，有人买了带电梯的商品房，自己掏20%首付，剩下的可以在银行贷20年款，每月还本息。如果可能的话依梅还真想换房，顶楼太高了，大力爬上爬下很辛苦，家里买袋米买个西瓜都是自己扛上去，她中间要歇好几回，如果有电梯就方便多了。而且顶层有渗漏，医院房管部门检修过几次，年头长了怕还是不行。可2000多一平方米的房价不是他们能承担得起的，走一步看一步吧。

三病区副主任李浩荣每隔12天轮值一次门诊晚班，晚班清闲，最多几个白天没空下了班才赶来开药的，急救病人很少。留观室配了电视，医、护、药房、收费四个值班的聚在这儿看电视，有事情便各就各位，医院也是默许的。

李浩荣比龚大力早一年进院，妻子石美娟是医学院同学，以前是大力常年做透析的附属医院的麻醉科医生，几年前调去了深圳，收入是这里的四倍多，正联系着合适的医院让李浩荣也过去。

本来李浩荣的小日子过得不错，夫妻俩单位效益都挺好，丈母娘住同一个小区，一直帮着料理家务，除了女儿的学习，两口子基本不用操什么心。妻子在省级医院的麻醉科，这年头谁做手术都想给麻醉医生打招呼求个心里踏实。忙是忙些，好在平台够大，人脉也建得广，可偏偏坏也坏在信息灵通上。90年代流行孔雀东南飞，有识有胆的都去沿海地区开疆拓土，深圳医院招兵买马的触角伸向全国，开出的薪资对于中部落后地区非常具有诱惑力，妻子医院的副院长也被挖了过去。彼时疼痛医学方兴未艾，副院长负责开展这门新学科，自然首先想到自己的得意门生石美娟。

石美娟本就要强好胜，当初因为生孩子推迟进修计划，落选了科副主任的竞聘，为此一直耿耿于怀，现在领导给了这么好的机会当然想牢牢抓住。她很清楚疼痛医学的前景，越早进入越有希望走在全国前列，与发达国家的交流机会将很多，这在目前医院是不可能达到的。石美娟非常想去，暂时的夫妻两地分居她觉得都能克服，只是有点舍不得刚上小学的女儿。可是想想那边的高考竞争相对没那么激烈，等自己先站稳了脚跟再把女儿接过去，对孩子的前途还是大有益处的。她打定了主意才和李浩荣说这事。

李浩荣知道妻子的脾气，等他听到这事基本已经不可逆转。从前的石美娟算是小鸟依人，结婚后却日胜一日地急火火起来，不知是医院太忙还是因为生孩子，李浩荣总觉得她有点内分泌失调。关于竞聘的事劝过她很多次，主因并非职称，潜规则是存在的，天上不会掉馅饼。可她根本听不进去，一心认为自己为家庭做了牺牲，所以这次要暂时把家庭放一放，他这个做丈夫的应该无条件支持。

李浩荣内心是不希望妻子强势的，不管生活还是事业，太有主见的女人并不是男人心中的理想类型。中国式婚姻能让女人前后判若两人，李浩荣看看周围许多都是这样，也就默默接受现实，一个家庭有说一不二的，还应该配一个忠实的垃圾桶，他是后者。这次机会确实难得，若是自己的注册专业符合也会动心的，所以石美娟的心情可以理解，去就去吧，不让她搏一次只怕要怪他一辈子。

李浩荣并不反对，倒和妻子玩笑起来：

"你舍不得女儿就舍得老公我独守空房呀？"

"你就忍忍啊，老公！为了咱们的家和女儿，我不也一样独守空房吗？"石美娟想想也无奈，不禁叹起气来。

七

今天又轮到晚班，李浩荣处理完病区事务后直接来到门诊。遇上方依梅值班，他打了个招呼便去食堂，晚饭还没吃呢。

食堂的晚餐都收摊了，只能单独小炒。他点了个炒三丝、鸡蛋羹，吃得挺舒服。这几年妻子不在家，女儿常在外婆那儿，他只管好自己的肚子便是，粉、面打发是常事，地沟油吃多了也练就一副穿肠不坏身。俗话说"饱暖思淫欲"，吃饱了身上一暖和，李主任下半身的寂寞又幽幽地由小腹升腾起来。

这个壮年的汉子，一年和老婆鹊桥相会不过两三回，都快忘了女人什么滋味。成了饿汉，才明白啥叫"饱汉不知饥"。有工作时还好办，这下了班的夜晚和百爪挠心似的，把他憋得只好去健身房出汗，累到筋疲力尽倒头才一夜。可此运动非彼运动，终究无法完全替代。有时李浩荣会像个怨妇一样，细细地恨起石美娟来：这个女人干的事儿，压根就没把老公当男人，也不知她怎么熬得住？一边恨着，一边倒回味起她的身体，而那些从前觉得例行公事的略显乏味的夫妻生活，都变得美妙无比起来。

李浩荣深深吸完最后一口烟，把烟蒂摁灭在碗里，起身往回走。

照常无事，值班的都在看电视。《还珠格格》已经演到第二部，满屏都是疯疯癫癫小燕子的大眼睛，女人们照例追得废寝忘食。一位美少女正与一位方脸青年情意绵绵、难舍难分，方依梅看得很投入。她大概刚洗了头，香槟色发圈松松束起半干的头发，燕尾帽用发夹别住。往日她手里常有编织活儿，最近医院管得严，晚班无事也不能干私活，这电视怕是也看不长久了。

方依梅在医院从不引人注目，李浩荣没和她待过一个科室，多年来并未过多留意。他和龚大力倒是单身时在集体宿舍混过几年，也惋惜这个业务上的好苗子。在门诊值班他和方依梅才有机会接触，女人这些年的柔韧令他对她多了几分注意，慢慢发现，其实她很耐看。

李浩荣当然不是因为空久了才如此，远的不说，这几年医院招进来的护士都是挑选过的，身材、相貌、素质样样拿得出手，他科里就有几个养眼的妙龄美女。现在医生主任们和护士搞点小暧昧也不稀奇，李浩荣外形儒雅，行为举止间颇有些绅士风度，处处散发着吸引小姑娘的成熟光芒，他若一松懈，投怀送抱的怕不止一个。

男人都是视觉动物，李浩荣也不例外，明媚的美女他爱看，但真要与之发生点什么还真没这想法。权将青春当圣洁，只可远观不可亵玩吧。

女人有很多类型，男人的想法也各不相同，出水芙蓉为一种，尤物天生又一种，各花入各眼。李浩荣整日对着雷厉风行的老婆，几乎把女人都当成了"老虎"，任她再是怎样芙蓉如面柳如眉，掩起门怕也一样眉目如电齿如剑，不如敬而远之。

方依梅的柔和让他感觉很意外，也很舒服。他以为，像她这样的妇人，即使不尖刻，大概也是愁苦的、怨怼的，祥林嫂似的让人同情有余又不敢太近。他观察了她不少次，忧郁是有的，但抱怨和嫉妒却没发现过，她大多数时候是平静的。她笑起来很轻，几乎没有声音，让人不禁要联想，如果彻底放开了笑会是怎样。

他起初并没有专门留意她。或许是职业使然，李浩荣观察力一向敏锐，但凡与人接触几次，其秉性、情绪便能知晓七八分，门诊其他几个护士的习惯他早就熟悉了。方依梅对患者从没有不耐烦，这真是需要慈悲心肠才能做到的。

渐渐地，李浩荣发现自己对和方依梅同值晚班有些盼望。她轻轻慢慢的步子，简单束起的头发在灯下泛出乌黑的光泽，话不多，眼睛里有温柔的笑意，让他不止一个夜晚想起四个字：春风化雨。

他并不觉得漫长的日子里多一点盼望有什么不好，这是他的秘密，虽然有时自己都觉得有些不可思议。他见过的她总是包裹在工作服下，她不漂亮，但可能是美丽的，一种母性的美。世上所有美的存在都是为了愉悦，李浩荣自然愿意眼里常常闪烁这份小愉悦。

就像现在，两个小姑娘和一个女人目不转睛地沉迷于"你是风儿我是沙"，李浩荣远远地坐在后面，看起来是没啥异样地盯着电视，却很方便将方依梅完全地装进视野里。虽然他基本只看到一束还有些湿的头发，以及她偶尔会侧过脸和同事讨论剧情，但他很愿意这样，房间里有她，空气也比常日暖了几分。

十点大家差不多各自回科休息，药房和收费在大厅入口处，医生和护士的值班室需往右拐个弯，两间斜对门。诊察室门口有铃连着，夜里来了急诊病人即按即起。

李浩荣不习惯这么早睡，夜里寒意挺重，房里没装空调，他便坐进被子里看书。没和方依梅对到班时他是很少扎堆看电视的，每次都靠书来消磨夜晚，今天看王小波的《爱你就像爱生命》。如非必要李浩荣业余时间尽量不碰专业书，做医生要求工作上随时保持一丝不苟、精细严谨，生活中再不调节一下未免太刻板无趣了，所以他会挑些不那么严肃的书翻翻，文艺、幽默、讽刺、批判都好。平日里和同事聊一两句也是风趣得很，惹得小护士们见了李主任便满面春风。只是他心知，自己近来一遇方依梅就变成了讷口笨舌，说了还怕错，倒不如少说些。

王小波的情书写得真好啊，单纯直接的爱的表达，那些话充满了孩子气，又任性得可爱至极，能让看信的女人一直一直笑着，男人像他那样爱过一个女人活得才够精彩。普通的姑娘在爱人眼里也可以和维纳斯媲美，"一想到你，我这张丑脸上就泛起微笑。在我安静的时候，你就从我内心深处浮现，就好像阿芙罗蒂从浪花里浮现一样"。看到这句话，安静的李浩荣眼前也浮现了一个娇小的身影，他因为自己的念头有些羞惭，几十岁的人啦怎么还和小年轻一样？可是想念一个近在咫尺的人，滋味竟然是如此美妙。她就在那边，可能已经进入了梦乡，她是那么安静的人，想必呼吸也是轻的。即使只能隔着墙臆想一会儿她，已经让人满足，李浩荣合上眼享受着这份满足，睡意慢慢袭来，就准备脱衣躺下。

这时他听见对面惊叫了一声，声音不大似乎很害怕，是她！他立即跳下床开门奔出去，她正从对门跑出来，捂住胸口喘气，见到他后眼里的惊恐方大胆释放出来。

"房间里有老鼠！一直在叫，刚才好像爬到床头，我开灯都看见了……"她大概吓得不轻，完全没注意自己扯住了李浩荣的衣袖。

他的一颗心才放下来。吓成这样，真是胆小都不如鼠，不过女人好像都怕这些东西。

"没事，老鼠找东西磨牙呢，不敢咬人的。"护士值班室的纱门下面破了个洞，这大概就是罪魁祸首。

走廊里有风，李浩荣才发觉自己只穿着秋裤。再看方依梅，她倒是穿得挺严实，连外套都扣上了。

他让她等等，回到屋里边穿裤子边想象这个女人，吓得发抖也要哆哆嗦嗦穿好衣服再跑出来尖叫一嗓子，他忍了忍才没笑出声。

半夜是没法赶老鼠了，方依梅无论如何不敢去睡。李浩荣觉得她不该熬夜，毕竟比不得别人明天可以补觉，大人孩子一日三餐都指着她一个人。说不定下了班还要陪龚大力去医院，这夜里越坐越冷，不睡怎么吃得消？

李浩荣说，要不你去我们值班室睡，我本来在这里也睡不太着，都是第二天回家再补觉的。

值班的医生有男有女，被芯是公用的，一张床今天你睡明天她睡，大家各自用自己的被套而已。条件一向如此，再爱干净也讲究不了，所以李浩荣才会这么说，想来她应该不会太顾忌。护士都是女的，他是有些不便去她们值班房睡，若被人察觉，没事都要生出些口舌来。

方依梅哪里会不顾忌呢？这个李主任真是大大咧咧，她跑到他的值班房里睡，就算别人看见他在外面坐一夜，那也是长了一身嘴都说不清的。她谢了他，说自己下午睡足了，熬熬没关系，就当上个病房的大夜班。

李浩荣这才觉得自己的心疼有些唐突，不好再多说。看看钟快到十二点，便说反正我也睡不着，一起看看还有啥电视吧。

方依梅心想只要远离那只老鼠就行，上惯了夜班的护士一个人坐一夜怕什么。病房里年轻男医生陪小护士上夜班送宵夜是常有，可现在只有他们两个人总归有些不妥，又不好明着拒绝，他怎么这般憨直呢？

没有人经过，没有人看见，清晨五点李浩荣步出门诊大楼活动筋骨，他心里明明白白地多了一个人。这一夜没有发生故事，但仍成了秘密，他们两人的秘密。

八

梅树上已经鼓出了圆圆的花苞，方依梅从其下经过却没有心情驻留片刻，几年了，她似乎忘了花期。

第一次面对龚大力有不安的感觉，她对自己说，又没做什么亏心事，怎么会这样？

龚大力在透析，外面等候的依梅闭目养着神。大力当然不知道她一夜没睡，因为她看不出一点疲态，若不是闭着眼，那双眸子甚至比往日还要清亮。她执意要陪着来，她怕自己在空荡荡的家中被心里的小兔子撞得发慌。可坐在这里还是静不下来，昨晚那个人的眼睛一直还在看着，她下意识地闭了眼甩甩头，那双眼反而更清晰了。

都怪那只老鼠。生在农村的她不怎么怕蟑螂、臭虫，甚至蛇，独独极怕老鼠，灰扑扑毛茸茸的成鼠，粉红色吱吱乱叫的鼠仔，都能让她汗毛孔竖起落荒而逃。娘说她小时被老鼠咬过，还好没得鼠疫，不然小命早没了，她倒不记得什么，可能那恐惧自动深植于心了。

他说他没有别的意思，只是担心她第二天要陪龚大力治疗，不休息可不行。

他说她不容易，一个弱女子全力撑起整个家这些年，他身为男人也佩服她。

他说不知为什么特别想和她说说话。他垂着眼并不看她，吞吞吐吐地说顾家的女人多好啊，不像他家的石美娟比男人还爱闯，把他的一颗心都丢到冰窖里去了。

取暖器在寒夜里散射着别样的温暖，给他的脸和上半身刷了一层橘红，使她觉得比往日更亲近些。此刻，这个红色的、本来冷峻的男人是那么脆弱、那么无依。世上的人心里都背着债啊，虽然他们的累和自己比起来简直太幸运，可感受到的痛苦却是和她一样的。面对同样脆弱的他，她的闸门哗地开启了，从未对人说过的情绪，原来也是一分不少地藏着，藏得那么深。

这一天天的日子，自己都不知怎么过来的，那些装出来的云淡风轻，真的好不容易啊！

她的泪唰唰地掉下来，许久没哭了，安全畅快地哭上一回，人竟这么轻松。

他开始正视她，第一次能够肆意去满足视觉的贪婪。她带着暖红的光晕，面颊烤出了一抹绯色。她的手小巧白皙，略有点粗糙，他必须要抓住自己的手，才遏制了要去握住那双手的念头，天知道他有多想揽住眼前这个嘤嘤而泣的女人。

他是唯一知道他们离婚的同事。她没有说更多，他亦了然。她的信任给了他潮水般的幸福感。

方依梅觉得自己不该去留意排班表，其实不换动的话算也算得到，一个月至少能遇上一次。可分明瞥见那名字都成了开心的原因，即将到来的晚班便在期待中有趣起来。他不仅仅是温暖可信赖的，她越来越喜欢回味他的声音、他的步态，他拿烟的手指，那深邃的眼和温柔的笑。是啊，他和从前的寡言不同了，他的不同让她很慌张，自己竟会有了不可告人的心事。

这座城市向来似乎只有冬夏两季，秋天凉爽宜人的日子短得像小猫打盹儿，一阵冷空气袭来棉服已脱不下身，而春日里不是湿冷得寒气侵人就是太过热烈。经过几场急雨和内涝，穿穿脱脱数次之后，日子变长了，夏天喳喳叫着来到了门外。

方依梅依然按部就班地上班、做饭，陪大力去医院。这按部就班里还是有些微妙的变化，某些晚上她知道身后那双眼睛一直在默默地关怀，于是她的背也温暖起来，这温热渐次蔓延，热了每一寸神经、每一处空气和这夜晚的每一声滴答。她并不知道的是，自己正悄悄地变得日益明亮。

李浩荣和夜班同事们明显热络起来，不时也参与韩剧的讨论，他本是妙语连珠的人，真有了兴奋点张口便谈吐生风，科里的女孩们和女人们都觉得李主任可爱了许多。李浩荣工作的劲头也更足了，甚至申请了一个国家级科研课题，并且通过了医学院硕导资格的审核，秋季开学就可以着手培养自己的学生。

他在夜班时间尽情发挥，依梅并不太搭话，连多看两眼也是没有的，可他一点也不失落，因为她的笑说明了一切。她比从前笑得更多更甜，他的话都是为了这笑而生的。若是上班时见她露出疲惫，他竟然会恨起自己不能替她减轻哪怕一点点的负担，所以他只好在这有限的时间和空间里，想方设法地逗她笑一笑，而他的心才得豁亮起来。

进了专家门诊后，白天有更多时间两个人能见到了，虽然都忙着应付患者，但偶尔在抬头时瞥一眼那身影，这一天便有了心照不宣的慰藉。

她是越发好看了，这好看却不张扬，好像只为他开放一样，他便感到春潮似的满足，似乎这个女人已经和自己有了千丝万缕的联系。单薄衣衫裹着纤细身材，他只能看到白嫩柔弱的臂，就免不了在夏虫聒躁的夜里去浮想那段身子。石美娟也曾风吹杨柳倒，生完女儿后的丰满早在不知不觉中蜕变成了彪悍。李浩荣发觉，这会儿想起妻子已不再那么迫切了，相形之下，他更愿意翻几页书，然后躺着回味一番这几日见着的依梅，慢慢安静地入梦。

那天闷热异常，值班室新装了空调，大家早早归位。李浩荣和方依梅也各自在房里，一个看书，一个躺着打毛衣。相安无事，依梅十点半便睡下了。

李浩荣刚迷糊着，就被门外的喧哗吵醒，似乎是几个男子的声音，他赶紧开门出来。方依梅也起来了，正往身上穿工作服，几个年轻男孩彩色头发机车夹克，围着她粗声大气地叫嚷。他上得前去，一阵酒气扑来，他们要买注射器，李浩荣明白这是一伙吸毒的。

"医院的注射器不对外开具处方，只能在注射同时使用，也不能带走。"他再次强调了原因。

"老子花钱买！要多少钱？开口呀！"一双通红的眼睛瞪着他，竖起了中指。

"这不是商店，不可以就是不可以，多少钱也买不到！你们再喧哗，我叫保卫科来处理。"这几个小毛孩怎吓得到他，李浩荣语气里没有商量的余地。

"什么狗屁医院？走走走，我们到药店去买，要多少有多少！"

"医生不得了啊？有种你不要出这个门，看老子不打瘸你！""红眼睛"被同伴拉走，一边还回头指着他装腔作势地吼道。

这种事并不少，旁边是城里的老居民区，赌博吸毒的多，深夜来要注射器的、要开止咳药水喝了去摇头的，得不到满足便骂骂咧咧地走，真生事的倒不多。附近有几家药店偷偷高价卖着这些，听说遇过亡命之徒，因为违规被抢了钱也不敢声张。

李浩荣任他们走远，回头再看依梅，见她还挺镇定，便说："没事没事，回去再睡吧。"

依梅睡得正香被突然叫醒人还懵着，等李浩荣打发走了那几个才完全清醒过来。两人聊了几句"真拿这些人没办法"的话准备回房，她却瞥见他的老头衫肩缝上开了口子。

李浩荣平日光膀子睡，逢着值班卫生起见才套件 T 恤，全棉的圆领衫他一气买了 7 件，除了白就是黑。

"你脱了我来缝下，这里正好有针线。"老婆不在身边总是要潦草些，依梅可怜着男人，反正一下两下也睡不着，顺手带几针就好了。她没过多想这念头是否恰当，似乎这么做再自然不过。

李浩荣心里一怔，脸上却是不见分毫。那双手要为自己穿针引线，有理由拒绝吗？

他裸着上身呆坐着，想象那件幸运的白 T 恤在她手里被怎样温柔对待，想着她垂眉顺目的样子，身上开始燥热起来。

"衣服好了。"依梅轻敲着门，声音又轻又软。世界都睡了，除了他们两个。

李浩荣开门接过 T 恤。她披散着头发，有一丝不同往常的慵懒，眼神却闪闪发亮，绵绸碎花的睡衣下，一双胳膊尤显白嫩。她垂下眼并不好意思看他，转身欲走。

"等等……"他下意识叫住她，喉头竟有些僵。

"真的谢谢啊！我做不来这些事，要是你不帮我补就只有扔掉。"

她终于抬眼对他绽开一朵微笑，在她心里他们是不需要这种客气话的。

只这一眼，如何避得开那宽阔结实的胸膛？她脸腾地一红，眼睛立马逃向别处，突然被他不由分说扯入怀里。

这是一具充满力量的躯体。她的手应该推，把自己推上岸才正确合理，可它们竟舍不得，舍不得不去缠绕，舍不得让绵软的身子抽离那怀抱。她的脸埋在一方丰厚坚实的依靠里，淡淡的烟草气息此刻无比浓烈地冲击她的感官，让人无法自拔地贪婪起来，深深去吸入，渴望被融化。她想溶成水奔向江河，又想剧烈地燃烧升腾一回。心底的火苗越来越明亮、越来越蓬勃，几乎要吞噬她。

此身为谁？又在何处？两个迷乱的人，两个相互取暖的人，把世界抛在了身后。大地在沉睡，没有听见他们急促的喘息。

九

最近龚大力的感觉有些不太好。

特别疲倦，总是睡不醒，透析后脚软到提不起，食欲也弱了很多。他不再去遛鸟，任如意哒哒地在笼里着急，他现在更关心的是自己的尿量。这几年每天的尿量都稳定在 1000 毫升左右，后来就没怎么严格监测，今天龚大力又去阳台寻出了那个大量杯。

四次，加起来也有 800 毫升，龚大力的心稍微轻松了点。没过几天又悬起来，他发现水肿程度明显了。

血压也偏高，加上水肿，是水钠潴留所致。尿量在逐渐下降，他觉得该和依梅商量下，让她陪着去趟医院。最近可能夜班有点忙，她憔悴了不少，大力本来不想说，又不得不说。

方依梅慌了，这阵自己心思重，竟然疏忽了大力。那天他和自己说有些肿都没太在意，以为注意下饮食就行，尿量 500 毫升不到，他怎么现在才说呀？她赶紧请了假，收拾好东西准备第二天住院。

各项指标都显示为少尿期，透析增加到一周三次，血压、电解质才逐步稳定，尿量却再也没破过 400 毫升。

每天有很多时间龚大力的注意力都集中在膀胱括约肌上。他像捕捉梦中遥远的清音一样感受括约肌刺激的来临，有时似有似无，待你费力去寻它又消失了，仿佛和人捉迷藏，而他便在这无数的期望和失望间反复。等到终于有了充盈的感觉，才起身将那浓黄色的液体郑重排入玻璃瓶内，一滴都舍不得漏，可 24 小时下来还是装不满它。龚大力想起读书的时候，和老胡比赛喝啤酒，整瓶对吹，谁先跑厕所谁输，两人都憋到从鼻孔往外喷。他记得赢了以后那泡尿真叫长啊，都能唱完半首歌，眼前这个玻璃罐根本装不下。开闸的瞬间，膀胱能感受到一种被极度压迫后获得放松的刺痛，完了后从头皮到脚板心那叫舒爽。

在尿意迟迟不来的等待中，龚大力还想起从前坐长途车怕司机不停连水都不敢喝，可往往开车没多久尿意就会调皮地来撩人，从隐隐约约到急急涨涨，一路上时刻感觉到膀胱在小腹都鼓成了水球。揣着这水球，窗外景色再美都不入眼，也无心和同伴玩笑，有那恶作剧的还故意唱"泉水叮咚"，那水球就叮咚叮咚跟着晃荡，你得更用力才关得住阀门。等到司机终于大发慈悲停车放水，那通畅只能用一泻千里来形容了。

健康的人无法深刻理解，吃得下和拉得出是什么样的幸福。没有任何事情是理所当然的，像心脏的每一次搏动、肺的每一次吐故纳新、身体里每个零部件都功能正常运转良好，本身就很神奇。龚大力的重要部件罢工了，只能通过管子连接人造机器替它履责，也因了这些管子的牵连，他哪儿也不能去，什么也干不了，纯粹为了活着而活着。这样的生活质量，对以前的他是不可想象无法接受的，可他居然活了这么多年，还是应了那句老话"人到何时命到何时"。

龚大力知道自己算幸运的。许多患者没有单位保障，又丧失了劳动能力，只能依附家庭苟延残喘，承担不起长期透析的费用，甚至有人自制简易透析装置在家治疗。人家这种境地的仍然挣扎着求生，自己当然没理由放弃。他又想起那躺了好几年的离婚证，他们早已经不是夫妻，这件事几乎都被忘记了。真是苦了依梅，她就这么任重重的磨难和苦闷啃噬着，咬住不作声，有时候太平静让人不安，龚大力倒情愿她歇斯底里发泄一回。

　　方依梅一点也不平静。

　　她很清楚自己是怎么来到现在这个岗位的。门诊配四名倒班护士，因为夜班可以睡，所以基本是照顾临床上高年资的调整过来，若年轻的能来必有些门路，此前的小陆便是如此。小陆今年43岁了，但早在35岁那年就到了门诊，虽年轻却比护士长待的时间还长些。去年有件绯闻在全院传得沸沸扬扬，皮外的谭主任被打得肋骨骨折，伤势挺重，回来上班时脸上的淤青还看得出来。传闻是小陆老公打的，因为谭主任和小陆在开房时被抓了现行，据说他们俩就是在值晚班时搭上的，已经好几年了。这事儿出来以后，医生和护士值班房的寝具在大家的强烈要求下全套更换，不久，小陆被调离门诊，重回病区倒班。护理部主任正是依梅原来的护士长，趁机提议让有实际困难的方依梅顶这个岗，领导动了恻隐之心，不然怎么都轮不到没关系也没钱的她。而谭主任低调了一阵便又若无其事，和同为医院护士的老婆双进双出了。

　　依梅始终不愿相信小陆会做那样的事。她们曾在一个病房待过，小陆不算漂亮，大大的脸、身板比较宽，喜欢看书，是个爱幻想、有点才气的文艺女性，但骨子里还是很传统的。她老公在郊县当干警，周末才回来，听说后来提了派出所所长，女儿在南京上大学，挺美满的一家，按说小陆不会乱来。再说那个谭主任比她还小几岁，男女关系上一向不检点，这样的人品小陆怎么也不思忖思忖？可是众口铄金，被打的男人隐忍不诉，似乎坐实了的样子。依梅每次遇见小陆也不便多问，她似乎闪避着，只相视一笑算打招呼。依梅想她总是有苦衷的吧，像自己也有难以对人言的心事一样。

从前对小陆她虽然同情，还是难以理解。那男人居然像什么都没发生过，让小陆独自吞下苦果，虽然并没有离婚，但沉默成了长久状态，比哭泣和懊悔更悲哀。而现在，她有些理解了，被欲望发酵的情感也有美好的外衣。那天晚上她逃也似的回到值班房，她不知自己何以意乱情迷。那张脸是模糊的，明知是李浩荣却又忽然变成几年前的龚大力，熟悉的激动、陌生的感觉，纠缠着她欲罢不能、融化成水。

她知道自己犯下了大错，永远抹不去的、不可饶恕的错。那甜蜜确确实实还在心头未散去，她已命令自己不可以再品咂。

"怎么办？怎么办？我变成了一个放荡的女人吗？我伤害了龚大力……"可怜的方依梅、可悲的方依梅，她完全不能原谅自己。她一宿没睡，天蒙蒙亮的时候，听见对面开门的声音，李浩荣习惯早起，绕着大楼外的花坛跑几圈。

她告诉自己要忘掉这个男人，要做到见了他像见到任何其他同事一样平静，不见他的时候再不能去回味怀想。她能做到的，曾经那么大的事她都挺过来了，那么多个夜晚她都能独自温暖自己的身体。而李浩荣只是一个突然、一个意外，像车窗外倏忽而现的小花，那一刻确实亮了眼动了心，终究车还是要义无反顾往前行，并不会有丝毫迟疑。车轮滚滚，你也许会怀念一会儿，也许转头就忘了。

方依梅是软弱的，但她的理性终于回来了，眼前的每一天都不容许她多愁善感。一日三餐、老公孩子，乃至工作性质，需要她细致、踏实、尽心尽力。她后悔发生的一切，但她无法放弃甚至逃避任何一份责任，只能当什么事都没发生，用更真挚的关怀来向大力忏悔。而李浩荣这个人，她将在心里屏蔽。

命运并没有给她多少时间去平复惊悸，当那天中午大力很认真地告诉她近来确实有些不对劲时，这个还在复杂情绪中纠缠的女人，立刻感到心和胃都挛缩起来，无法言说的疼。

她衣不解带在医院陪了半个月，有时龚大力让她下午回去躺几个小时她也不肯，似乎只有身体的劳顿才能压制住那让人窒息的内疚，歇一会儿都是对自己不该有的宽恕。有一种念头她不敢去想，可潜意识偏偏袅袅如烟雾般掩不住，这是上天对她的惩罚，再深重的苦痛也是她应得的，该毫无怨言地领受。可她又切切地恨，惩罚她也罢了，为什么落在大力身上的痛更真实具体，让病人痛，让旁人苦，要不要这么残忍？她并没有想到，如果倒下的是自己，这个家的天真的要塌了，或许老天只肯给仅供喘息的仁慈。

十

李浩荣却完全没有方依梅那种纠结，相反他是喜悦的，渴望良久而后拥有的满足。也许这正是男人，下半身的需求可以成为一切的理由。

当然，身体的轻松并没有使他对依梅的怜爱随之消散，对这个女人，一想起来心头便涌动一股柔情。他有时也纳闷，自己并不是一个细腻多思的人，居然变得如此宛转，莫非真是一物降一物吗？

可是依梅为什么不理他了？白天坐门诊时对他视若无睹，工作间隙抬头再不见那会心一瞥了，她是有意在躲着自己吗？他忽然想到，确实是冒犯了她的呀，这几天光顾着高兴，没去多想她的处境。她不像自己和单身汉一样，回到家要面对老公的，老公若是好好的、若是平素亏待了她倒也有点说头，偏偏是完全的弱势，都仰赖着她呢，所以她的逃避、她的两难，自己早该理解啊。这么一想，李浩荣便不那么焦灼了，只希望依梅不要太自责才好，她是个对责任不肯有丝毫懈怠的人，学不会放过自己。同时也隐隐地感到不安，毕竟这对龚大力是不公平的。

又到了共同的晚班，李浩荣等得太久了，终于有机会相处一会儿，他打定主意不做进一步要求，绝不会让她再度惊慌。

可是她竟然没有出现，难道需要如此刻意吗？难道和他待在同一个房间都不能容忍吗？李浩荣深深失望了，她除了慌张，大约也很懊悔吧？

是把他当成了轻浮的游戏男人吗？和谭主任那样，和许多传说中的绯闻一样，她害怕了吗？怕他纠缠她？他要怎么做，才能让她相信，无论如何他都是可以信赖的，都会完完全全尊重她。

李浩荣独自胡思乱想了许多，如一个寄出了情书久等不到回复的大男孩。

忽然他听见护士陈姐和挂号室的抱怨："我们现在只有三个人倒夜班，本来想休假去厦门玩，这个夏天算是没指望了。"

陈姐又叹了口气："依梅也是真可怜，人家双职工一个科主任一个护士长，哪家不是日子过得落花流水？算起来她老公在那批里算是不错的，要才有才要貌有貌，偏偏这样的命！听说情况不太乐观，也不知这回熬得过不。"

李浩荣的心立刻揪了起来，依梅正受着煎熬，而自己却在这里自怨自艾。可是除了揪着一颗心，又能做什么呢？闷热的夜晚，天空厚重如棉见不着一颗星，他绕着门外花坛一圈一圈转，烟一截一截地成了灰，他像一只热锅上的蚂蚁。

方依梅第二次把丈夫龚大力从医院带回了家。

透析需要一周三次。身体的衰弱，使龚大力的意志垮掉了大半，除了出门治疗，他极少下楼。即使被依梅拉着，也不再到热闹的去处，走几步便要坐下来。无人照料的如意在某天悄悄地死去，大力每每见着空荡荡的鸟笼便更加气馁，依梅干脆将笼子收了起来。

这一段的透析都是陪着一起去，已经请了太多假，再不上班家里开支要成问题，依梅只得换了不少晚班上着，时间一长自己也有些顶不住了。

她一直在考虑医生的建议——换肾，让丈夫彻底摆脱透析的日子。

当初生病的时候就考虑过换肾，器官移植是不给报销的，即使等到合适的肾源，巨额医疗费无论怎样也凑不齐。亲属提供肾源倒是只要几万块，可大力只有一个70多的父亲，农村老人有些忌讳，自己也不肯提这茬。那几个兄弟起初倒有意来配型，家里的婆娘滚地翻天断不肯依，说卖苦力的乡下人少了个腰子，种不下田一样活不成命。再想想排斥反应和存活率，至少透析还能维持着，也就这么到了现在。

眼下这个样子，身体没完全垮精神倒是先散成了沙，怕是不能再拖下去了。费用最少要 25 万，这让方依梅一筹莫展，她想到了卖房子。

龚大力不同意也是意料之中的，为一个不一定等得到的肾源卖掉唯一的住房，即使一切顺利其后能存活几年还得听天由命。自己走了倒也爽净，这娘儿俩连个落脚的窝都没了，那他真的泉下难安。

"山是青的还怕没柴烧，人要好了还怕没房住？"依梅对这房没多少留恋，它像禁锢丈夫的牢笼，大力在里面苟延残喘，为了她们挣扎着。她也够了，如果房子能换来丈夫一些年高质量的生活，她非常愿意赌上一把。

她打通了胡子枫的电话，希望他劝劝大力，男人之间理性的交流或许更有说服力。

老胡开着他的二手桑塔纳来了，这是新近花 2 万多从一个朋友那儿买的二手车，正在热恋期呢，没事儿就上路练手。老胡爱车，为这爱好已掏空了全部私房。

依梅上夜班去了。老胡特意挑这时候，大力不便出门，依梅不在，话可以敞开来说。

老胡看大力的面色又差了些，除了浮肿还有些发黑，心知换肾也是迟早要的，与其临渊羡鱼不如退而结网，各方面准备也充裕些。想自己整日忙着混迹狐朋狗友的酒桌，对老同学的关心太不够了，不免暗暗自责。

早就戒了茶，平时也没个人来，家里竟连茶叶也没有，龚大力给老胡递去一杯白开水。难得有个能说说话的人，他也不避讳什么。

"你以为我不想？房子最多卖 15 万，还差着十来万呢，让她到哪儿去借？要有个万一我眼一闭倒利索，她们没了房只有一身债，可怎么生活？"

"这些年已经拖累她太多，我一个男人，啥也做不了，再只想着自己那也太自私了！"

"话也不能这么说，要用发展的眼光去看问题。参加工作十多年我们工资涨了多少？现在你觉得十几万是天文数字，说不定过几年不算什么。身体情况想必你自己也清楚，钱能换来健康换来命，怎么都是值得的，何况胜算很大。"

胡子枫从没像现在这样恼恨，恼恨自己攒不下钱来。在他眼里，钱就是王八蛋，千金散尽还复来，为钱处心积虑愚蠢之极。可眼下，一笔钱或许能救挚友的命，能拯救一个家庭，他却无能为力。

在医院排上队等肾源，龚大力是 317 号，也许几月，也许遥遥，全看造化。依梅通过中介在报上登了卖房信息，然后开始找亲友借钱，这一切都先瞒着龚大力。

房子能卖 15 万，缺口是 10 万，后期抗排斥费用再说。娘家那边凑齐 1 万，婆家的兄姐和公公凑了 2.5 万，加上自己的 5000，一共 4 万，就这么多。单位如果号召爱心捐款可能还会有一些，但数额不确定，两口子都是欠不得人情的，不到万不得已依梅不愿走这一步，老胡说他去想点办法。

陆续有人来看房，瞒不住龚大力了，他沉住脸把人往外赶，说这房不卖。中介对依梅抱怨连连，本来顶楼就不好卖，夫妻俩都没商量好谁敢接呀？依梅无奈得很，大力又开始用沉默来抗议了。

胡子枫送来了 2 万，若得了房款算起来前期费用已凑得差不多。老胡说真正手术时还可以号召医学院那帮同学，他们相对有实力，解决术后一段时间抗排斥的费用没问题。依梅并不知道，老胡这 2 万，1 万是妻子给的，1 万是先斩后奏把那辆二手车贱卖了。当初买这车老胡也是一意孤行，还没一年又闹这么一出，为这事夫妻俩正隔着太平洋冷战呢。

钱到位依梅心里踏实许多，应该可以不用单位动员捐款了，这样最好，大力心理负担没那么重。她甚至已经找好了医院里的平房，这边卖了马上可以租住过去，就是大家常在外面打牌的那幢，靠南边比较安静，想热闹也随时可以。这里多是些老人在住，有简易厨房和自建的卫生间，但只能解决洗澡问题上厕所要去外面。租金每月150元，虽比不上现在的宽敞明亮，但比结婚的那间屋强不少。依梅挺满意，再坚持几年丹丹读大学去了，两个人住是足够的。

可龚大力不同意房也卖不了，依梅暂时搁下了筹钱的心思，琢磨着该怎么打通这一关。肾源一时还没消息，老胡联系好了建行的熟人，一旦需要的话，三天可以办下来住房抵押贷款，利息并不高，所以卖房子的事不用太着急。

依梅很感动，关键时刻老胡帮了最大的忙，不然她一个女人真会茫然无助。大力的状况比较稳定，在饮食上她也格外精心，并且拉着拽着他出门多走动。每次透析她都坚持陪着，但是心情比从前敞亮了许多，再难似乎都成了黎明前的黑暗，光明将穿透浓雾喷薄而出。

十一

石美娟的声音特别兴奋，好像要从听筒里蹦出来，将老公李浩荣的耳朵咬上一口。

能让她跳起来的自然是特大利好的消息，李浩荣的调动终于有眉目了，一家区级医院的皮肤科答应接收，可以马上办理手续。虽然是区级医院，但深圳是特区，规模、级别一点不比原来单位差，收入和机会更是不可同日而语。相关流程早就打听好了，石美娟让他赶紧去办，早日落袋为安。

整个晚上女人都在电话那头喋喋不休地憧憬，俩人先打拼一年，把这边的房卖了在深圳付个首付，弄好了新房再将女儿接过去，从四年级开始顺利衔接。学校她都暗暗找好了关系，那边的高考压力相对小，出国的选择也多。一番折腾换来女儿的大好前程，做母亲的一派踌躇满志。

这边的男人不知听进了几句。这就要走了么？连话都没机会与依梅再说就要走了吗？她若得知此事会怎么想，把他当成始乱终弃的小人，从此被深埋进怨恨里？还是正好解脱，眼不见为净？亏他还暗诩自己勇于担当，如此一来在她心里只怕连那个谭主任都不如了。

李浩荣突然开始讨厌自己，一个大男人，整天打些没用的肚皮官司，除了解决自己的情感饥渴，于他人又有何益？有人留恋又怎样，终是要走的，依梅怎么看他并不重要，若是难割难舍更会叫他心疼。倒不如真的冷淡些，既不能够助她什么，至少别让她的难过更深一分。

这么一想，也就把心一横，理了理调动的头绪，课题可以跟着走，新带的那几个研究生还需要和学院做好交接。石美娟难免妇人之见，有时候不能光听她一面之词，他得先去那家医院实地看看，和领导接触接触。调动这种事，开弓没有回头箭，必须龙头凤尾圆满收官。

李浩荣的请调申请上会便通过了，盖好章当天他便去了深圳办理接收手续。这样的中坚力量医院虽舍不得也要放，孔雀东南飞是潮流，人家两地分居总归要往一处拢，因此他的离开在医院并没有兴起多大波澜。大家私下聊得更多的是依梅家要卖房，登报的广告信息显示的正是这套房，有私交好的问过依梅才知道原因，慢慢也就传开了。护理部和工会的意思是先号召职工献爱心，医院也给予一定的困难补助，这房能不卖就不卖。依梅感谢组织的关心，考虑还是暂缓一步，龚大力那边有些情绪不稳定，若肾源下来有需要的话，她一定会开口。

李浩荣的事方依梅什么也不知道，即使知道了也无暇分心。她正满怀希望地等待一个结果，很重要的结果。

那天陪大力做透析，和其他家属聊天时听到一个故事，外地有个尿毒症晚期患者非常幸运，妻子的肾居然与他配型成功，移植后恢复得很好。依梅马上去咨询医生，得到了肯定答复。理论上来说夫妻没有血缘关系概率很小，省内尚没有先例，但临床上夫妻供肾在国内已有三四起成功案例，血型不同的也有，目前都存活。医学上也很难解释这一现象，推断可能与夫妻长期共同生活有关，所以被大家戏称为"感情肾"。

依梅毫不犹豫地预约了配型检查的时间，她好像看见了一条光明大道，不试怎知此路通不通？

没有人知道这一切，只有方依梅夜夜在默默祈祷，祈祷幸运之神眷顾一次他们夫妻，祈祷她的家终将云开雾散。这时她才想起了那件事，像一根针扎在心里的事，那是她唯一的罪过，也无法乞求原谅，就让她有个机会赎罪吧，哪怕用她的命换回大力的命，她也不会迟疑一秒。

龚大力是幸运的，只是他尚不知这幸运的降临。依梅从主任办公室出来后，仍抑制不住心的狂跳，她简直要跑起来，跑回去告诉大力，幸福马上要回家了。公交车上一群穿校服的孩子，叽叽喳喳热闹得要把车顶掀开，她真喜欢这一张张红扑扑鲜嫩的脸蛋，她的丹丹也会和他们一样，无忧无虑地成长。在萧瑟的冬日光景里，生命的希望从来不会断绝，菜场里人声鼎沸，绿菠菜红辣椒都热情地和她打招呼，摊主们远远地把笑抛过来，今天生意应该都不错吧。以后这些菜大力都可以尝了，依梅看见什么都想买，最后买了酱鸭和卤鸭爪、一条鳜鱼，又在市场门口称了一斤米花糖和半斤蛋糕，满载而归。

晚餐如此丰盛，连丹丹都问今天是什么日子，烧了这么多她爱吃的。依梅只说是个好日子，一个劲儿往女儿碗里夹菜，这孩子像她爸爸，个头挺高就是不长肉，细细条条的叫人心疼。龚大力也感觉到了不同，是好消息总错不了，依梅自然会说的。

这回他真被惊到了。关于"感情肾"他是有耳闻的，只是当成传说，根本没想过这种事会落在自己家。

"医生说我的各项指标都很好，随时可以手术。这可是省里头一例，会组织最好的专家团队，主任说准备向医院申请免费提供一年的抗排斥药。大力，你说咱们是不是好幸运？"灯光下的依梅兴奋得眼里闪闪发亮。

龚大力伸手揽过依梅，他还是很虚弱，连紧紧抱住女人都有些吃力。她做了能做的所有，今天竟然还要舍身救自己，"至近至远东西，至亲至疏夫妻"，此生亏欠她的，来生该如何还呢？

"你考虑过自己吗？医生的话都是理论上的，少了这么一个重要脏器，对身体肯定有影响。"身体发肤，受之父母，她不只是他的妻子，更是父母亲含辛茹苦养大的女儿。

"你放心，妈这边我去说，她虽然没文化也是通情达理的老人家。房子不用卖了，钱方面完全没问题，一切都会顺利的。你好了我只会更好，丹丹和这个家才会更好！"

女儿是自己身上掉下来的肉，怎会不难受？依梅的娘心里像拉锯似的被扯来扯去，农村的女人嫁鸡随鸡嫁狗随狗，跟什么样的男人活什么命，哪里又有第二条路？老天要这样安排，女儿上辈子大概是欠了龚大力的，要割了身子偿还。她只能求菩萨保佑，一切都顺利，一定要顺利！

为了手术的知情同意方便起见，方依梅和龚大力再次一起去了民政局，婚姻的契约由绿色换回了红色。一树梅花开得正盛，清绝无瑕、幽香阵阵。任大力如何感慨万端，依梅却平静得出奇，在她心里，一切从未改变，况且她也没太多时间和精力多愁善感。

十二

2004 年，龚大力重新穿上了白大褂。女儿丹丹继续就读师范附中，这所全省最好的高中令家长们趋之若鹜，差几分的交数万元也要想办法挤进去。丹丹一向成绩优异，初三即进入直升班，学校离家很近，最理想不过。

大力没回临床，医院考虑实际情况将他安排在病案室。这里除了主任、护士，专职配了两位医生负责病历质控，龚大力是固定的，另外一名由病房医生轮转，半年一换。轮换也是无奈之举，由于众所周知的原因，半年的损失不是一星半点，不强制没有医生愿意过来。

对龚大力来说，这里已是天堂。皮肤专科医院的住院人次不像综合性医院那么多，一个月不到200份病历，若不是顾虑太伤眼睛，他能全包了。这些出科病历像刚降生的婴儿，被他小心翼翼又满怀欣喜地抱起，从头到脚细细端详每一寸肌肤。他用专业的眼光审视它们，不放过每一处细小的污迹和瑕疵，力求每一份病历都以完美的状态被封存。

龚大力曾经那么认真细致地书写过病历，做这份工作自然驾轻就熟。这些年，病历书写的要求越来越严，字迹潦草、语言不通顺、描述不准确等细节问题被一再强调要求整改，逼得医生们背地里骂"简直是强迫症"。大力很喜欢这些年轻的医生，当他们来病案室修改病历时，常会一起探讨，混熟了话题自然慢慢拓展延伸。他们的牢骚他也听着，不过并不肯放松丝毫，特别对几个头脑灵光但态度散漫的盯得更紧，都是好苗子，越早养成严谨踏实的习惯越好。

他常听年轻人说起网络的神奇，什么都可以上网查，写论文查资料特别方便。医院使用局域网已经有几年，病案管理的趋势也将迈向信息化，以后会推行电子病历和处方，熟练使用电脑将成为医生的一种基本技能。

龚大力花3000元买了一台二手电脑，下班便在家琢磨，劲头和小伙子玩游戏有得一拼。医院奖金近几年是系统里最高的，回来上班后收入增加了一倍多，服用免疫抑制剂的费用也纳入了公费医疗，自己承担的部分不多，生活逐渐步入正轨。所有这一切，都让龚大力一日日感恩自己的幸运，屡次住院期间，他见的不幸实在太多了，因为费用，因为时间，可以说每天都有绝望发生。曾有一位农村的壮年男子，为了活命，在亲属都配型不成功后，硬逼着自己不满10岁的儿子和女儿去检验，孩子吓得大哭，母亲万般不舍，见者无不摇头。那一幕深深地刺痛了龚大力，他从没开过口要求家人做什么，偏偏老天还是把最大的幸运赐予了他。

埋首于电脑自然不是因为游戏，他是被一个叫"博客"的网页吸引，慢慢地龚大力萌生出一个念头，创建自己的博客。回来上班以后，为配合科室工作和医院宣传，他写过几篇科普文章发在《家庭健康报》上，编辑认为形式内容都不错，又单独约了好几次稿。《家庭健康报》是本省卫生系统自办的公开发行的一份健康宣教类周报，采用的都是篇幅精短的科普类文章，拥有一大批忠实的中老年读者，发行量已突破50万份，居全国同类报纸前列。经过一段时间的磨笔，将家庭预防保健的专业知识用通俗易懂的语言诠释，龚大力已经比较得心应手了。

网络的普及使他有了新的思维角度。自己医院的门诊量近几年大幅度提升，说明民众对皮肤的保健意识增强了，婴幼儿的湿疹、水痘，青年多发的影响面部美观的痤疮、扁平疣、色斑，老年人常见的皮炎、带状疱疹，等等，人们对相应知识的需求相应增加。龚大力想建一个专题博客，不能在临床直接服务于患者，通过各种途径做一些力所能及的传播也是尽一份医者的心吧。

生活变得充实起来。龚大力每天忙着查找资料、写作、编辑、和网友互动。博客名叫"皮皮鲁的天空"，由于文章实用性高，且浅显易懂，不久便吸引了近2000人关注。常有读者在留言区直接咨询，"皮皮鲁"耐心细致，有问必复，义务当起了家庭医生。

电脑前坐久了，依梅担心他的眼睛和颈椎，几次三番撺掇他又去买回一只画眉。鸟儿还是叫"如意"，龚大力不得不重拾清晨遛鸟的功课，只是如今心情截然不同。空气的清新、鸟啭的动听较从前分外鲜明，他也不常和老头们唠嗑了，多是一边活动筋骨一边构思文章。他毕竟还不老，没那么寂寞，和老人关注的焦点自然没有太多交叉。

这一年龚大力41岁，挺健如初；依梅38岁，露华正浓。

除了按时服药，大力常常让人忘记他是个病人，投入科普文章的写作后，他的积极向上甚至能感染到周围的人。依梅是多么愿意看到这样的状态，有目标，有自信，有成就感，令老公立马轩昂起来。他原本就是挺有魅力的男人呢，若一直顺利的话，只怕她也会和同事一样，时时担心自己优秀的丈夫成天被年轻小护士们围着团团转的。

依梅的每一天都是鲜亮的，而且比经历这些之前还要鲜亮。原来的她只知守着家、守着电视，不懂生活的丰富多彩、也不会花心思打扮自己，如今日子重归平静，她更加透彻地明白了活着真好，能健康地活着真是命运莫大的恩赐。既得了恩赐，就该好好珍惜，活出最亮丽的色彩。所有人都发现，依梅开朗多了，和同事一起出游，参加医院的文艺活动，只要有空基本一叫就应。整个人的颜色也缤纷起来，她本来皮肤就白，现在气色好了，再稍微打扮下，更平添了几分少妇的迷人风韵。

当那天晚上再次迎接龚大力渴望的眼神，她甚至怀疑是一个梦，以至于害怕会突然醒来。手术成功后他们都在等待这一天，满怀希望又忐忑不安。不久龚大力便有些感觉，可依梅坚持要他休养半年再说，他也听了。终究还是各自担着心，如果还不行，心理的溃败会和生理的障碍一样不可收拾。

所以当真正面临的时候，他们甚至紧张得和新婚一样。依梅不记得有多久没亲近这熟悉而陌生的身体，虽然日日在一起生活，只做那同呼吸共患难的夫妻，耳鬓厮磨的亲昵早已遥远。龚大力的唇由轻抚而热烈，依梅的皮肤被他的手指点燃，她的心注满喜悦，接纳着她刚强的丈夫，沉醉在巨大的幸福中。

一场完美的爱做完，这对夫妻，似乎全身细胞都换了一遍新的，居于斗室，吸入肺腑的空气也如雨后般沁心甘甜。他们还年轻，还有数不清的美好日子在前头。

骤雨初歇，久旷的沙漠饮露承泽，依梅伏在龚大力胸前，任由他的手指继续温柔。咚咚的心跳声比古寺的钟声更使人宁静满足，她听见这颗心在说：谢谢你！

2005 年，方依梅经历了两件事。

春天里，她怀孕了。这次是真的。她当然可以采取措施不让它发生，之所以来，自有来的道理。这是一次无言的宣告，一剂强心针，也许大力需要，也许已经无所谓。但依梅直觉这样更好。

她这么想着时完全忘记自己只有一个肾，吃点苦头倒不怕，只是觉得自己又做了次孽。对一个生命赋予企图总归不妥，有时候方依梅的冷静近乎残忍。

龚大力又恼又心疼，这个安静的女人犯过几次倔，在他看来都不能再傻。现在也只能把她当娘娘伺候好，于是他拿出了看家的厨艺，决心此番趁机将她养肥一圈。

依梅挺配合，半个月里消灭了三只鸡，两只整肚，红枣、黄芪、党参若干。她说，享福机会难得，不能错过。

岁末发了年终奖后，方依梅去了趟邮局。

她去汇款。1万元，汇往深圳某医院，李浩荣。如同当初收到这笔款一样，汇款人也空着，虽然从未动用过，她却没有着急还。很多事她都凭感觉，现在就是刚刚好的时候，对他，和她。

从邮局出来，冬日的暖阳温和清亮地泻了一身。远处的广场有人在放风筝，那是一只软翅子大凤凰，一双迎风招展的尾翼黄红相间，在湛蓝的天空底色衬托下尤为明艳。依梅望了一会儿，收回目光，满身轻快地往家走去。

十三

依梅调到供应室已经10年了。这里上行政班，休法定节假日，对护士来说属于医院的优质岗，虽然奖金系数低点，是大家都盼着离开临床去休养的地方。外人只看到医院的福利待遇不错，医生还有让人咂舌的灰色收入，可对护士来说，付出的辛劳、承受的压力和委屈，相对微薄的报酬，几十年黑白颠倒、没年没节的日子，没有谁不想早点退休。

所以依梅不建议丹丹读医科，一入医门深似海，以院为家刀光血影的，对女孩子不合适。好在丹丹对医学并无多大兴趣，她的语言天赋很强，从外国语学院毕业时已修完了英法德日四门语言，凭借过硬的口语和一堆证书，顺利进入知名外企，岗位是人力资源。公司待遇还可以，就是经常出差，有时还出国。不过年轻人在哪里拼不辛苦呢，标准的朝九晚五，有年有节不值夜班，成家以后她就知道好处了。

女婿是丹丹的高中同学，通过国考进了省直机关，一年后举行婚礼，也算在广州安了家。小伙儿家境一般，按揭的小两房，虽眼下收入比丹丹还差着一截，但处事踏实又不乏机敏，让人很放心。一个是摔不破的铁饭碗，一个是高大上的洋饭碗，两人是同城，过年回家都不用吵架，多好。依梅听说在大城市的年轻人为过年去谁家各不相让发展到离婚的都有，她交代过丹丹结婚后一定别和老公争，不说嫁鸡随鸡的老话，一年到头跟人家儿子回趟家还是天经地义的。

龚大力养了第三只画眉，还是叫如意。第二只如意在10岁那年寿终正寝，他没有太难过，来了总有走的那天，医生对生死总是看得透彻些。没多久他又去选了一只，画眉都长得差不多，不经意会觉得还是原来的，只有龚大力知道它们的区别，就像妈妈才分得清自己的双胞胎。新的这只白色眉纹比前任细长，叫声更清脆，从人的角度看貌似更年轻些。

这些年龚大力身体状况平稳，也曾几次想过回临床，可终究拗不过依梅。依梅坚决不赞成，在她心里，丈夫始终是个需要重点保护照顾的对象，她不容许一点差池来打破现下的平衡，只要在自己能把控的范围，她绝不让步。大力的秉性她最明白不过，一旦接手患者必竭尽所能，医者的探究和服务永无止境，他仍是一个虚弱的人，医院不缺他一个仁心仁术的医生，这个家却无比需要一位健康坚强的男人。

龚大力默默接受了，虽然他仍渴望在一线直面患者。依梅没错，家是他更重要的责任，规律的作息能让她更踏实，他可以做到就应该去满足，不然未免太自私了。

晋升为副主任医师后，医院安排了他坐专家门诊，每周四。这是开院周会的时间，不少担任了行政职务的专家需要参会，龚大力的患者就多起来。皮肤科本来以门诊为主，一样不耽误专业。

他的科普平台一直在做，近年已从博客转战微信公众号，医院的官方号常采用他的文章，宣传科科长总是不停约稿，他也乐意无偿奉献。龚大力是个有心的人，坐诊后手头积累的病例，加上常年在病案室的揣摩比对，已经拟定了几个课题计划。他喜欢做这些，不为晋升也不为单位奖励，业余精力都扑在这上面。

依梅和龚大力商量，想休年假去广州照顾丹丹一阵。早孕反应一过这孩子着急回去上班，年轻人一忙起来就顾不上照顾自己，平日倒也罢了，现在是两个人的身子，一点含糊不得。

女儿一结婚依梅就存了心，辞了几次同学组织的旅游，年假一天没休，预备着这会儿用。连上以前积攒的补休，前前后后有将近一个月，差不多到了春节丹丹也能跟她一起回，年后再让她婆婆想办法过去照应一阵。明年将迎接一个新生命的到来，让依梅特别想早点退休。

依梅是第三次来广州，送丹丹读大学第一次来，买房子时又来看过。她这回带了好些东西，都是吃的，有乡下亲戚送的土鸡蛋和花生油、米粉、辣椒，还有一些卤味。丹丹馋死了那家卤菜的味道，广州买不到正宗的，如果不是怀着孕，一定让她过回瘾，现在也只好稍微解解馋。三大箱子肩扛手提的，女婿接到丈母娘时都不知她怎么上的车。

快六个月了，和上次相比，丹丹已经有些显怀，胃口好得不行，做梦都想老家的辣椒，看见带来的宝贝不由抱住妈妈山呼万岁。依梅赶紧让她别蹦，嘴里嗔道都要做娘的人了还和小孩子一样。

丹丹的身子一日笨似一日，许是在办公室坐久了，傍晚回家时脚有些浮肿。依梅每天督促着她泡脚，然后按摩一阵，才睡得安稳些。广东人煲的汤名目繁多，可习惯只喝汤水，上好的主料全都倒掉，还说那是汤渣。依梅怎么都觉得可惜，本来如果丹丹把那些冬瓜也吃掉，消肿的效果肯定好得多。

丹丹一直在同学那儿做产检，上次说八成是个男孩，女婿听了高兴得整晚傻笑不停。依梅电话里告诉大力，他也是乐不可支，问了三遍闺女啥时回，这个准外公，骨子里也喜欢小子呢。

这天依梅煲了一锅冬笋花生猪肚汤。当年她有个同事怀孕时，婆婆每周炖一整只猪肚，连汤带料全吃完，同事生完孩子好长时间一闻到猪肚味都想吐。不过孩子的脾胃确实好得出奇，三四岁上一天敢吃四五个白水煮蛋外加好几个大肉粽子，一点事儿都没有，老话说吃哪儿补哪儿，看来真有些道理。男孩更要有好胃口，能吃是福，依梅一想到就快抱上手的胖娃娃，满脸的笑几乎要淌下来。

下午两点多，滚汤已经满室生香，丹丹来电话说晚上一个朋友庆生，两口子都不回来吃饭。依梅兴味索然，自己一个人怎么都好打发，也就不想再劳神晚饭。看了会儿电视剧，不知为何心神不宁地看不进去，想着不如出去逛逛，正好买只老鸭回来煲汤，早餐让女儿喝一碗，滋阴又消肿。再去超市挑些粗粮来，丹丹说一定要买有机的。

还有半个月就过年，广州的天气却暖如仲春，依梅在阳光下走了一会儿已经有些微汗。大力说家里这两天可能会下雪，丹丹也盼着过年回去时能遇上一场雪，毕竟有雪才叫真正的冬天。依梅开始有些迫切地想早点带女儿回家，第一次出来这么久，家里那位龚大夫还不知过得怎么潦草呢。

立交桥下有小贩卖花，簇簇新鲜方绽，给人扑面而来的喜悦。依梅被一束粉嫩吸引过去，浅粉色梅花开得正热闹，枝寒花却不瘦，朵朵玲珑娇羞，她一眼便倾了心。

绿灯亮了，依梅抱着花束穿越人行横道。还没到高峰时间，下午的街显得有些空旷，怀里幽香阵阵袭人，她不禁颔首轻嗅，完全没有注意到一辆跑车正疯也似的驰来，如一头发了狂的奔牛……

恍恍惚惚，她回到了熟悉不过的白色中，那是大力的脸，越来越近，他一直是那么年轻、那么好看。依梅想对他笑笑，可是真辛苦啊。她很努力很努力地攒劲，终于听见自己的声音从空气中浮出来：

"大力，你以后一定要好好的！把我身上有用的零件都捐了吧，能帮不少人……"

十四

天气晴好的日子，龚大力每天六点起床，去公园遛他的如意。鸟笼搁在依梅腿上，依梅坐在轮椅里。六点半，湖边晨练的人会准时看到这一家"三口"，还有绚丽如锦的朝阳。

当依梅在意识模糊中说出那句话，龚大力撕心裂肺地痛，他感到无法呼吸。一定弄错了，不是依梅，该被夺走的是他。让他去天堂、去地府，去找那些专制者评评理，去看看他们夫妻前世究竟怎样十恶不赦，要轮番遭受这样的厄运。

好在他赢了，依梅留了下来，虽然只是坐在轮椅里的依梅，龚大力也格外知足。夫妻是前缘，善缘、恶缘，无缘不合，只要他们每天都能看得到对方，这缘就没续尽。龚大力甚至觉得，能有机会照顾依梅，是桩幸福的使命。他兴致勃勃、情趣盎然地设计每个日子，那些说过他们可怜不幸的人，都被这对夫妻时刻洋溢的明快满足感染了。谁说幸福的家庭都是相似的，他一定没见过苦难中怒放的鲜花。

依梅舍身成仁的"遗愿"常常被龚大力拿来打趣："就这小身板，合计合计也能救不少人呢！拜托了，女菩萨，你还是先眷恋着尘世救救我吧！"

说归说，依梅车祸死里逃生确实对他触动不小。作为医者和自身经过生死劫的患者，比常人更看淡又更珍惜自己这副肉体。他的身体里有来自妻子的器官，为了这份幸运和成全，都不得不更加小心伺候着它，健康平安是双重的责任。

而当那一天真正来临无法挽留，无论是自己还是亲人，如何处理不再呼吸不复生动的躯壳，是可以有不同选择的。

他清楚地记得，记得自己和依梅等待肾源时的心情。生命像个沙漏，在与时间赛跑、与造化博弈。依梅听从了身边每一位热心人的建议，菩萨和上帝，她都去拜，虔诚地祈求每一位神圣仙长，明天睁开眼就能赐给这个家一片光亮。如果能脱得开身，普陀山、九华山她也定会叩拜着去。

他们怀着中奖的渺茫希望等待开奖。若那次拯救源于一位捐赠者的高尚品格，他们将会永生地感恩戴德，并且带着这份恩情勇敢地活下去，用善良和慈悲回馈无限美好的世界。

那天夜晚，他和依梅坐在电脑前，点开"器官捐献志愿者登记网"，气氛是有些庄重的。各自提交后他们都看到了那份电子证书，"这是一个让生命延续的行动，让爱永留的感动"。龚大力轻轻拥着依梅，心里涌动着神圣而又轻松的浪潮：再没有痛苦了，从此让我拼尽全力地对你好，亲爱的女人。

依梅病退，龚大力也提前办了退休。轮椅进进出出，顶楼住不得了，两人的公积金还可以，换了套电梯房，毗邻单位小区，不少同事都住这。依梅常自己开着电动轮椅下楼转悠，遇见熟人能唠半天，一点都不寂寞。楼下树不少，但没有梅花，每个花季龚大力都不会忘记买回各种梅，粉的、红的、紫的，不过依梅最喜欢的还是白梅。

龚大力去学了开车，是丹丹极力怂恿的。驾照下来后，丹丹专程带着孩子和婆婆飞回来，逼着爸爸选了辆车，又当了一周的陪驾，才放心地回去上班。依梅实在舍不得粉妆玉琢的外孙，若不是还挂着奶没断，几乎要恳求大力去请个保姆把娃娃留下来带。丹丹让她别着急，以后少不得来劳累外公外婆，到时只怕赶都赶不走呢。

有了车，大力便能带着依梅走远一点。城里郊外湖多，公园一座比一座漂亮，没事儿去晒晒太阳，看孩子们放风筝，看少年溜滑板。龚大力琢磨上了摄影，拿着小单反上上下下比划个不停，技术水平虽长期徘徊不前，倒也乐此不疲。

依梅手上总是少不了编织活儿。小外孙的、同事邻居的，毛衣裤、靠垫、拖鞋，甚至装饰品。她的手极巧，网上层出不穷的新花样一学就会，快递最多的就是各种绒线。龚大力一直穿她的"温暖牌"毛衣。有回依梅织了一对天青色情侣衫，俩人穿着出门时回头率100%，结果是接了一堆的活儿，档期能排到一年以后。

女人追起剧来没完没了，假模假样的事儿也哭得稀里哗啦。一起追剧的好处是有了更多共同话题，龚大力陪着陪着慢慢习惯了，有时候剧情实在无聊，他就在一旁用手机打麻将。依梅从不会有意见，如果不是棋牌室烟气腾腾，她会让大力去那儿过过瘾。这男人年轻时玩心可重了，谁想得到，现在能心甘情愿、寸步不离地陪老婆。

除了追剧，他们还追电影，依梅总能抢到特价票，似乎要把这些年少看的都补回来。当年恋爱时最奢侈的消费就是看电影。两个人都不值班的晚上，龚大力自行车后座载着依梅，一蹬踏板就箭似的飞，吓得她不得不紧紧箍住他的腰。冬天，依梅会把小手塞进他衣服里，脸颊乖乖贴在后背，听那强壮有力的心跳声。那时候的龚大力热血上涌，踩得车轮飞转，若有条路的话，他能载着依梅飞到月亮上去。

他们看白天场。人少，轮椅放旁边不碍事。有一次居然看了包场电影，就俩人。也不挑片子，科幻、悬疑、战争、文艺，甚至动画片，有空，天气好，逮啥是啥。或许最吸引依梅的不是电影，而是处在同一空间相依的感觉。

投入剧情的依梅和姑娘时一样。紧张害怕了得抓住龚大力的手，甚至下意识用指甲深深掐他。乐不可支时又拍又打，着力点可以是龚大力脖子以下的任何部位。他从不推脱躲闪，疼吗？不觉得，这是她最真实最舒畅的时候，正该自己承受。有时候想，如果这个女人不是和他来看电影，会被各种情绪憋得很难受吧？

依梅胖了。龚大力抱着她上车，把她放进影院的座位，用浴巾裹着她抱进被子，慢慢觉得有些吃力。许是自己老了，龚大力想，却并未感到悲哀。能这样与依梅一起慢慢变老，是多年前他想都不敢想的事。

记得绿罗裙

这是一个很老套的故事，依然忧伤，而我依然想写下来。尘世间普通男女的痴怨，像雨后的蛛网晶莹交织，穿过它凝望彩虹，一样七色斑斓，而轻轻一碰，则珠玉纷纷，再也拾不起来。

女人，那些微笑行走的女人，噙着泪的模样，深情如海。

他喝醉了，才忍不住拨她的电话。

"你在哪儿？我去接你呀！"

"又喝酒了？这么晚我肯定在家呀。和大刘一起？让他送你回去，早点休息吧。"她平静得没有一丝涟漪。挂掉。

"就坐一会儿，10分钟好不好？我想你呀……"电话那头是混浊不清的话语和沉重叹息。她一言不发，触下红键。

"你要陪老公啊？他哪点好啊？长得比我好看吗……"他赌气地对着忙音喊起来，酒精让这个40多岁的男人像个含酸的少年。

屏幕再次亮起，蜂鸣声执着地震痛她的耳膜。她关了手机，起身点燃一支薰衣草精油蜡烛，趴在桌上，望着火苗出神。

怎么会有人牙齿长得这么白呢？

小棋很羡慕牙齿雪白又齐整的人。最近小棋对自己的一口四环素牙越来越不满意，她有些怨气，班上这么多女生，人家的爸妈还有根本不识字的，也没给小孩子吃这么多四环素。

开始对牙齿介意后，小棋每天刷牙都很认真，晚上睡前也刷一遍。有一次姐姐说吃药变黄的牙齿永远也刷不白，小棋不信，还和姐姐吵了一架。可上次发烧去医院吊针的时候，小棋让爸爸问过医生，真的是不能变白了，这让她难过了很久。慢慢小棋养成了抿着嘴笑的习惯，连娘都发觉，爱哈哈大笑的疯丫头越来越文静了。

这个叫路根生的男生，或许是被小棋的傲气盯得不知所措，也不坐下，只站在桌旁摸着头腼腆地笑。小棋一眼就注意到他的牙齿，又白又亮又整齐，和白色的围棋子一样还会反光呢。她第一次被这么白的牙惊到，偏偏皮肤黝黑，一张嘴只见一口牙，让人完全记不住其他的五官。

不过小棋竟然对拥有这口好牙的新同桌没什么好感，甚至说还有点轻慢。路根生，好土的名字。个子只和小棋一般高，圆圆的脑袋、圆圆的眼睛，整个人看起来像一颗圆溜溜的土豆，而且是带着泥巴的灰扑扑的土豆。

除了牙齿不好看哪儿都好看的周小棋，是个骄傲的小姑娘，乖巧伶俐，成绩一等一的好。就是身子太弱，14岁了都没长开，被父母和老师捧在手里心疼着，从来舍不得重说一句。

豆芽菜似的周小棋之所以心里瞧不起一口白牙的路根生，倒不是因为他的土，而是因为他一来就成了自己的同桌，死党英红被调到后排坐，自习课都没法说悄悄话了。

班主任柳老师是路根生的姐夫，唯一的小舅子在乡里没考上重点高中，转到县中从初二重读。遵照老婆的最高指示，柳老师第一次违反原则，安排根生和周小棋同桌。她一直是稳居年级前三的优等生，希望能好好带动下根生的学习。

小棋把中间的"三八线"用削笔刀深深地再刻画了一遍，路根生的肘子一弯过线，就会收到本子拍打的警告。逼走了英红，小棋可不愿给他好脸色。路根生很怕这个反复无常的班长，对别人都笑眯眯的，可好像和自己有仇。他一下课就赶紧离开座位，免得又犯了错惹得她大呼小叫的。

小棋觉得路根生有时候也没那么讨厌。

他的黑比刚来时浅了些，白牙齿看起来就不太夺目。他的语文和英语勉强及格，不过数学真不错，常常压轴的难题小棋都颇费思量，他却三两下就做完了。数学老师挺喜欢他，并不全因为是柳老师小舅子的缘故。

还有一点让小棋暗暗佩服，路根生写得一手好字。小棋的字只能说工整，其实没皮没骨，暑假时也练过庞中华，不过太没耐心，她对枯燥的事一向都没耐心。路根生写得比字帖差不了多少，而且有棱有角有劲道，有个词叫"铁画银钩"，和他圆头圆脑的样子恰好互补。他还会写连笔字，名字练得尤其好看，"路"字收笔弯弯曲曲，真像一条蜿蜒山路。小棋偷偷模仿他的写法，不知不觉也将"路"字转成了纤纤小径。

小棋每次看路根生写名字，脑海中会蹦出"潇洒"二字，可再见他土气地笑出一口牙，立马又觉得委屈了这词儿。气氛终于缓和些，自习课上有话也能好好说了，要知道时刻横眉立目对着一个人是很累的。不过路根生对"三八线"依然小心翼翼不敢僭越，小棋倒基本忘了这茬，冷不丁拍他一下借东西，或者凑过一颗头学写某个字。

有一天上自习时路根生神神秘秘递给她一张折着的纸，从作业本上撕下的，上面写着好几种"周小棋"。他问她喜欢哪个，可以照着练熟，以后当签名用。小棋比较了一节课，觉得还是第二种更好看，"周"宽和大气，"小"玲珑居中，"棋"挺秀分明。她得意地在本子上写下极有设计感的名字，他一直摸着头傻呵呵地笑，露出一排雪白的牙。

有个男生同桌也不错。每次学校在操场开大会，路根生抄起条凳就跑，小棋只需要空手晃过去，以前和英红可是一人抬着一边上下楼梯。不过她现在的男同桌是个捣蛋鬼，烧头发、丢毛毛虫，英红吓哭过不止一次。小棋一点不担心路根生会干这事，他还是挺怕自己的，不免让她有恃无恐，时不时拿路根生当出气包使。

这天周小棋穿了条新裙子，绿底白花飘啊飘，细瘦的胳膊和腿在阳光下白到透明，路根生的眼被闪疼了。小棋每天都好看，今天更加好看，头发和眼睛都会发亮，像仙女一样。路根生连大气也不敢出，唯恐吹跑了小仙女。

小棋下午高兴不起来了。她肚子很疼，下课也坐在凳子上不动，一脸苍白。小棋是不敢起身，她觉得有湿漉漉的东西弄脏了裙子。肚子越来越疼，终于熬到放学，同学们陆续走了，小棋趴在桌上忍不住呻吟起来。

路根生看出蹊跷，却不便多问。回家放下书包又回头，小棋果然还没走，好像在哭，是生病了吗？路根生就住姐姐家，学校的旧房子，他赶紧叫来姐夫柳老师用自行车送小棋去医院打针。柳老师看看倒不惊慌，回头又搬来老婆，却把路根生拉去操场跑步。郎舅二人跑了足有8圈，天黑才进屋，姐姐说刚送小棋回去了，没啥事。

小棋不知道那天自己的脸有多红，反正路根生在的时候她一直趴着不敢抬头，直到教室里只剩师母。幸好他没看见裙子上的大红花，不然第二天真是没法见人了。

路根生后来很久没见小棋穿那条绿底白花的裙子，有些失落，不过小棋忽然对他比以前温和了许多。女孩子真奇怪，生气莫名其妙，连高兴也莫名其妙，路根生有时候在夜里想着想着，就莫名其妙地激动起来。

单纯的人往往都比较顺利，比如那些被保护得很周全的女人，才有可能将纯净可爱进行到老。而大多数人，都是在人生的某个拐点，将破碎和狼藉打包，不知不觉已风霜覆面，回首多少不堪。

周小棋无忧无虑的少女时代结束得太早，猝不及防的厄运突临，她毫无招架之功。

初三那年寒假，小棋的父亲骑车带着母亲回乡下看生病的外婆。天寒地冻，姐妹二人在家围着暖烘烘的火盆写作业，炭火由红亮烧到灰白，也没等到爸爸妈妈回来的车铃声。

结冰路滑，一辆拖拉机失控撞上了路边自行车，这对夫妻当场同时殒命，未留给一双女儿只言片语。

这起震惊小城的车祸后，路根生身边的座位空了一个多月。周小棋回来上课那天，全班异常安静，连最顽皮的男生也坐得规规矩矩。数学课上，路根生看着小棋面前的课本被一滴一滴眼泪洇湿，第一次尝到无能为力、心如刀绞的滋味。

小棋中考报了师范，因为每个月有生活补助。她也是全班唯一上了中专线的，数学得了满分。路根生考上校本部高中，是省重点，他英语考了85分，是史上最好成绩。

师范在省城的南边，离县里40多里，要九月下旬才报到。高中开学的时候，小棋悄悄地去过，她看到路根生抱着一摞新书跑进教室，白衬衫后背汗湿了一片。他好像高了，瘦了，不再是土豆的样子。小棋不记得那天他牙齿的光泽，他没有笑过，与别人连话也不说一句。

小棋第二次穿了那条绿裙子，这也是母亲给她做的最后一件新衣服。秋凉未至，蝉儿尚不知愁苦地欢叫，不懂树下的小姑娘为何眉头紧蹙，在花一般的年纪拖着长长叹息。

路根生的高考志愿填的都是师大，特别希望他学医的姐姐气得一礼拜没理他。路根生并不热爱教师这个职业，他傻傻地认定，只有读师大，才可能和小棋分配到一起。

高中三年，他每个月写一封信给小棋，她也回信告诉他一些好玩的事。寒暑假会约着一起去同学家。小棋比原来高一点，还是瘦得叫人心疼。路根生一年蹿一截，一身肉拉得又薄又长，高高瘦瘦完全变了模样，若不是每年能见上两回，小棋在路上会认不出他。

路根生拿着录取通知书兴冲冲来找小棋的时候，她正在家等分配。趁着还没走上工作岗位，他想让她知道一件事。

小棋告诉他，自己会留在省城的重点小学教书，男朋友的父亲找人办妥的，八月份就去上班，准备开学的事情。

他缄口不言，此后两人再无交集。

路根生毕业后带了个四川女同学回家，一天教师也没当，扎根到乡政府，20多年做到正科。县里级别低，正科已是一局之长，上升空间很小了，路根生慢慢懈怠下来，偶尔会想起多年前的事。

同学聚会常有，而周小棋不常有，凡有的时候路根生一定到，而且一定坐在小棋的正对面。这样他可以仔仔细细看清这个女人，看她一样笑起皱纹、一样夹杂白发、一样往下走的脸颊。他再没有什么胆怯的，甚至可以大声与女同学们调侃狎戏。对付中年妇女原本不需要多少心思，几个段子就能让她们两眼放光。

可是完全不对。没有人劝酒，他常常不由自主就喝多了，有时候喝得并不多，眼前却花了。舌头开始不听使唤，他不知道自己说了些什么。他好像往她身边坐过，又好像没有。她每次都穿不同的衣服，可没有一件是绿色裙子。他喝醉了才忍不住打电话，她有时候接有时候不接。他不知道自己想干什么，好像在等她的一句什么话。这种等待很无望，他就这样在无望中咀嚼着早已风干的不甘心，仍然酸涩。

周小棋原本深居简出，离婚的事也没几个人知道。这个决定她没有任何需要说明的原因和对象，就像没有人洞悉她一直渴望着挣脱枷锁的欲念有多强烈。

这段婚姻一开始她就是被迫的。从那个男人利用关系扣住她的档案，从她轻信于人失去纯洁之身，就再也回不了头。

如今的她一身轻松，只爱着清风朗月，过去的事不愿多想，连曾经看到漂亮牙齿心生的触动，慢慢也木然了。这世上的好牙不再难见，越来越多的人付出代价便能拥有窦骁的齿若编贝。某年周小棋心血来潮也去做了烤瓷牙，当她对着镜子尝试笑得灿烂些，却发觉一脸的沉静配不起那明快。从此她彻底戒绝了对皓齿的执恋。

深秋，烛火静若处子般安详，暖意一点点洒向小棋的脸。桌上铺开信笺，她轻轻地写着自己的名字。这笔签名谙熟于心、行云流水，几十年早已褪尽稚气，但风韵犹存，而路根生的眼，却不复清澈。

我知道，你会跟我一起去

她的家附近有所大学，傍晚她常一个人去幽静的校园走走。某年毕业季，忽然一个男孩从身旁狂奔而过，抱住一棵树发出哀号，声音响到路人皆侧目。不一会儿又发出仰天长啸："为什么？为什么……"一边声嘶力竭一边用拳脚对着树干发泄。

她贪婪地望着这一幕，望着那位此刻痛不欲生的男孩，这般年纪只有爱情才会让他如此惊天动地吧。他所流的泪将永远铭刻在心底而不再轻易勾起，女孩也不会知道自己曾拥有过的汪洋，只有树，一年一年都在这里，迎接、目送、承受，却无言。

她真羡慕那个女孩。

来修空调的师傅很健谈。一开腔她的心便突地一颤，很自然地互相聊起来，平时的她和陌生人并不会这样交流。师傅收拾东西准备走，她似乎随意地问道："您是泊州人吧？"

果然没错，那儿的男人说话怎么都一个腔调，连声音的质感听起来也差不多。有回因工作给泊州的业务员打电话，对方只一句"您好"竟让她恍惚了几秒才回过神来。有些东西永远不会消失，只是在等待，等待被启封被唤醒，由一句不忍回味的歌词，由一双相似的眼睛。

《山楂树之恋》很火的时候，她把书找来读。里面写静秋看到有"三"字的地方，都会脸红心跳，电影里可演不出这些。原来并不是只有自己才这样，她闭上眼，深长地呼吸，似乎有些欣慰。

这所学院毗邻城中村。

从学校去往市里要经过一片橘园。园子不大，最多两亩地种着不到100棵果树，也没用栅栏绳索什么的圈定个范围，就这么大大咧咧地敞在路边。这个村富裕得很，是全省第一个破亿元的村，家家户户住小洋楼，老百姓过年往家里领的是成捆的票子，有劳动能力的都在村办企业上班，留块地种些橘子就图自家吃个新鲜。

陈美清从没进去过那片林子，尽管并没有一块"不得擅入，违者必究"的牌子，乖顺的美清也绝不会越雷池一步。吃橘子从小贩手里买便是，别人树上的可不能摘。

赵炎宇已经笑了一礼拜。自从他们一伙人那晚偷橘子被老乡发现后，慌不择路的张顾一脚踏空掉进了粪池，然后又被老乡用竹篙拉上来，他们寝室的臭味就阴魂不散。每次见到陈美清，赵炎宇都要说起这个"遗臭万年"的故事，说一次笑一次，又有不同的细节加进来。他最遗憾的是那天妈妈来省城开会带了些吃的让他晚上去取，结果居然错过了大戏。若在平时，他必须是活动的组织者和策划者，事发时大家也不至于被吓到作鸟兽散了。

估计老乡也乐坏了，把人拉上来不光没找学校追究责任，还送了些橘子给他们吃。赵炎宇拿了一袋给美清尝，她迟疑了下，才一瓣一瓣地送入嘴里。

"是不是特别甜？这味道绝对和买的不一样！"

美清心想，哪里甜呀，分明还臭臭的。不过她没说出口，是怕这莽撞的家伙下回真要去摘那不臭的。

陈美清知道自己是喜欢他的。至少在口头上她把这份喜欢藏得很深，似乎为了撇清嫌疑，室友们谈及他时，她甚至会贬损两句，却不知被女同学们暗笑是此地无银三百两。

不想让别人把他和她联系起来，除了不好意思，更多的还有一腔无法名状的懊恼。喜欢一个人也就罢了，学校谈恋爱的不是一对两对，她气恼自己第一次心动的对象居然是赵炎宇这样的人。

陈美清从小就是大人们赞不绝口的好孩子，除了体质娇弱外没让父母操过一点心。优异的成绩和班委的身份足以让她无需费心经营和同学的关系，身边亲密的都是成绩排前几名的好学生，那些屡屡在大会上被点名通报，旷课抽烟打架冲女孩吹口哨的"坏男孩"，至少在她的视野半径50米开外。她是心里嫌弃又不好表露，除了履行班长的必要职责，基本就没和这样的男生说过话。

可赵炎宇偏偏就是这样的不良少年，除了考试成绩还不错。

因为踢球他已经和外校学生打过几次架了，开学典礼别人领完奖励后他上台领处分。自己也受了伤，手上还没拆夹板，踢踏着拖鞋，所有的肢体语言和眼神都全力维护着桀骜不驯的"英雄"气概，就是不肯好好站直哪怕装出一点悔过的样子，把校领导气得直摇头。

当校长念完处分，他又跌着拖鞋从坐着的美清身边经过时，带起了一阵风，使陈美清微微眯起眼睛。一缕气息钻进了她的鼻子，以前从没注意到男生身上会有这样的味道，不是香，也不臭，说不上来，但有点好闻。

他很快出了名，特别是在新入校的女生中。能进这所大学的成绩都不赖，一众乖孩子里冒出个以破坏规矩为荣的鲁莽少年，简直是一枝独秀。刚从高考和家长的双重樊笼里扑棱出来的小鸟们，像见了一枚域外的野果，新鲜刺激而跃跃欲试。当然，还有更主要的原因，这不是一颗歪瓜裂枣，看起来甘美饱满惹人垂涎。赵炎宇的确是个高大阳光的帅小伙。

那一个礼拜的卧谈会，寝室的六名女生已经陆续拼凑出了赵炎宇的个人信息。金融系大三，泊州人，爱踢足球，据说家境不错，眼下尚没有女朋友。

这里至少有四个人说起他时话语比平时多了20%。陈美清在黑暗里看不清她们的表情，她努力让自己的声音听不出波动，甚至因此刻意流露一点不屑，表示对这伙人的厚脸皮实在有些无奈。

她们寝室有两朵花，美名远播引来蜂蝶乱舞，没头没脑地往里撞。

这些竞争对手出入之间常常遇上，便在这狭小而芬芳的天地里暗暗较着劲儿，没有谁甘心轻易撤退，只怕一个不留神被人取了巧折了枝。

《动物世界》里赵忠祥用充满磁性的声音告诉人们，求偶期的雄性动物为了赢得雌性的青睐总是竭尽全力、延翎展翅、引吭高歌，送出别出心裁的礼物，以及驱赶进犯者。这些节目在她们寝室轮番上演，进化为弹拨吉他、吟风弄月、展示球场英姿等等不一，也有夸张到深夜在女生楼下扯破了喉咙喊"某某我爱你"之类，只惊得一盏盏窗户渐次亮灯向英雄致敬。

陈美清不是花儿之一，没有男孩专为朴素文静的她而来，寝室里热闹的时候，她便带本书去文学社的小房间。"雨丝"，是那个年代万千校园文学社之一，作为骨干成员的陈美清，始终对小眼睛大鼻子社长取的社名耿耿于怀，这么幼稚的名字，让人十分不情愿把文字付诸校刊。社长和赵炎宇同寝室，但并不参与那群浪子的活动，虽然如此，美清也觉得似乎多了一层熟络，才对他的迂腐勉强能够接受。

赵炎宇他们几个来的时候，她会待在寝室里和大家一起聊天逗笑，看其中的两位少年对各自钟情的花儿小心翼翼地曲迎讨好。而花儿们乐于享受又若即若离的样子，让她觉得有许多人追求的女生是妙不可言兼深不可测的。

赵炎宇总是吊儿郎当、不可一世，看起来比谁都更像狂蜂浪蝶。他陪着室友来，却并无意嗅哪朵花，他说这寝室有他的老乡，却坐半天也和老乡说不上三句家乡话，连那位泊州辖县的姑娘都说和他不太熟。陈美清当然也看得出来，不然以她清高至寡的性情，即使自己不是美丽骄傲的白天鹅，也断不肯屈尊去看别人秋波横飞、打情骂俏。只是有一点她想不明白，赵炎宇骨子里的清高绝对不输自己，为何愿意陪别人来追女孩？他一向自我自大到过分，平时只能是主角，连观棋不语的耐心都没有，这回怎么就甘心做了男配角？

莫非他其实喜欢这寝室其中的一个女孩，只是隐藏得太深？卧谈会也研讨过这个问题，那两朵最耀眼的花儿表示完全接收不到信号，语气还不免有些悻悻然。要说是其他人也不像啊，大家偶尔会起哄陈美清，但也没当过真。毕竟只是常在一起玩，真的丝毫看不出特别，不过这些女孩里面大半都对他有好感也是心照不宣的。

陈美清想都不敢想赵炎宇会有一点喜欢自己。和室友们比起来，她既不漂亮也不温柔，从高中带来的骄傲在这里已没了土壤，男生们都喜欢那种巧笑倩兮、发育良好的女孩，她很清楚自己不是。不过，反正赵炎宇这个怪胎还没喜欢上别人，美清就乐意和他说话。

他很少笑，而一笑起来会让陈美清想起两个字：无邪。眼睛弯下来嘴角扬上去，好像那满身的尖角刺头就扑棱棱地落了一地。美清习惯了他笑的样子，也习惯了他不凶的样子，很纳闷为什么别人都说他难以接近，而看不到他的眼神其实很清澈。

青春飞扬起来日子总是太快，美好时光一晃就溜走了。下周期末考之后，赵炎宇他们将离校开始实习，家里已经为他联系好泊州的一家银行。

分别在即，大伙儿喝了不少顿酒，球踢到累得跑不动，美清她们几个也被叫去一块儿尽兴。那是她第一次喝啤酒，觉得涩涩的不怎么好喝，两朵花倒是放得开，和几个男生抢瓶喝上了。始终没有修成正果的那两位如何招架得住，十几个回合下来便舌僵眼直，只会对着心中女神含混不清地嘟囔。那位小眼睛大鼻子社长也在，他那几首酸倒牙的情诗美清对谁都没说起，这会儿倒偏要她喝一瓶，被赵炎宇直接拦下。两间寝室第一次联谊的结果，男生全军覆没，女生面不改色。

期末考完，明天将解散，今晚他们并没有喝多少酒，早早结束后三三两两晃到湖边闲坐，陈美清和一朵花也跟了去。她感觉到了离别的惆怅，这惆怅并不疼痛，因为有远远的希望在前方等待，等待着实习归来的他们。当然，她还是想尽可能地和他们多待一会儿。

"我们今晚准备去偷老乡的黄瓜，作为离校特别纪念活动！"赵炎宇神秘地把计划提前透露给美清。

"怎么又做这些？黄瓜校门口小摊上天天有卖，两块钱能买一堆，不要去嘛！"美清有些嗔怪的语气。

"那怎么能和我们在地里现摘的比，何况意义不同呢，几十年后可能什么都忘了，就记得这件事儿！"赵炎宇的表情仿佛要去完成一桩劫富济贫的豪迈壮举。

"太刺激了！我们可以去吗？"一朵花兴奋的眸子在夜色中闪闪发亮，她大概是被酒精壮了胆。

"对呀！不如你们也一起，好不好？"赵炎宇接着一朵花的话，眼睛却望向美清。那位花的仰慕者也在一旁应声附和着。

"我？从小到大我连作业都没欠过的，哪敢做这种事情哟！"美清脱口而出，这事儿怎可能和她联系上。

"就因为没做过所以才要去尝试啊，以后还多了吹牛的资本呢！"他继续做思想工作，眼里倒越发期待了。

陈美清有点动心，和他一起经历一件事，哪怕是出格越矩的事，也很有诱惑呢。

"可是万一被人发现抓住了怎么办？会丢死人的……"

"怕什么，老乡半夜都睡沉了，黄瓜值不了几个钱，发现了也不会怎样的！"这种事一朵花可一点儿不发怵。

"要不你们不去地里，就在校门口等着，回来马上能吃到新鲜的，就当替我们望风，也算参与了活动啊！"赵炎宇竭力打消美清的顾虑，他忽然特别希望今晚路灯下有她的身影。

"那好吧！"美清脆生生的爽快有些突兀，并且扬起脸给了他一个浅浅的笑容。这让赵炎宇喜出望外，她的笑从来不张扬，这会儿使他觉得有春风拂面的感觉。

多年后陈美清都想不明白自己怎么会答应。她记得当时并不怎么害怕，只是对做坏事有些愧疚，但赵炎宇的眼神瞬间战胜了她的愧疚。

两个女生早早地被赵炎宇他们赶回去睡觉，说夜里一点到大门口碰头。一朵花还是很遗憾不能够亲自体验那种鬼子悄悄进村的感觉，两个人回到寝室便闭口不言，各自洗漱安睡。

秘而不宣的期待和不安让陈美清辗转难眠，为了不吵醒其他人，她把小闹钟放在枕边，好在一响铃时便能按掉。秒针滴答滴答地走，脚底的小风扇呼哧呼哧地转，她瞪大眼睛望着头顶的蚊帐，月色如银，钻进蚊帐里的月光似乎也有些燥热。那边传来一朵花香甜的鼻息声，美清一会儿向左翻个身一会儿向右伸直腿，数了无数只羊后终于放弃入睡，只等着时间尽快到来。

十二点四十，陈美清取消了闹铃，轻手轻脚地起床，扒开一朵花的蚊帐，把睡到不知哪国去了的她拍醒，两个人懵懵懂懂地出了宿舍楼。

夜黑得深沉，一弯新月如钩，天上的星星也稀淡，白天熟悉的小路在几盏昏黄的路灯下轮廓隐约，树影像在梦境里一样有些不真实。美清从没在这么静谧的夜里独自行走，不由挽紧女伴的胳膊，脚下也加快了步伐。

几个男生已经在候着，路灯把人影拉得老长，赵炎宇居然提了个塑料桶，该不会拿它装黄瓜吧？他有些兴奋，并没有注意到美清微微皱了下眉。

"你们就坐这儿别动，等我们回来就有新鲜黄瓜吃了。放心，不会很久的！"

"哦，那你们小心不要被发现了，可别再掉进粪坑里了！"陈美清并不知道那块地没有沤肥的坑。

他们几个熟练地翻过校门消失在夜幕中。这道门锁住的也就是美清这样的乖乖女，对赵炎宇他们是形同虚设，次数太多了，连看门的老汉都记得这几张屡教不改的面孔。

两个女生安静地坐着，四下漆黑一片还真不敢乱走动。一朵花瞌睡还没醒，半倚着美清的肩打盹儿，一边嘟囔着大半夜的跑这儿干坐，还不如不叫醒她呢。

　　美清开始惴惴不安。她脑海里设想着他们到了哪儿，黄瓜藤上有刺的，夜里看不清很容易被扎到，毛手毛脚的赵炎宇注意得到那么多吗？他要是穿条长裤就好了，至少腿不会被扎。可千万别被人抓住，要是老乡不依不饶告到学校来，又要受处分，弄不好影响毕业分配的。

　　她们偷偷溜出来，都忘了戴手表，也不知道过了多久。等待总显得特别漫长，才十几分钟美清便着急起来，好像时间越久出岔子的可能性就越大。她坐不住了，站起身向门口张望着，此刻只有暗黑的夜色里出现那几个小小的身影才能平抑她的担忧，她甚至能听见自己的心脏在胸腔里想要扑棱而出的声音。

　　仿佛一个世纪那么长，终于看见了黑影子，他们还在爬大铁门，美清便等不及地迎上前去，全顾不上趴在长椅上又睡过去了的一朵花。

　　"可算回来了，没被人发现吧？"

　　"还真把人吵醒了，老乡把我们赶跑就没追过来。你看，摘了好多！"赵炎宇刚一落地，便把塑料桶提起来给美清看，大半桶鲜嫩的带着小黄花的黄瓜分量想必不轻。门卫室的灯亮了，老汉呵斥出一句，又不免"吭吭"地被喉咙里的一口痰纠缠，这一伙赶紧往校园深处遁去。

　　行至湖边方各自笑着躺倒，陈美清她们也跑得扶着腰喘大气，嘴上哎哟哎哟地叫唤，心里那如兔子般的惊慌终于慢慢平复下来。

　　"好吃！你们也快拿去吃呀！"赵炎宇跳起来抓一根黄瓜便啃去半截，再把一根递给美清，其他人也忙不迭地行动起来。

　　陈美清接过来并没马上吃，她还是觉得至少该洗洗再入口，又怕拂了他的心意，迟疑了一番也就不顾忌许多了。黄瓜确实鲜嫩水灵，吃的人莫不齿颊留香。

　　大伙都撑到再也吃不下便打道回府睡觉去，桶里还剩不少，赵炎宇让她们带回去给室友尝鲜，他说桶不能给，待会儿洗澡要用。陈美清瞪圆了眼，可咽下去的也吐不出来，气恼得追着他要打，捧着黄瓜又跑不开，赵炎宇倒蹿得比猴还快，只留几声哈哈抛在空旷夜色里。那无邪的笑声和天边的一弯新月，将这个夜晚镌刻在美清的记忆深处。

他说："你那时又乖巧又听话，女孩子就该这样，我觉得哪怕我是去杀人，你也会跟我一起去的！"

她矜持地微笑，也只好这么淡淡地笑，心里却说：

"我不会！谁都不值得你去偿命，我会劝你不要去，好好地和我在一起！"

她没看到离别的火车开动后，他躲进卫生间无声地流泪。岁月是个贼，偷走了太多偏偏还让人束手无策。

对不起，我找不到天国的邮票

已经 7 年了，写下这个标题，我依然脊背发凉、满怀悲怆。

我在那年的清明扫墓时听说这件事，姐姐因为悲愤声音都有些颤抖。当时我站在老家旧屋的门口，外面风雨交加，和那个夜晚一样，让人不寒而栗。

曦高三了，妈妈略微松了口气。

这所省重点的文科班很强，高二以来曦一直保持在前 10 名。她爱写诗，梦想着去 X 大。苦了这么多年，女儿如愿了一定陪她一起去，去看看那所海边的最美大学，妈妈心里想着。

这孩子懂事得让人心疼。自从 10 岁时爸爸因肺癌过世，曦就成了小大人，读书自觉刻苦，从不挑吃拣穿。她本是个爱唱爱跳的小姑娘，少年失怙并没有令她自卑阴郁，有这件贴心的小棉袄，母女相依为命的日子慢慢有了暖色。

不少人劝妈妈，女孩有出息，大学毕业后会留在大城市的，到时孤零零的一个人也需要个伴儿，趁年轻再找一个吧。守着这么乖巧灵慧的女儿，妈妈怎忍心让一份陌生的关系来打扰她的快乐宁静，怎忍心让哪怕一点点可能的委屈伤害到她。有这样的陪伴，妈妈已经很知足。

曦的爸爸在世时集资了这套住房，母女俩好歹有个简陋也不乏温馨的窝。对一个女人而言，经济上的压力终究慢慢显露出来，妈妈只是个下岗女工，在一家超市做事，一个月拿不到 2000 块。高中的费用越来越多，还有晚自习的补课费，孩子这么辛苦该增加些营养，读大学的钱也要尽早预备着，总靠亲戚们接济不是回事儿，大家都不容易。妈妈又在家政公司报了名，用倒班休息的时间做几家，勤快点的话收入不比超市少，只是这腰肌劳损的毛病总是打岔，叫人使不了蛮。

妈妈的辛苦曦看在眼里，心里暗暗憋着股劲儿，以后要让妈妈过上悠闲的日子，买漂亮的衣服看美丽的世界。以前爸爸在的时候，妈妈也是爱玩爱打扮的美女呢。

曦在诗里写道：

> 我想让优雅的白鹭和你一起翩翩起舞
> 我想让柔软的细沙抚慰你酸胀的双足
> 我想让湛蓝的天空舒缓你困倦的眼睛
> 我想让你记不起上次是为什么哭
> 妈妈　我可以的

文科班的男生不多，但凡资质尚可都不会被埋没，杨的性格如果更开朗些，估计能暗地俘获一半女生的芳心。可他就是那么默不作声，任你怎样激将，都是一副不骄不躁、不急不恼的模样，也不懂得在女生面前用睥睨天下、舍我其谁的豪气换来无限崇拜的目光。于是有女生嘀咕，这个人长得也不差呀，怎么就那么闷呢？说高冷吧，好像又不够酷，无聊得有点可惜。

杨心里一直郁郁不乐着，哪里有心思理会那些奇怪的女生。

高二是自己一意孤行要选择文科，他实在讨厌那个成天念叨分数、眼里只有600分以上学生的班主任，连带着对他的物理课也反感排斥。这所学校以校规严明著称，任何人不得以任何理由调换班级，杨还未听说哪个官家或富豪子弟得以僭越。如果真要在这里再待两年，他觉得自己的青春期完全是被狗吃了，要逃离只有去文科班。

在老师、父母和男同学的眼里，男生读文，一定是数学逻辑思维出了问题，才放弃将来成为科技人才的康庄大道，不得已去和女孩一争长短。杨的文科在男生里固然不错，理化虽不拔尖也还差强人意，奋勇搏击的话或许能冲刺到上游也未可知。

没有一个人支持杨。他不想把对老师的厌恶说出来，不想被"任性""拿前途开玩笑""逃避是懦夫的行为"之类的苦口婆心围追堵截。大人们总说坚持坚持，好像考上大学就可以高枕无忧、随心所欲，他们一定忘了自己的青春也曾满身是刺。杨决意不走寻常路，他以物理交白卷的方式让父母认定，这孩子就是个理科白痴，只得退而求其次。

文科班并不轻松。杨的英语、语文和历史基础不错，但政治和地理基本从零开始，强记是无法与女生相提并论的，一年下来，总成绩也只在年级中等徘徊。每一次家长会后，父母的眼神就流露出无声的懊悔和忧虑，杨如芒刺在背。

但是他一点儿也不后悔。除了不用再面对那张写满刻板和蔑视的脸，还有一缕明媚的阳光正照亮他的心房。

曦的笑容很有感染力。杨从未见过这么明亮而不事张扬的女孩，她的笑让人感觉世界是温柔而美丽的。他以为她必是在浓浓的父怜母爱包围中长大，以为她的生活中只有公主裙和红舞鞋。可她看起来又是那么朴素，当他知道真实境况后，便不由对那份明亮更加敬佩、更加怜惜。

杨有一张此起彼伏涌现着青春痘的脸，貌似风平浪静、宠辱不惊，镜片后的目光却一直默默追随着那个身影。他偷看她的侧影，光洁的额头、灵秀的鼻翼，嘴唇和下巴的弧线像月亮般优美。她笑眼弯弯，玲珑的双耳完美得像艺术品。他甚至看清那白玉般的脸庞上有着细密的茸毛，宛如娇嫩饱满的水蜜桃。她活泼似百灵，柔善如春风，跳跃的马尾一下一下撩拨着他的心弦，淌蕴成盈盈缥碧一潭水，细细贯注于所有感觉的末梢，使他每天都揣着想往、都充满力量。

元旦晚会上曦唱了一首歌，是周蕙的《约定》。杨第一次可以毫不掩饰地注视她，这珍贵的四分半钟，他连眨眼的几分之一秒都觉得浪费。她唱：要做快乐的自己，照顾自己！在音乐飘荡和灯光闪烁中，全世界都退隐了，只有她宛若精灵。她是会施魔法的快乐小仙女吧？杨禁不住想。

杨听说她想考 X 大，于是他也想去海边，哪怕遥不可及，哪怕山高水长。

曦的成绩足够好，而自己目前尚在一本边缘徘徊，若想一直追随、一直被明亮照拂，只有拼了！

他向她借课堂笔记，得到爽快答应，她一向都乐于帮助同学。借鉴有良好归纳总结能力的尖子生笔记，复习起来有事半功倍的效果。而那半旧的软皮抄是如此亲切，一行行娟秀的字迹在他眼里舞蹈起来，他竟能过目不忘，连哪一行什么内容都记得清晰。

高中的少年，外表越压抑，暗流就越汹涌地寻找出口。杨每周借一次笔记，虽然只能拥有一晚上她日日摩挲的东西，业已非常满足。他想象她专注听课和奋笔疾书的样子，有些他见过有些没见过。

他把本子压在枕头底下，那一晚通常会睡得很沉。有一次抱着本子竟睡着了，然后她进了梦里，一直在奔跑，而他则一直追逐。

高二期末考，杨的成绩也进了年级前十。

杨特别感谢高三的晚自习。

学校的惯例是高三学生一律加上晚自习，七点到十点。除了住校的乡里孩子，家在县城的多数都步行，考虑到安全问题，老师鼓励没有家长接送的学生，可以自行结伴顺道而行。

开始曦的妈妈每天都来接她。为多做几家钟点工，超市的晚班上得多了，曦下课后总是看见妈妈疲惫不堪地在校门口等候，心里会像被小锯条来回扯着那般酸疼。她发现杨住得不远后，主动提出和他结伴，杨自然是喜不自胜，只是不好表露得太明显。妈妈并没有答应，虽然知道杨同学是正经孩子，但 17 岁的姑娘家和男生同行多了总归不好。奈何拗不过曦的软磨硬泡，只得应允她自己身体不舒服的时候便不去接，一定记得要和同学结伴回，有特殊情况打妈妈手机，千万别单独行动。

杨和曦可以同行一大半的路，在十字路口分手，曦再步行 5 分钟就到了家楼下。高二一整年，杨都不敢去制造偶遇的机会，即使真的偶遇，曦也只是与他微微笑着打个招呼，然后自顾自地走。少男少女们能敏感捕捉到空气中的一丁点异常色彩，她那么漂亮，听说还被理科班不少男生暗恋着，又怎会轻易为那些无聊揣测和窃窃私语提供素材。

曦和别的女生聊天时说过喜欢喝娃哈哈果奶，杨听见了，便常常带几瓶在书包里，回家路上佯装自己也爱喝，顺手递一瓶给曦。有时他并不拿出来，次次都准备着会显出太刻意，唯恐她心生顾虑。

每周大概两三次杨有机会和曦一起走。他们会聊刚做完的卷子，会争论某个英语单词的使用。并行的杨偶尔能侧过脸触到那双闪闪发亮的眸子，那是一张如明月般圣洁的面庞，那样的夜晚，空气都弥漫着香甜。

每次在分岔路口再见后，杨总是悄悄跟随着曦，直到那束跳跃的马尾消失在楼道口。近年来县城的治安不太平，夜晚常有豪车在街道狂飙呼啸，几桩掳走女青年的恶性案件尚未侦破。杨不放心曦独自一个人，哪怕只有几分钟。

杨不知道，她会不会也有点喜欢自己。他每次把娃哈哈递过去，她都自然地接过说谢谢，喝得很开心的样子。

南方小城的三月底，天气反复无常说变就变，不是暖燥得像入了夏，就是狂风大作、雷雨交加，外出还得套件薄棉袄。人们都说这里的春天比小猫打盹的时间还短。

这天闷热异常，大雨迟迟下不来。妈妈今天上早班，下午三点下班后赶去做了一户清洁，好在是包了月一直在做的不会太难搞，四点多完成了便带着从超市买的菜回家烧饭。女儿晚饭兼往返只有一个半钟头，得掐着钟点让她一进门热饭菜刚好上桌。这热饭菜也不是每天都能吃上，妈妈上晚班时只能中午烧好，下午放学曦自己热了吃。

这一阵潮湿的天气让妈妈的腰特别不舒服，做钟点工时每分钟都强忍着。今天的闷热更叫人头晕得厉害，不知是不是血压又高了，这节骨眼儿上可不能犯病。妈妈回到家把肉先烧上，然后吃了片降压药，躺下休息一会儿。

曦的心情不错，直夸鹌鹑蛋烧肉真好吃。昨天的数学模拟卷改出来了，她考了140分，全班第二，比杨都高5分。曦的数学偏弱点，这段时间杨给了她不少帮助，感觉思路通畅了许多，心里挺感激他的。只是这个家伙都感冒好几天了，等他好了再请他吃冰激凌吧。

妈妈很累的样子，曦让她晚上别去接了，自己会和同学一起回的。妈妈迟疑了片刻，说："也好！要下雨了，记得带伞，一定注意安全！"

妈妈的头晕还没缓解，她欣慰地看着女儿穿好鞋出门，嘴里还轻声哼着歌。

她永远不会忘记，这是最后一次看到这个活泼的身影。

雨终于倾泻而倒。这雨下得有些狠，像人世惹怒了老天，他撕开一个口子将愤怒一股脑铺天盖地砸下来，天地间便严严实实一点缝隙都没有。

妈妈睡了一觉被雷惊醒了，听着这雨心里也瘆得慌，这要下久了街面上怕是又要涨水。她看了下钟，十点二十，曦这孩子不知会不会躲阵雨呢，伞都撑不住的天气浑身全得湿透。

她觉得头清爽了些，可心里忐忑得厉害，怎么也坐不住干等，抓了把伞出门去迎女儿。

雨太大风又急，冲进雨里不一会儿身上便没了干处。路上车和人都稀少，她一路仔细盯着每个人只怕错过了，可直到学校也没见曦的影子。

学校大门已经锁了，门口没有学生，守门大爷说晚自习的孩子都走了。妈妈有些慌，慌到脸上已分不清雨水和泪水，脚下往家的方向跑起来，心里祈祷着：老天保佑，是路上错过了，女儿一定已经回家了！以后不管怎样每天都要亲自接女儿！

奔到楼下，家里的灯并没有亮。妈妈哭喊着曦的名字，房间漆黑空荡，哪里有她的女儿……

3天后，郊外废弃的作坊发现一具裸体女尸，全身浮肿满脸血污，因为肿胀而暴凸着一双瞪得圆滚滚的双眼，惨烈到连到场的刑警都扼腕叹息。

学校流传着一个凄美的爱情故事：

男孩默默地喜欢着女孩，她有明亮如皎月的笑容和一双精灵般的眼睛。

6月9日，高考结束后的第一天。

男孩独自来到一座墓前，他带了一整箱的娃哈哈果奶，可是再也听不到女孩开心地说谢谢。

他拿出一封信，洁白的信封上只有一个名字：曦。

"曦，你听得到吗？我有好多话还没对你说，本来是想和你一起去海边，你那么喜欢大海！"

"曦，对不起，我找不到天国的邮票……"

火苗噬舔着那封信，一会儿便化为灰烬，青灰色的烟飘荡着散开去，照片上女孩的笑容还是那么明亮灿烂。

姐姐说，那天晚上男孩因为发烧请了假，女孩和同学们同行了一小段便分了手。具体在什么地方出的事没有人看到，一夜的雨把所有痕迹冲刷得荡然无存。

听说那年男孩高考失利了，第二年复读去了 X 大。

案子到现在还没破，曦的妈妈和老外婆深居简出相依为命，只等着凶手被绳之以法的那一天。

她，他

她望向他。

多像电影里的桥段！年少时单纯地崇拜作家和编剧，如何想得出那么离奇微妙的情节，在许多年的时间里铺垫开来，直教人甘愿相信，余生只为换此刻。而她竟拥有此刻，比以往看过的剧情都真实，演绎到了此刻，重逢！

设想过幻想过的如果不是这样的。会兴奋到忘乎所以地尖叫吧，会忍不住要抱一抱吧，会恼得非打一下不可、嗔怪怎么可以这么久，会发誓要狠狠地宰他一顿才解气吧。也想过可能没有如果，他会不会从未曾存在过，只是18岁时她编织的一个梦。

她望向他。想尽量坐得端庄些，却似乎不知手脚该怎么放，心跳得更慌乱了，于是轻咳了一声，她习惯紧张的时候这样掩饰自己。他只要了一杯普通的绿茶。圆几不大，距离正好到可以看清他，灯光橘黄朦胧，两个人坐成了落地窗边的剪影。

他怎么还是那么好看，好看得叫她舍不得挪开眼睛。携着应该有的但是她陌生的成熟，而她竟没有参与这气质酝酿的过程，怎能不让人嫉妒呢？

从前他的好看是只有她最懂的。没有高大魁梧也可以，没有闪亮牙齿和干净白衬衫也可以，没有舌灿莲花的才情也可以，没有凝神沉静的专注也可以。他是会发光的，所以偌大的操场蚂蚁般的人群里，她也能一眼找到他。那是一出舞剧，光柱笼罩着追随着他，台上再无旁人只有唯一的角儿，而她是观众，隐在暗中。

他用最舒服的姿势窝在沙发里，一只脚竟然架起。还是那样随性散漫，他最不耐拘束，正是她喜欢的。天蓝色圆领恤休闲牛仔裤，浮凸出的身形还算健硕。他该比原来宽厚几分吧，十几岁时她完全不知观察男孩的身材，只记得他的背微微有些驼，那在她的眼里也是别具一格的，仿佛英雄背负着拯救世界的神圣使命。

他的短发茬儿泛着银光。从前头发乌黑浓密，鬓角挺长，她猜想上海话里的小开大概是这种样子。头发怎么白了那么多呢？烟酒比年轻时更凶了吧，她的心微微有些疼。

还是那双圆圆的眼睛，居然戴起了眼镜，竟不知他原是近视的。她从前没来由地偏爱戴眼镜的男明星，他应该不知道的，而这样的造型突兀地出现在眼前，却好像不太敢接受了，是他，又不是他……真要命！她慌张得不行，甚至闪开了目光。从前他说话的时候就这么直直地看人，很认真，带一丝似是而非的笑意，眼睫毛茸茸的，看得她心里也毛茸茸的，小鹿就到处突撞。

她望向他的身后。其实视线所落什么也没看见，感觉的还是那个轮廓。他似乎颤了一下。

然后她听见有个声音说：

我后来才懂，你是第一个让我动情的姑娘……

终于有了吗？真的有了吗？满怀的笑几乎要抗议，要求马上奔放出来，她只好端起杯慢慢啜着，希望能借此稀释一下。玫瑰花蕾浮漾在透明玻璃盏里，舒展得格外艳丽。她忽然想到了鹿，一只浅驼色的梅花小鹿，快快遣它去告诉那个 18 岁的姑娘，不要那么失落和忧伤，那些日记别再烧了，留着将会是最珍贵的青春祭礼。终于有了呀！真的有了呀！那个不羁的少年！

他看着她。

多想目光缠成一张网，用无限的怜惜把她拉近些，再近些。有太多太多的机会来这座城，他都尽量找理由推辞，究竟要回避什么自己也说不上来，像冬日清晨的浓雾，藏匿着影影绰绰，这些年都没澄清过。他内心彷徨了很久，需不需要一个这样的场景，回放青春在此刻，答案！

没想过会是如此平静。难道不应该抱一抱么，同学聚会常有的拥抱。他不曾体验过环住那小小身躯的感受，那时她太单薄瘦弱了，仿佛用下力就会碎。偏偏又羞涩又高傲，还真是个乡下丫头，连跳舞都不会，以至于都没机会牵牵手。

他看着她。她安静地坐在对面，似乎有些咳嗽，怎么还是弱不禁风的叫人不放心呢？他看得有些贪婪，像饿坏了的小孩子，好不容易有饱餐的机会，恨不能一顿管一年。她点了花茶，说不敢喝绿茶怕睡不着。光线暗淡得和梦境相当，弥漫着女人们追求的情调，他平日里对这些是不以为然的，这会儿更巴不得能把她看得清楚些，看看她的心里也会有影影绰绰吗。

她还是带着一种令人不可侵犯的圣洁。从前他总弄不明白，这个乡下女孩，看上去那么不起眼甚至有些土气，可同时又是那么清高，在她面前，桀骜不驯的自己为何心甘情愿地躁动不起来。她有了些优柔雅致的气韵，从笑点不能再低的小姑娘到今天娴静如水的女人，他却不知其中的哪怕一点点故事，怎能不遗憾呢？从前她是清秀又羞怯的，浅浅的忧郁有如柔纱般的光晕，把她笼罩起来，可怎么亲近呢，这个象牙色的女孩？因为她和别人的疏离，显得他似乎有特权，为此暗地里也曾经洋洋得意过。只有他见过那些丰富的表情，她是一逗就笑的，转而又很容易生气，他总是不懂为什么忽然不理人了，自然也不懂为什么几天后又没事一样。

没有什么深刻的具体片段可供反复咀嚼回味，没有一句叫人耳热心跳的话停在那岁月里留待拾取，哪怕不经意指尖的触碰，记忆中也是空白的。这些年里，读过的身体并没有给他留下太多印象，像轻舟滑过河面，泛起的涟漪不曾令他回头观望。只有那许多的夜晚，时而燥热时而清凉的夜晚，月儿皎皎、繁星如洗、笑声琳琅、乌发舒扬，在袅袅的烟雾里、在酒后的迷离里、在无端而起的梦里，缭绕不去……

不知为什么一进来他就特别放松，居然顺势架起了脚，好像还是坐在那条石凳上。一场球下来，酣畅淋漓地湿透，扒几口饭冲个凉，短衣也只搭在肩上，海阔天空地吹牛。姑娘少年，三三两两，其中有她。

她的头发微微卷了，长度和原来差不多，灯光下还是乌黑亮泽，真好啊没有白头发。神色略显疲惫，笑只到五分但也有了细细的纹，弯弯的月牙眼还在。好像比从前圆润了些，衣裙是贴身的款式，中规中矩的颜色，她大概穿什么都不会难看，但也不求惊艳。除了白衬衫、碎花小裙子，他好像也不记得别的什么。风情、性感、妖娆、娇媚，他为自己蹦出的念头皱起眉来，怎舍得用这些词语，想一想都不该有的。他无法用平日里打量女人的眼光去审视她，心里却是希望她能胖些再胖些才好。幸好她仍然不爱浓妆，那些细纹和不再光洁无瑕的脸，是自然亲切的，所以他一下就放松了。

那么矜持做什么呢？难道自己变得更凶了，竟然不能让她像从前那样随意？那种客气的笑也是对着他的吗？要是说个笑话逗她一下，会不会又咯咯笑出来？他恨不得马上听到那声音，于是开始在脑海里搜寻素材。却发现她抬眼望向了身后，目光澄纯清亮，夹一丝惊讶或者不确定。记忆蓦然明朗起来，在某个夜晚他分明迎接过这样的注视，他说她听，他享受着她崇拜的眼神，那一刻的悸动真实无误地回来了。他无法继续淡定，那句话脱口而出。

我后来才懂，你是第一个让我动情的姑娘，虽然当时只是一点。

陶陶茗茶坊在城西，出门就是琼河，他和她走了一段，并无多少话，只有她的高跟鞋在静夜里发出轻微的叩击声。他的同学们正在 KTV 里欢唱，已经来过几个电话催了。他拦下一辆的士，牵起她的手握住，纤细、柔顺、微凉。

"走了啊，再见！"指尖划过他的掌心。月儿皎皎，人世沧桑只是它的一瞬间。

回到家时，儿子还在挑灯夜读备战高考。换下新鞋，已然磨起了泡，她竟浑然不觉。

关山月

关月基本没想该怎么展开与他的对话，但这并未成为压力。她是这样，凡认真对待的事之前不有所准备，人总会有些忐忑不安。可见，她并不在意涂海洋。

到昨天为止，连她自己都没想过会有这么一次晚餐。午间，这个念头突然蹦出来，似乎有些不妥，似乎也没什么不妥，她忽然很想试试。

电话那头很安静。他有独立的办公室，这会儿应该在休息。

"关月呀，你亲自给我打电话还是头一遭呢！有什么重大事项发布吗？"

声音沉稳有力，但毫不掩饰惊喜。

他从不和其他同学一样，叫她"班长"或"美女"，而总是像从前同桌时那样喊她名字。只不过从"关月、关月"的大呼小叫，变成了拉家常式的"关月呀"，像个啰唆的居委会干部。

而他们确实也有这么熟稔，就像关月提起电话就打，根本不去想是否打扰了他午休，更没想到这个电话自己之前几乎没打过。

六个小时后，关月坐在了涂海洋的对面。这不是第一次，但只有两个人确实是头一回。以后也不会有了吧，这么想着，让关月不由得用心打量起涂海洋来。

照例精干的平头，发茬还算丰密，似乎新染过，黑得像一截墨。藏青色 Polo 衫配同色冰丝休闲裤，黑色羊皮软鞋，款式简洁质地上乘。关月一向留意外貌，不过从不在意品牌，她看整体感觉，气质类型，精神面貌，款式、色系的协调，太俗的入不了法眼。

除了头发黑得过度，今天的涂海洋浑身上下挑不出毛病。关月不得不承认，这是个看起来非常舒服的男人，他的风度举止所流溢出的魅力，随着阅历的增长和地位的提升，真可说是日盛一日了。

这样的男人，和身边的女人发生点故事不要太容易。不过这个女人不会是关月，至于会是22岁还是35岁，她也不感兴趣。

"涂局长，今儿这气色堪称华美呀，莫非走了桃花运？"关月卸下一身疲惫，斜靠在椅背上，不忘调侃仕途走得顺畅的老同桌。

"叫涂海洋！"他低声提出抗议，一边从服务员手中接过醒好的红酒，为面前的女人斟上。

"你就是我的桃花！怪不得早上眼皮直跳，原来是喜上眉梢。为了纪念女神关月和涂海洋的第一次约饭，今儿可专门带了一瓶好酒。"

这是新区的一家音乐餐厅，涂海洋定了单间。落地窗外水光潋滟，远处的摩天轮像一个巨大的花环，是这座城的地标之一。

这里曾经车马人稀，关月当年想买房时特意来看过。龙随园横竖不乐意，说鸟不拉屎的地方上班太远，摩天轮被他说成像花圈，住附近不吉利。如今通了地铁又是学区，江边这一带更成了高不可攀的房产新贵，想到这些关月暗暗叹了口气。

从落座起涂海洋的眼睛几乎没离开过关月。她穿一件黑色雏纱长裙，绯红花朵蛋卷鞋，除了一块石头吊坠再无其他饰物，却衬得肤白胜雪、修顾鹤立。他远远地在车里就看见，她静静站在路边，开成一朵雪莲，清绝得让人心疼。

他执意去接的她，如此便可以达成两个心愿，开车带着她兜风，第一次和她单独吃饭。于是他从城西去城东接了她，又找了这家城西的餐厅。周五的下班时段，路上很堵，她淡淡的发香在车内缭绕，他从未有这么好的耐心，甚至希望堵得更久一点。

"怎么脸色不太好？工作很累吗？"菜上齐后，涂海洋支开服务员，房间里真正只剩他们俩。当关月听到这句，霎时心头一暖，彻底松懈下来。

菜品精致可口，和环境布置，和眼前的男人一样，让人极度舒适。

关月胃口很好，几乎吃完了一整条鱼，开始用牙签挑花螺。

涂海洋吃得很少，不时举杯示意关月，今晚于他的特殊意义。关月便只是笑，在他的目光笼罩下不停筷子，夸菜点得好。心里很感谢他的这份痴情，虽然不同频，却让她有一个可以毫不掩饰完全放松的对象。20年来她一直知道，只是从未使用过这一权利，直到今天。

她知道他的痴情。她从来是个敏感细腻的女子，从 14 岁开始就是。那时他黝黑高瘦，一口白牙；她纤弱文静，长发飘飘。他顽劣暴躁，见了她却服服帖帖；她品学兼优，管理纪律一丝不苟。同桌两年，他对她很好，一心一意的那种好；她对他也很好，乐于助人的那种好。

感情这东西真是奇怪，不喜欢就是不喜欢，对那个青涩的少年她未曾心动过，对眼前这个成熟的风度翩翩的男人同样如此。大学时关月暗恋过一位名草有主的学长，多年后再见到依然心怦怦跳，而绝对能吸引未婚女孩的涂海洋却从未让她肾上腺素水平异常，即使她与龙随园已过成无话可谈的室友。

关月真的累了。她越来越怀疑自己不适合做管理，非常不适合。对她这样的人，程序化的、不容许个性的行政事务简直是在消耗生命，她每天都在抗拒中忙碌，又像陀螺一样旋转得毫无价值。她无数次想要逃离，逃离那些勾心斗角、笑里藏刀和僵化空洞，却不知年过不惑离退休尚早的自己能躲去哪里。

回到家面对的是自诩已"出世"的龙随园。5 年前在单位坐了冷板凳后他便开始混日子，一心琢磨股票，闲暇养鱼逗狗，周末户外活动，将休闲变成事业。关月工作中的苦恼在他眼里完全是庸人自扰，时间一长，她便彻底熄灭了倾诉的欲望。三观这东西，不会通过争论就趋于一致，龙随园的话都没错，可关月不想这么早就过他那样的日子。

涂海洋截然不同。他浸淫机关多年，对各种规则烂熟于心，能帮关月跳出局外分析，再插播几个不太敏感的内幕消息，让关月充满好奇。女人一旦对其他事务产生兴趣，自身的烦恼就迅速淡化了。

在某种程度上，涂海洋更像哥哥，关月对他没有那种感情，却依然依赖他。现在的她尤其需要一个哥哥似的人，坦诚包容，没有女人间的虚荣攀比小心机。很多次，想到有这么一个人，关月心里便无比踏实。她真舍不得失去他。

世界原本是个混混沌沌的蛋，世上的事也没几件能清清楚楚。关月觉得自己很幼稚，可不说又有点自私。

"可以进入正题了！怎么忽然肯赏脸和我吃饭？"涂海洋看关月吃得差不多了，才用慢悠悠的口吻问道，目光却一刻不离地锁在她脸上，试图抓住每一丝的灵动变化。

"嗯……嗯……我也不知道该不该说，不管怎样，咱们还是老同学、好朋友，对不对？"关月抬起头扫过涂海洋。他收起坏坏的笑，大拇指缓缓摩挲着玻璃酒杯口沿，凝视着关月，眼里有些不安，还有些无辜。

关月忽然慌乱起来，她重又低下头，一边挑花螺，一边思忖怎么开口。

"你，以后，还是少喝些酒，伤身，也容易误事。"

"还有啊，喝了酒就喜欢打电话，也不知道自己说了些什么呢……"

关月捏起另一只花螺，轻轻地舒了口气。

涂海洋定定地看着她，脸居然有些泛红，喃喃说着："我前两天晚上又说了什么傻话吗？"

忽然又身体往前倾，急急低声问："是不是你老公听到不高兴了？"

"那倒没有。"关月不会告诉他，自己和龙随园分室而居已好几年。不然老婆晚上十点多接醉酒男同学的电话，任何男人知道了都会不快。

这样的电话涂海洋打过很多次，甚至在情人节那天也会。都是喝高了以后，每次翻来覆去就那几句话："关月呀关月，我就是喜欢你！喜欢好多年了，同学们都知道的呀！你到底喜欢你老公什么，我哪点比不上他……"

关月始终不知该怎么回答，醉话自然不能较真，这些年涂海洋一直很得体，从未让她难堪过。何况喜欢一个人不是错，真挚的感情值得尊重。她通常不作声，或者把手机放一边去翻几页书。如果挂了电话，他会不停地打。

看样子他喝醉了会断片，不记得自己说过什么。这样更好，窗户纸捅破了大家反而不自在。

忽然安静下来。窗外好像起了风，水面的灯影摇摇晃晃，看久了眼晕，仿佛身处梦境。

有忧郁的男孩在唱：

　　　　两个人的晚餐　变成三种颜色　直到我听见书中那句所爱隔山海

"一望可相见，一步如重城。所爱隔山海，山海不可平。还好你叫关月，不是关山月。"涂海洋终于放下了酒杯，这话却让对面的女人怔住了。

不过，关月的夜晚从此宁静了许多。

不敢叹风尘

车越开越幽僻，小卢就越觉得有些不太对头。

这是一片别墅区，开售时她和朋友来过一次，当然不是来买房子，这不在她的消费范畴。这个楼盘的广告是朋友公司承接的，得了两张剪彩庆典的嘉宾邀请券，便拉着小卢一起来。

庆典上林立着一具具衣冠楚楚的躯壳，油头光面、笑意盈盈。主持人是电视台哪档节目的，有点小名气，气质和声音都像三月的春风一样温柔可人。持剪的照例是扣不上西服的胖子，曼妙的旗袍美女端上剪刀，胖子同样笑意盈盈地"咔嚓"下去。过了 40 以后，小卢对这些场面上的虚连敷衍的心思都懒得有，瞧他笑得和中了大奖一样，这一剪刀得拿个多大的红包呀。

洗手间富丽堂皇，小卢总觉得这种地方如果太奢华反而显得香艳暧昧，容易让人产生某些不纯洁的想法。刚巧在这里她们和主持人打了个照面，助理在一旁抱着她的皮草，若不是那身蓝紫色掐金旗袍，小卢不会将她和那位亲切甜美的姑娘看成一个人。那张脸，一派秋色肃杀，傲慢地扫了她们俩一眼，小尖下巴颏扬起至少 120 度，弥漫的香水味混合着寒气让小卢一哆嗦，不由将宽大的外套裹紧些。

长得跟仙女似的还上什么厕所呀，真是委屈了贵体和咱们一旮旯将就。小卢和朋友窃笑着过过嘴瘾。

今天再来这里是赴场饭局，确切说是陪阿莲回学校看看，顺便和老师一起吃个饭，小卢也许久没见着班主任黄老师了。阿莲在上海某外企做销售总监，主要工作就是满世界地飞，偶尔也回乡督导，来了便会叫上本地同学和当年的几个老师聚聚。

阿莲找的童老师，现在是学院的副院长，她们是老乡，读书那几年没少关照她。童老师当年也带过她们班一学期的课，小卢还真没什么印象。

到了学校却连门也没进，直接跟着童老师的车去吃饭。同行的还有一部黑色7系宝马，即将铺开的这桌饭，小卢嗅出了不一般的味道。

大唐芙蓉园在园区的东南角，只有两层，日式风格，歇山顶、深挑檐，狭长造型保证了足够的进深。整体看上去非常简单，可有时候越简单等于越昂贵，小卢很明白这点，既来之则安之，反正也不损失什么，除了两个钟头的午休时间。

早有人在候着，车一停稳，立即躬身上前打开车门迎出贵客。当然这待遇仅限于那辆宝马，小卢和童老师他们都是亲自开门钻出来的。

入得内来又是满眼的汉唐古风，波斯地毯、三彩摆件、华美牡丹，几案厚重丰满、精琢细刻，连碗盏碟匙都闪烁着莹润光泽。

门高峻而富丽，两人堆满了热情迎过来，其中的一位身形小卢非常熟悉。20多年了，他变化真的不大，依然那么精干那么温和。

张磊是小卢内心深处的一根软刺。当年她是初入校的新生，他是刚来校任教的老师。他把枯燥无味的马哲课变得妙趣横生，不知他是否清楚多少双眼睛因此而闪亮，当然更多的是来自女生，其中有一双是小卢的。

小卢曾默想过无数次他的样子，讲课的样子、唱歌的样子、沉思的样子、一只手插在裤袋里走路的样子。他衬衫雪白，音色迷人，温文尔雅，略带忧郁。情窦初开的小卢不知道有个词叫"性感"，可以涵盖所有的好，你有多喜欢，他或她就有多性感。

在那么多闪亮的眼睛里，小卢是个普通的姑娘，出身农家，淳朴又倔强，除了纯真一无所有，她卑微而甜蜜地暗恋着。林姑娘温柔可爱又大方，使得小卢又难受又高兴，难受因为自己，高兴是为他。马哲课只有一年，一年之后，关于他的一切都只有听说。听说张磊喜欢地理系的林姑娘，听说林姑娘有好多人追让张磊很辛苦，听说林姑娘毕业要回D市张磊留不住她，听说张磊颓废了很久。

在断断续续的听说里，小卢毕业了，她再没见过他，虽然在同一座城市很多年。后来除了看一些致敬青春的电影时会恍惚一阵，她也很少想起他。只是说不出为何，她不太愿回学校，有事路过也尽量绕着走。

这顿饭的规格有些不同寻常，主角是童校长的同学，那位从宝马里出来的大人物，言语间似乎在某部委任要职，回来顺便看望老同学。

书记和童校长分坐大领导两旁，陪同的还有一位副校长和办公室主任，阿莲她们是正好遇上，也就顺带着同席。怪不得没见黄老师，还好没叫，小卢想，黄老师爱大口喝酒，最不爱这么累人的饭。

张磊说他负责后勤，这块职能刚从办公室剥离出来。多瞧上两眼小卢便发现他清癯依旧，挺拔却不复了。安排落座、布菜、斟酒，张磊一直站着来回照应各位，偶尔附和席间一二句轻松笑话，等级分毫不差气氛友好融洽。

大领导抚今追昔、乡情浓重，在座的纷纷感慨其对乡亲父老的格外关怀，一轮一轮又一轮，手中杯几番起落，各人摆开种种佚事趣闻，气氛逐渐活跃起来。说得最多的还是养生，都感谢八项规定使他们少喝了许多酒。大领导又说了几件从前帝都饭局的排场故事，大家仿佛都大开了眼界，不时啧啧称奇。

阿莲被童校长隆重介绍，这种场面对她来说自是驾轻就熟，觥筹交错间行云流水、落落大方。因了阿莲的缘故，小卢也成了席中的"杰出校友"，她深知自己是搭不上这几个字的，但也懒得过多解释。热情的谦辞在闪亮的餐具和缤纷的食物上方飘荡，互相撞击出悦耳的金玉之音，他或她的脸上呈现出恰如其分的荣幸与优容。小卢并没有用心去甄别，这里的人又有几个在意自己究竟说的是什么呢？

小卢用心注意的是张磊。阅历除了令女人沧桑，唯一的好处是"有敌忽来，虽矢石至前，泰然自若"，哪怕心里有一万个不愿意，仍可目不转睛，至少小卢做得到。

办公室主任和他的座位比她更边缘，这一度让小卢很不自在，自己和成功人士扯不上半毛钱关系，而且他们始终是师长，不应该的。可所有人都默认如此最好不过，小卢的不安还不如窗下条案上焚的香值得关注。

他穿一件黑色皮夹克，中规中矩的两用衫款式，眼镜倒还是金丝边的，小卢觉得这是世界上最好看的眼镜，没有之一。算起来也奔五了吧，近50岁的他一直在笑，因为瘦削那笑便显得有些干枯有些勉强。而他笑容里的每一丝疲惫都使她心疼，心疼如此新鲜，她的心头有惶惶的小鹿在撞，和许多年前无二。

行政真的不适合他，卓越的口才和骨子里的清高必定使得桎梏的痛苦加倍。可是在学校他又能做什么呢？所教的课程永远必不可少又最不重要，注定了专业的局限和才智的施展，任何一个系主任都轮不到他，也只有行政这条路了。

她们毕业后的这些年是中国经济日新月异、机会最多的时代，广阔天地大有作为，他怎么没去外面扑腾扑腾呢，找对了平台还怕出不了头吗？他应该远远不止现在这样的，小卢的惋惜深过洋流。

除了进门时的寒暄和礼节上的互敬，小卢再没有和张磊说上别的，他也没有分心给过她一个多余的注视，他从不知道什么小鹿吧。

她实在不忍看他低至谦卑的笑脸。她宁愿他长出肚腩，悠悠地与人探讨养生，即使膏肥脂腻、眼神混沌。

她埋头吃菜，这么高级的地方不常来，让胃多长长见识比较重要。

小卢下午仍要上班，阿莲也约了客户，大领导执意要亲自送两位"杰出校友"回市区。宝马的舒适性不一般，对于大领导一路的亲切关询，小卢有些心不在焉。

他几乎没吃什么菜，却喝了不少酒。他的胃一向不好。

那一片海市蜃楼

（上）

米尔打电话来，约含修下班去吃自助餐。江边新开了家"今尚"，她说有长长的木廊延伸到水面，环境特别好。重点是海鲜一级棒，新开张搞活动，哈根达斯球敞开供应，吃撑了看看江景，吹着小凉风儿，甭提多美了。

食色，性也，被米尔奉为圭臬。既然人生其实无法掌控，眼前的口腹之欲必须满足，全城的好店没有她不知道的。能让她去第二次至少符合好吃或好看之其一，有中意的必带含修去感受下。而含修正是对吃最不上心的人，乐得不动脑筋跟着她尝鲜。

俩人是近30年的交情，三观倒有两观半不一致，一言不合冷战半月是常事儿。好起来米尔恨不能下辈子变男人娶了她，恨起来瞅对方的头发丝儿都不顺眼，却又和夫妻一样断不了，也是奇怪得很。

这家"今尚"含修上午刚知道，手上正拿着楠楠快递来的两张代金券。

楠楠是表叔的独女，大学毕业后进了省城一家知名房地产公司。小姑娘麻辣得很，销售业绩一年一个台阶，几年下来自己买了花园洋房，就是快30了也没个正经男朋友，把老家的爹妈急得恨不能拿枪押着她相亲。于是这副重任就妥妥地落在了含修身上，谁让在省城和楠楠沾亲带故的只有她一个呢。

人一辈子能凭感觉做主的事儿并不多，落到连婚姻都要仰赖他人撮合，多少有些对不住自己。含修心里并不主张牵红线，这些年从未张罗过一件，好在楠楠也没有表现出特别抗拒，就陆续给楠楠介绍了几个男孩。有年轻医生，也有同事家的孩子，都是专业骨干，含修潜意识里认为这位营销精英比较适合搭配沉稳专注型。可惜真命天子还没到打卡的时间，楠楠倒也不恨嫁，照样成天忙得脚不沾地，不过再忙有好东西第一时间还是想着表姐。

含修刚拿到券，正准备上网查查，老郑最喜欢海鲜，而且嘴特刁。今天先和米尔探探店也好，如果真的不错，哪天带他去尝尝。

这里环境果然脱俗。

含修去过的自助餐厅都在酒店，或者综合体的某层，这么开放式廖立在江边的，还是第一次见到。室内空间已足够大，室外另有木制长廊蜿蜒水面，藤艺休闲椅配着绿白格纹的坐垫和靠背，三三两两零落着，间隔恰好不觉局促，又确保轻声交谈免受打扰。

两人前后脚来得正好，在长廊寻到不错的位置。凭栏倚坐，凉风习习，天边残阳似血，在她们脸上添了一抹胭红的动人。含修心里暗暗喜欢。

黑色蕾丝短裙，桃红色尖头高跟鞋，长发丝丝顺滑，美睫像羽扇一样细密纤长，米尔的装扮一如既往性感撩人。含修和她一起时，常能感觉到远远黏过来的男人目光，其中意味不言而喻。虽然并非因为自己，含修还是会非常不自在，觉得那猥琐的眼神好似一团甩不脱的糨糊。

米尔才不管这些，越多男人看她就越得意。离婚8年了，只有一个道理她越来越坚信，人不为己天诛地灭。所以在吃、穿和各种享受方面从不亏待自己，只要感兴趣的必一个猛子扎进去，不弄到过瘾不甘休。这样的随心所欲，真是多少钱也不够用的，以至于拿着两万多月薪外加年底分红，她还是和小年轻一样做着月光族。

含修是循规蹈矩、按部就班的性情，临渊羡鱼不如退而结网，常忍不住劝她适当存点钱以备不时之需。米尔向来不置可否，被说得急了就冲她吼：

"以后，以后，谁知道以后有多长？我今天对自己好点儿，哪怕明天死了也不冤枉活一回。"

就像现在，来这里最要紧是嘴舒坦胃满足。米尔放下包就直奔餐台，三文鱼刺身、鲍螺切片、象拔蚌、海蟹、九节虾，满满一大盘，她对美食的狂热追求倒是和含修的先生老郑有得一拼。米尔在闺蜜面前从不矜持，没多久桌上已堆起一叠盘盏，又去兴致勃勃地捧来三个冰激凌球。香草、芒果、抹茶，她居然各要了一份，莫非想借此品出人生百味？这女汉子，八成是个男人投错了胎，含修微笑着摇摇头。

接下来是近期约会密报，米尔称之为"泡帅"。含修的角色是倾听者，这是她俩约饭的重要必需环节。

米尔泡过的帅差不多有一打。深情体贴的、恃才傲物的、高大帅气又多金的、抠门计较的，男人要是也像哈根达斯那样能分成若干口味，她必然要尝遍才知该钟情哪一款。虽不乏精彩不乏热闹，然而接触得越多，希望却越发渺茫了。离异的都看不上，能入眼的全是别人老公。米尔的心慢慢凉下来，想着自己有车有房一个人过也挺好，若勉强着和不称心的日日将就，还不如当初不离，至少孩子落了个亲爹亲妈的家。

含修也想过给她介绍，心里把认识的单身中年男士掂量了一遍。好点的几个都是事业型，个性鲜明得很，米尔又过于自我，两个圆心怕是画不出完美的圆。稍平庸懦弱的，含修怎么看都不般配，想来就不是那当红娘的命。

没了打着灯笼再找的心，米尔倒玩得更欢了。跳舞学琴，旅游摄影，和懂情趣的型男约会，享受鲜花和蜜语。只一条，决不再和婚内的男人暧昧。

前段儿接触了个体委的干部，曾经也是运动员。米尔虽然手头从没有过大钱，但生活品质自己能够保证，并不需要倚靠男人什么，和朋友透露过找的人只要谈得来，有稳定收入没太大压力就行。后来人家介绍了这位，碍于情面就去见了。

曾经的运动员似乎对她一见钟情，频繁电话约见，米尔实在没什么感觉，闲得无聊时又会答应。介绍人说过基本情况，米尔慢慢更听出些端倪。他说前妻刁蛮粗鄙，因为小事到单位去闹，影响了他的重要竞聘，为尽早离婚他宁愿净身出户，现在一个人带着上初中的儿子租房住。

　　米尔并不介意有没有房，但很介意接触几次就撺掇她卖掉现在的房子，说在他俩上班的中间地段重新买一套，这样两人都方便。米尔心里冷笑，也不打听打听姐在这行的口碑，向来只有我算计别人，啥时听过谁算计了我？

　　她本想耐下性子看看，接下来他还有什么伎俩，偏偏实在受不了和这样的人在夜晚枯坐。他不但猥琐，还特别无趣，谈来谈去无非是单位的勾心斗角，别人都尔虞我诈，唯有他刚直不阿。米尔对这些兴趣全无，渐渐连看到他吃饭的样子都心生厌恶。

　　"居然还打麻将！"米尔的前夫也喜欢打牌，两人正是为这闹得不可开交。她露出了完全没有可能的神情，含修知道，那男人彻底出局了。

　　含修一边听着米尔在大快朵颐的间隙中描述运动员的种种猥琐，一边目光却懒懒地飘向江面。落霞已远，孤鹜杳然，灯光下水波粼粼，灿如繁星。而她，有心事。米尔差不多说完了自己的"艳遇"，才注意到这一点。

　　女儿颜颜是老郑的心头肉，去美国留学这半年，他念叨得比含修还多。夫妻俩是大学同学，当年的含修，行文似笔底烟花，娇羞胜芙蓉照水，才貌双全自然追随者众。老郑，那时还是小郑，也是杀出一条血路才抱得美人归。毕业、结婚，生下颜颜时两人才 24 岁，除了这一对母女，小郑一无所有。

　　老郑今年 46 了，亲手创办的设计公司风生水起，这几年的积累呈几何级数增长，老郑说是貔貅带来了好运。

　　那年含修和米尔游新疆时遇见它，上好的和田玉。想着老郑 40 了，给他买个随身小物件戴着，当时花了 18000，现在市面上 5 万都拿不下来。米尔还是第一次见含修这么大手笔，她向来都不太热衷这些身外之物的，倒是米尔失去理智狂买时常常被她拦下，才少了许多后悔。米尔把那一小团乳白翻来覆去琢磨了半天，也没看出什么特别之处，怎么就让高冷的含修一见倾了心？米尔还是喜欢自己的翡翠玉佛挂件，灯光下璀璨亮眼，碧洗似凝。

其实含修是偏爱玉的，尤其爱温润的质感。家里有一枚外婆传下来的白玉，管状中空，看不出原本做什么用途。老郑试过把它投入水中，提起时滴水不沾，说是上等的羊脂玉，算得上是稀罕的老物件。含修把玩它时常常联想起莫泊桑的《羊脂球》，那位妇人肌肤的质感是和这掌中物一般细腻温润的。

貔貅一入手，含修就有感觉，除了包浆不够温厚，其余大抵和家里那块相似。拿回来时老郑倒说了句东西不错，只是一向视戴这些为累赘，便让她收起。含修不甘心，替他系在裤袢上，也算随身戴着。老郑没奈何，好在平时穿牛仔裤居多，慢慢也就习惯了。

那一年老郑开始接园林设计的活儿，从小打小闹到大型楼盘，单子应接不暇，手下工程队规模都翻了几番。去年还接下了楠楠公司一个大楼盘的景观设计，全套做下来利润十分可观。期间颜颜顺利考上一所 985，毕业后申到美国名校读研。46 岁的老郑依然身姿挺拔、目若朗星，这几年的运势简直旺到让人眼红，事业的春风得意让他举手投足间更添自信潇洒。米尔开玩笑说他若不是含修的，早下手开抢了。

含修倒是看不出紧张，一副宠辱不惊、去留无意的样子，除了家里的房子、车子换了，日子也没什么大的变化。她有稳定收入，不用负担家庭已足够自己开支。老郑拿回来多少她也就这么收着，并不善于投资理财，偏偏又被大家说天生旺夫相。每次老郑换衣服时都会仔细地把貔貅系上，含修看在眼里，心里就很有安全感。

可自打放开二胎，从传说中的沸沸扬扬到尘埃落定，含修心里一直就没踏实过。

任老郑把女儿宠上了天，他心里多少还是有些遗憾的。特别近几年，在外人眼里，这一家似乎啥也不缺。可越是生意上如鱼得水，缺儿子这块心病，就越发让老郑硌得慌。这十来年他明示暗示过含修不少次，想再生一个。计划生育抓得紧的时候，含修想都没想就否了，等到她都40多岁，再生也就成了理论上的可能。

主要是含修压根儿不想生。若真想的话，早几年家里的条件也足够允许她请长假，去中国香港、美国任何一个地方生都行。即便现在，使用先进的医学技术，再次怀孕也不是没可能。可是她不想。她对目前的生活状态很满意，时间、经济上都没有压力，女儿不在身边，终于可以做点自己喜欢的事情。她有时觉得老郑的想法很可笑，一个人的满足感怎么会由孩子的性别来决定。

老郑始终没死心，特别是喝了朋友儿子的满月酒后，又有点蠢蠢欲动。朋友老婆41了，可看上去比含修老5岁都不止。老郑从网上收集了许多信息，国外女星40以上生娃的不在少数，并且她们多是头胎，这充分说明含修的身体应该没问题。还有国外研究说，高龄产妇生聪明宝宝的概率更高，也更长寿。老郑兴奋地一条条分析给老婆听，哪知再一次被打回了原籍。含修冷静地告诉他，45岁女性生育唐氏儿的概率是25岁时的50倍，高达1/25，她绝不敢冒这个险。

老郑从来没勉强过含修，也就不再坚持。但谁都看得出来，那段时间他明显蔫了不少。

随着时间推移，周围再次挺出肚子的越来越多，其中也有和含修差不多年纪，为给夫家传宗接代豁出去了的。这让含修很困惑，怎么会有人这么勇敢？万一生个不健康的，后半生岂不是一直要在愧疚和煎熬中度过？难道真的是无知者无畏，不去担心就能绕过墨菲法则吗？

还有人说含修太固执，一点儿不考虑老郑的感受。含修偶尔也会觉得，自己可能是有点对不起老郑。就身体条件而言，是一年比一年更加不可能，等过几年到更年期，他就会彻底放弃了。含修有时居然希望快点到50。

老郑倒是不怎么提这茬儿了，含修心里又莫名其妙地不踏实。他比从前更忙，连一向不粘人的含修都觉得有些寂寞，日子似乎比原来漫长了。

米尔早就劝过含修不能掉以轻心，对于老郑这样的优质大叔，怀狼子野心者如雨后春笋。她若以为二十几年的相濡以沫，足以抵御一切披着清纯甜美外衣的心机，未免太低估现在的女孩了。

这些年，米尔看着他们夫妻一路走来。老郑是个男人，有能力有担当，给了母女俩阳光灿烂的日子，比自己那个只会沉在牌桌上逃避责任的前夫强多了。含修心思单纯，习惯把人和事情都往好处想，她以为所有人都和自己一样，从不贪图分外的东西。总有一些活在阴霾里的人，觊觎着别人的阳光，而这世上的男人，除了老爸永远是自己的，没有谁注定不能离开你。

米尔盘算着该怎么提醒含修。这件事必须尽早想清楚，要生就抓紧，时不我待。打定主意不生就看紧人，好比两头拔河，这么漫不经心的可不成，对方稍微一拽老郑就过去了。另外还要牢牢掌握财政和产业大权，以后的事谁也说不准，万一没有了爱，至少还有许多许多的钱。

这些米尔以前不是没说过，可每次含修都是一笑而过，和吃了万年定心丸一样，再多说倒像是挑拨人家夫妻感情，直把米尔急得百爪挠心。

她起身去拿果汁。听说这里的寿司也很正宗，米尔觉得自己还能吃点儿。

甜点的位置真不好找，店家这么暖心地怕人发胖吗？米尔转了一圈才发现，果然值得，居然有鲑鱼子寿司卷，必须给含修也来上一枚。旁边排列着莹白的雪媚娘、五彩浓烈的马卡龙，摆明了在挑战你的感官和欲望。米尔在冷气柜前徘徊，摸着自己柔软松弛的肚腩叹气，不能吃了，看看过瘾吧。

她正贪恋着可餐的"秀色",却无意看见了角落的两个人。

女孩剪着孙俪式短发,淡蓝色小圈领无袖真丝上装,简单的黑色烟管裤,亮蓝色高跟鞋。谈不上很漂亮,但穿衣品位独特,显出气质不俗。她正将一小碟剥好的虾递给对面的男人,眼里是说不出的柔情万种。

男人一身休闲装扮,非常享受眼前的美食美色和无微不至。米尔的视线正好对着他的侧面。他甚至穿了双懒人鞋,腰间的貔貅挂件,莹白如雪媚娘,更闪着凝脂般的光泽。

米尔的大脑回路迅速转了三圈。含修不是别人,做不到视而不见。她深吸一口气,然后端着果汁,毅然向老郑走去。

米尔并不知道,20分钟前,楠楠刚告诉老郑,她怀孕了。

（下）

楠楠不知自己对老郑的感觉算不算爱。

老郑这样的男人,就像一壶酽茶,汤色浓郁、香气沁脾。楠楠以前并不嗜茶,或许是还没有到从茶中品味人生的年龄,所以即使听闻了百般好,内心觉得还是有些距离的。她平素喝得最多的是自磨咖啡。

认识老郑的时候她还是个小姑娘,和父母一起参加表姐含修的婚礼。7岁的她除了花花绿绿的糖果和满地的鞭炮碎屑,只记住了那天穿红色旗袍的表姐是世界上最美的仙子。每个小女孩心里都有一个灰姑娘的梦想,兜里塞满了糖果的小楠楠满脑子都是水晶鞋,王子并不重要。对于站在表姐身边那个人,完全没印象也是很自然的事。

大学毕业回到家乡,准确说并不是回乡,家在赣西北的小城,而她谋职于省城。名校毕业,却没有留下或选择机会更多的大城市,楠楠的决定让所有人意外,毕竟家乡的人们仍以优秀的孩子留在北上广深乃至出国为骄傲。

在这座中部城市，女孩的事业远远没有归宿重要，所谓的好工作不过是为觅得如意郎多添一份嫁妆。楠楠不是特别漂亮的类型，相貌有点像袁立，但更娇小甜美。入职几年后她越来越会打扮，时尚精致的妆容和搭配，即使短发也温柔无限，称得起人群中的一眼亮丽。

如此美女却一直没有护花使者在身旁。楠楠并没有高冷到拒人千里之外，主动追求的、他人介绍的，凡有点眼缘都尝试接触过。偏偏做普通朋友彼此都舒服，进一步发展就横竖有些别扭，她也说不清为什么。感觉这事儿太唯心，长辈们都以身说法它的镜花水月，年轻人又信誓旦旦、宁缺毋滥。楠楠并不觉得一个人孤清，终生幸福宁可唯心绝不违心，用她妈妈的话说，一晃就蹉跎了六七年，成了"黄金剩女"。

这些年楠楠和表姐一家并没有走往得很密切，除了逢年过节和有事，基本就是淡淡长情。这对表姊妹年龄差不少，没有两小无猜过，大了再黏糊反而透着虚假，含修的性格太过安静，适度的距离大家都舒服。楠楠有自己的圈子，工作忙起来也是昏天黑地，不管怎么说，一座城市里有自己的亲人，感觉上还是踏实许多。

老郑下海开了公司后，两人的接触慢慢多了起来。圈子里有相关的业务信息，楠楠都会及时告诉老郑，有必要出面牵线时她也会叫上表姐。一则免去不必要的误会，二来含修的气质优雅大气，无需多言便能为老郑添不少印象分。如此精细的安排，说明干练的楠楠对老郑尚无半分男女之念。

含修并不喜欢参与过多，后来常借故不去，老郑自然不会勉强她。上次"君临一号"的那笔大单她听老郑说过，没有楠楠帮忙拿不下来。含修便亲自准备了一顿丰盛的答谢家宴，楠楠倒是低调得很，并无半点居功自得，还带来一对粉色珍珠耳钉。说本来也是朋友送的，想起蒂凡尼和表姐的气质是绝配，可不能浪费啦。

含修更过意不去了，她原本不习惯礼尚往来，女人间互送礼物之类一向不上心，这下倒像负了债似的。这些年每回见表叔，他都没少感谢自己对楠楠的关照，其实这个表妹独立又能干，根本没让自己操心。她叮嘱老郑，这次可不能亏待了楠楠。老郑说，那是一定。这边含修也留了心，想替表妹寻个合适的男子。

颐源大酒店是本市的老牌五星酒店，江景房一直抢手，很适合恩爱夫妻和情侣们在特殊的日子里营造浪漫。这里的粤菜也相当正宗，老郑提前一周预定了"海珠阁"，楠楠和他一样，对海鲜情有独钟，而且挺讲究品质。

"环境可以啊！有心了，谢谢老郑！"楠楠一直这么叫他老郑，相对小时候姐夫长姐夫短的，老郑更喜欢这种率真。

这个男人的确花了心思。他已经很久没这么花心思揣摩一个人的喜好了，即便是谈生意的对象也没有，而且这回还是心甘情愿。对楠楠，这个几乎是看着长大的小姑娘，他有种说不出的情感，一部分像父亲对女儿，希望能尽量庇护她，愿意看见她每天都开心。另一部分又和父女完全不同，在女儿面前他会时常感觉自己老了，女儿越活泼他就越发稳重如山。而和楠楠在一起，他常常忘记年龄，他能感觉到自己的脚步更轻快，连笑声都年轻了。

老郑将自己定义为接近"儒商"的人士，那些想走捷径的物质女孩见得太多，他看她们就像看T台秀，一副副都是好皮囊，却生不出亲近。倒不是想当柳下惠洁身自好，很明显她们感兴趣的并非他本人，而老郑也不是20多岁的小伙子，面对美好肉体便血脉偾张，这样的她们对他不构成多大吸引。楠楠不是那种公主病女孩，她情商极高，审时度势、大方得体。同时又很清楚身处男权社会，女人适当示弱比凌厉强势更有战斗力，故而女子的温婉细致被她运用得恰到好处，这样的女孩做哪一行都不会差。

这个能给老郑注满青春活力的女孩，惹他既欣赏又爱怜的女孩，虽然已近而立在老郑心里依然娇俏灵动的女孩，此刻正端着红酒，站在落地窗前沉默眺望。

窗外那座江南名楼被灯光点缀得通体璀璨，像座玲珑剔透的彩色水晶模型。江面暗黑一片，有几星轮船的灯光在游移。跨江大桥和车辆在夜里如动画片般给人不真实的感觉。从前的夜晚离不开月亮，如今都市的美丽夜景全仰赖着灯光，置身其中仿佛宫殿，人们迷离了双眼，自己也恍惚成了公主或王子，难怪都说那夜色醉人。

意乱情迷通常离不开酒精和夜色。楠楠今晚很放松，老郑一向给人安全感。红酒很纯正，她喝了不少，双颊绯红，窗外的绚烂令她若有所思。老郑不知道楠楠的目光为何处痴痴，此时这个背对着他的身形性感到了极致。短发下是白皙修长的颈项，深驼色的羊绒连衣裙勾勒出一幅曼妙剪影，线条优美的小腿，高跟鞋让脚踝更显玲珑。

老郑吩咐过服务员，他们有事情要谈不召唤勿扰。借着几分酒意，他上前拢住她。没感觉到抗拒，楠楠的身躯在他怀里微微一震，仿佛等待了很久。

那天，在29楼的江景房，楠楠没要那张10万元的卡，她要了老郑。

楠楠从没告诉过老郑，之所以有那天，除了酒精，最主要是她无意中发现他的耳后有颗痣。正是这颗痣，让她有时会忘了表姐含修的存在。

老郑也没告诉她，江景房在一周前早已定好。不过聪慧如楠楠，想来是不用猜的。

老郑很满意耳后的那颗痣，算命的说主藏暗财。楠楠抚摸它时特别温柔，撩得老郑的心一阵又一阵麻酥酥地痒。

不注意去看鬓角的花白，灯光下的老郑英气犹在，而晨间松弛的肚腩和浮肿的眼泡提醒了楠楠，他的女儿比自己小不了几岁。所以她从不留他过夜，除了免得清醒后的动摇，还有对表姐含修的愧疚。

老郑每次穿衣服都要检查那块貔貅是否安在，这个动作在楠楠看来除了行事稳妥，还隐藏着夫妻间千丝万缕的恩情。而她每次都会将老郑脱下的裤子卷起来，再覆上其他衣物，她看不到那块貔貅，或者让貔貅看不见他们。只有这样，她的心才会稍微安稳。

她喜欢和老郑在一起的感觉，放松、安然、似曾相识，却并不依赖，没想过有一天独自拥有他。如果不是因为这个孩子，她情愿就这么下去，享受约会，享受身心的愉悦。老郑是含修的。她和老郑发生了故事，却又不希望表姐受到一点点伤害，这真是件矛盾的事情。

楠楠异于寻常的洒脱让老郑偶尔不安，他意识到自己并没有征服这个女人。即使什么都承诺不了的男人，主观上也希望通过征服女人证明自己的魅力，如果她年轻貌美，如果她知性明慧，那种骄傲和自信就尤为强烈。

楠楠一直很注意，唯独那一次忘了坚持原则。

她没想过要这个孩子，更不需要他因此负责任。成年人只应对感情负责，她和他之间从来都是自愿的。她不是那种初入职场迫切寻求依附的小女生，没有要求过任何，甚至拒绝物质的馈赠。在潜意识里，只有这样他们才平等，不让他俗气地揣度她的心思，不让他为她做什么，不让他有机会通过财富的给予变得心安理得，有所亏欠最好。她喜欢和他在一起，只是因为自己喜欢，哪天感觉消失了随时可以离开。她甚至独立到如果生命中需要一个孩子，那也只是因为满腔的母爱，而不是让孩子去维系家庭和婚姻。

当她看到老郑欣喜若狂的那一刻，忽然觉得或许生下来也不错。这个稳重有余的男人居然高兴得像个孩子，她很愿意看见这样的他，愿意有所改变。不过她仍然认为婚姻不是必需的，去和表姐争夺一个男人，是不可能的事情。

米尔的突然出现驱散了楠楠刚刚泛起的柔情，她不知道含修是否也来了，米尔她见过，精明干练、说一不二。

老郑有些慌，但掩饰得飞快。两个人吃饭很正常，这是公众场合，或许刚才的动作过于亲昵被米尔看见了，但也说明不了什么。

对于老郑这样的行为，米尔谈不上深恶痛绝，她自己也和婚内的男人约会过，对大多数妻子来说，还不至于天塌地陷。可是含修如此精神洁癖的人，容忍度有多高米尔真没把握，何况那个女人还是亲爱的表妹。

"你自己和含修说吧，只要她相信，我可以当作什么都没看见。"米尔尽量忽略老郑过于镇定的表演，前一秒还准备开撕的她，转而说出此番话来，都不由得佩服起自己的机智了。

谁还没个开小差的时候啊，或许这样，对含修最好。

老郑花了整整一天时间，才想出一个可行性方案。

昨天楠楠告诉自己的喜讯还没来得及消化，米尔就从天而降。他一直不太喜欢这个女人，霸道又任性，不懂给男人留面子。不过昨天的话倒让老郑稍微改变了看法，她不让含修亲见当时的情景，关键时刻还是拎得清的。

老郑心里明白得很，含修与自己是海样深的恩情，抛弃发妻那不是人干的事儿。他有心肝似的女儿，可还是想要个儿子，这念头像浮在水面的葫芦，怎么都摁不下去。每次镜子里照见鬓角和胡茬的灰白，老郑心里就闷闷地明朗不开。从没想过楠楠是能帮他实现愿望的人，他知道自己抓不住她，无论年龄、能力，她都值得更好。而他只该好好守着含修。

他有心找机会了断，只要一点点暗示，楠楠的性格绝不会拖泥带水。可这偷尝的刺激和鲜嫩，让他这样的凡夫俗子如何轻易舍得下？她就像一只小野猫，充满魅惑和欲望，令他如吸了毒一般，欲罢不能。

现在孩子来了，或许是个男孩，或许是上天的安排。对于楠楠，他没有多大的把握，可为了郑家的香火，仍必须搏一搏。她终究是女人，心软也说不定。

老郑的计划是去香港做鉴定，是儿子就生下来，他会尽快离婚，若是女儿就吃点苦不要了。楠楠答应的话，马上打100万，无论以后是否还跟他，这钱都是她的。

最要紧是瓜熟蒂落，儿子只要落了地就不可能塞回去，那时主动权基本就在老郑手里了。除了命，没有什么事是钱不能解决的，而眼下，正是关乎一条新生命的问题，无论多少钱都值得。

楠楠没想过和老郑天长地久，孩子是个意外，由一次意外改变人生轨迹不是她的风格，何况这意外是可以人工阻断的。

而老郑竟说出这样愚昧可笑的话，对她来说是更大的意外。她本以为他会委婉地表示不得不放弃这孩子，然后深表歉意极尽温存地照顾她，看来自己终究太过天真浪漫。

怎么会喜欢一个骨子里老朽至此的男人，原来那些所谓的感觉都是自我麻醉，大概是单身太久了，居然臆想出这么一片海市蜃楼。楠楠简直为自己不堪。

"不用离婚的，100万找代孕绰绰有余，你能省很多！"

一周后。

"孕囊出来了哈，你看看！"

医生的声音和手术器械一样冰冷无情，锐痛还未消散，楠楠的脸苍白如纸。

她没有选择无痛人流，这是她第二次扼杀自己的孩子，疼痛又如何减轻所造的罪孽？

来广州三个月了，楠楠也没联系同学。她不再做销售，找了份广告设计的工作，大学本来也是学这个的，上手便很快。虽然常加班，但不用和许多人打交道，只需等待灵感、回归内心，安静而单纯。

广州几乎没有像样的冬天。这天是周末，适逢平安夜，外面想必喧腾得很，午后有闲，楠楠忽然想去学校转转。

路还是那条路，来往其上的人已换了一批又一批，叶绿叶黄、花开花谢，伴着永远年轻的面容。楠楠漫无目的走着，不知不觉来到小礼堂。

许多学生正忙着筹备圣诞舞会，自己当年可是特别热衷于此的。楠楠也被感染了，以树为背景自拍了一张，发到同学群。

"我来了！你们在哪儿？"

果然，群里正互相祝福的同学们都被吸引，纷纷向久未现身的楠楠请安。广州的几个同学晚上正好有聚会，又拉她进了小群。

"有家属记得带来一起嗨，孩子们有伴也更开心！"

"本宫还是没嫁出去，不知道现在上街还拉得到一个吗？"楠楠嘴上戏谑着，听到"孩子"两个字，她的心又被针刺了一下。

平安夜的露面，楠楠宣告回归集体的同时，也听到了一些关于他的消息。他回来了，正在这座城。

世界很大，手机却能将它浓缩于股掌，据说最多通过五个人就可以找到任何一个人，包括美国总统。而他和她，第二天能相对而坐，只需要一个微信号。

他有着很好听的名字：文烨。他的右耳后有颗痣。他是她第一次怀孕的原因。

文烨和楠楠同校同届，广州人，学的建筑设计，毕业后去美国继续深造，然后入籍。结过一次婚，妻子是美国人，医生。两年后离婚，源于东西方文化差异太大，难以融合。未育，目前单身。

前半段楠楠已知，后半段是文烨昨晚在微信里告诉她的。

逝去的初恋，在每个人的心里都尊享圣洁，如沉没的泰坦尼克号，承载着主人翁惊心动魄的爱情，可能还是他或她在这世间的唯一。其实学生时代的爱情，不过是一张小舢板，驭者又毫无经验可言，一个浪头就能打翻。所谓怀念，多是在其后寡淡无味的婚姻生活里，向青春的自己致敬。

楠楠和文烨也同乘过小舢板，因怦然心动在一起，因毕业而分开，和周围的学生情侣们一般无二。

文烨的家境不错，出国之事早有计划，楠楠家里的经济状况无法承担这么大笔的费用，而文烨的父母并没有对儿子的这个女朋友太认可，自然谈不上资助。年轻的男孩满心都是广阔的世界，哪里懂得承诺什么。楠楠是个倔强又骄傲的姑娘，不想用怀孕去恳求他和他的家人，她没有开口挽留，选择独自默默结束了一切，回到家乡。当时的她就一个念头：你既舍得，我也不等。

再次相对，已没有一丝嗔怨。爱，还在不在，楠楠并不知道，能确定的是，这是一个美好的夜晚，亲切、舒服，如果是梦，她不愿醒来。

"对不起，当时太不懂事，没有坚持。"

"现在懂不晚吧，还有机会带你走吗？相信我！"

驻唱歌手正在唱莫文蔚的《如果没有你》，声音沙哑有几分神似。缘分真是不可思议，兜兜转转几十年，性感歌神的最终归宿仍是初恋男友。

"我不确定，我需要时间。"

楠楠没有直接回答。在自己也不明晰的情况下，冲动的决定是对双方的不尊重。

"好的！那我再追求一次，让楠楠再次爱上文烨！"

爱，多美的字眼，美得让深爱过的人心生敬畏，再不肯轻易出口，唯恐亵渎了它。

广州的冬天没有雪，而爱人们一样贪恋依偎。

远走，或许是最好的选择。半年后，楠楠飞往美国，开始了 30 岁女人的留学生涯。

鞋

　　婉如越来越觉得，人一辈子真是没什么意思。

　　老刘又在洗澡，他习惯早晨冲个凉再出门。从退居二线后，他只忙两件事，打麻将和摄影。微信加了户外和摄影的群，一到周末便背上单反和干粮早出晚归，忙得不亦乐乎。回来了还得选片修片，再传到群里博赞，然后谦虚客套一番，仿佛于其中找到了另外一种存在感。

　　婉如从没有跟着去的意思，老刘也不提这茬，两个人心照不宣。他在外面肯定还是那样，看见漂亮的话格外多，肢体语言又丰富，眼神和脱发的脑门一样贼亮贼亮。年轻些时她也去管去查，听到点风言风语就不肯善罢甘休，最终不过是提醒了他不在身边乱来，提醒了那群狐朋狗友建立攻守同盟。慢慢她也想开了，料死他那么抠门的人，断舍不得拿家底去养小娘子，改不了的偷嘴就随他去吧，眼不见为净。

　　婉如喝了一碗薏仁百合粥。粥薄且淡，一如她的心境。

　　粥真是好东西。人的胃可能会腻鱼腥肉厚，腻甜糯咸苦，也没听谁说过连粥都难以下咽。婉如煮粥并不拘泥食材，哪有那么多温凉甘辛的讲究，都是自然产出的吃不坏人，不去妄加甜咸，口腹欢喜就是身体需要的。大米小米、红枣莲子、薏仁芡实赤小豆、黑白木耳花生米，家里有什么用什么。下班回家洗净浸泡着，临睡前和滚开水一股脑儿倒进焖烧杯，第二天就是刚刚好的早餐。

　　薏仁米开了花，百合粉烂粉烂，舌尖和齿龈一推便成了糜，缓缓地滑入。她甚至能想象，那一团温软在消化道潜蠕下行的旅程。医生的联想有时候很煞风景，再美好的肉体也是神经、肌肉、骨骼，不过一堆碳水化合物。婉如始终认为自己感情过于丰富，不是很适合这个需要冷静、冷峻的职业。

今天是周末，天气美好。婉如挑出一件军绿棉布长裙，颜色深旧，低调而舒适，很互补外面艳阳的热情。

她要去逛街，一个人，去买双鞋，一双可以完美表达对脚尊重的鞋。

不知何时起，鞋和品位有了非常正向的紧密联系，而且不论男女。婉如的习惯，留意一个人也是避不开足下的，那条极有女人味的裙子若没有配上一双相得益彰的鞋，是一件失败透顶的事。

高跟鞋是骄傲的，即便闪闪发亮的廉价款也携着神秘的美丽，一上脚便能使女人们亭亭玉立、婀娜万千。玲珑高跟与纤细脚踝的搭配，简直性感到极致，这性感因为穿着者并不自知，便有了不招摇不张扬的谦逊，而更耐人寻味。关于脚踝，中国电影史上有一个备受推崇的特写，《阳光灿烂的日子》里的宁静，白皙的、过于浑圆结实的小腿，同样浑圆不见骨的脚踝，着一双黑色布鞋，行走在初夏的午后。画面非常有弹性，当时被誉为诠释少女圣洁纯美的经典镜头。婉如觉得，美则美矣，胜在可爱，却不令人生怜。古典美还是该有些骨感吧，即使圆润也不失江南女子的小巧。女人同样爱看美人，见着了极美的，便不禁也要感叹造物主的恩赐。婉如会告诉女友，你的小腿很好看，尤其脚踝长得精致，多穿裙子，多穿高跟鞋，别浪费了这双腿。

每个女人喜欢的鞋子风格大致是不变的，如同喜欢的男人通常也只一种类型。对脚来说，品质再好的高跟鞋，也没有百姓坊间的平底鞋安全。婉如喜欢秀气的鞋。很少有平底鞋能兼顾舒适性与女人味，所以偶然遇上一双玲珑秀气的，便迫不及待地拿下，然后穿很久。

爱默生说，对于穿了鞋的人，整个地球好像裹了一层皮。人原本是不穿鞋的，特别当赤足于沙滩，海水清凉，脚会把它的幸福贯注全身。可细白柔软的沙滩无法长久流连，湛蓝夏日后面有秋冬怒吼的黑浪，脚会疼会冷，它需要温暖的保护。有时候被太炫目的鞋诱惑了，有时候不甘心别人穿鞋自己光脚，有时候是路上太硌碜脚容易受伤，有时候真的是天太冷。于是，人人都有了鞋，除了孩子被抱着，人人都穿着鞋往前走。可一回到家，每个人又迫不及待地脱去它们，难道这些竟是穿给别人看的？

街面上熙熙攘攘，无数双脚在行走、交叠、碰撞，疾行或是信步，婉如好像看到岁月和生命正在这一错一迈中不断流逝。

她看见，很多年前，梳着麻花辫的自己，白衬衣、百褶裙、黑色系带布鞋，站在校门口，鲜活灿烂地笑。

她看见，23 号白背心跨步一跃，球漂亮地穿篮而出，全场响起兴奋的尖叫和欢呼。汗水滴在那双半旧的回力鞋上，他回头的一瞬是找寻着谁。

她看见，湖边的长椅，两双塑料凉鞋，白色秀气赭黄宽阔。他送她第一套书，并立的双膝上摊开《平凡的世界》。水光璀璨着他们的眼，绚丽的晚霞也愿意多瞧一会儿这入了迷的两个人。

她看见，深夜的马路上，疾驰的货车碾碎了一切。不远处的医院大楼，未婚妻正在那里值班，下了这个夜班后，他们就回老家举行婚礼。这几天她的胃都不舒服，今天晚饭还没吃，他煮了些小馄饨正给她送去。后来他静静地躺着，去了另一个世界，手里还不舍地拽着保温桶。一只旅游鞋孤独掉落在路边，那是她用第一个月工资买的，是他最好的鞋。

顺利得出乎意料，婉如很快选到了中意的鞋。

她第一眼就相中了。平底、小圆头、淡金色缎面，鞋口细密地缀一圈同色天然淡水珍珠，有几分小香风的优雅。初试，便与足浑然一体，完全觉不出束缚。

婉如付了款，当时换上新鞋，她不需要包装盒，也请年轻的导购姑娘替她把旧鞋处理掉。

她轻快地走着，街口的风吹乱了头发，抬手在耳后理顺它们。她并不惧怕白发，可它们居然还是乌黑亮泽，真好。

婉如拦下一辆出租车，20分钟后来到学校。她在门口站了一会儿，已是人非物也非，就没再进去。门口的小街变得非常热闹，满眼是一张张绯红透明的脸庞。她找家小店坐下，要了一碗海鲜味小馄饨，有紫菜和虾皮。以前他熬的粥、包的馄饨，是她的最爱。

回家时胃里还暖着，婉如开始收拾东西。不过几件宽松的衣服和简单用物，除了日常所需，多余一样都不必要了。

她从书柜底层取出一个盒子，里面是一套三本《平凡的世界》。她轻抚着已显斑驳的深灰色封面，翻到那一页。

"在这个世界上，不是所有合理的和美好的都能按照自己的愿望存在或实现。"

这句话下面划了一道重重的横线，空白处手写着一行字，圆珠笔的字迹已晕化成鲜亮的天蓝色：

张师兄和林婉如会证明，所有合理的美好的都将实现，将永远！

婉如将一张报告纸对折好，夹入这一页，合上。又将三本书都用一方毛巾包好，放入手提袋。

那是一张基底细胞型乳腺癌的检查报告。她明天去医院时，将会以病人的身份，而不再是一名医生。

白月光

刘芬不是美少女，但这并不妨碍她的优越感。作为镇长的大女儿，打小就是焦点，一直的班级领袖，同学们簇拥的对象。凭实力考进县一中，成为重点班里仅有的五位女生之一后，她那倔强的短发、苍白小脸上星星淡淡的雀斑，以及略带鼻音的过于夸张的声调，在充斥着荷尔蒙气味的男生的梦中出现时，也是一如既往的骄傲。

漆有亮就常做这样的梦。刘芬穿着白色裙子，头戴草编的花环，全身笼罩着一层淡淡的银子似的光晕。有亮小时候看天上的月亮也发出过这样的光，娘告诉他第二天会下雨。娘每次都说得很准，以至于有亮在梦里很想为发光的刘芬撑一把伞。

刘芬当然不知道自己和月亮有什么关系，高中阶段漆有亮没有给她留下太多印象。成绩中等，个头中等，说话语速挺快，和自己一样也是"眼镜子"。好像家里挺困难评过助学金，不过皮肤白白的，不太像放假要忙农活的样子。

高考发挥不理想，刘芬被调剂到医学院的药学系。报到那天，镇长父亲叫了辆车送女儿，顺便把有亮和另一位女生也捎上。班上在省城读大学的就他们仨，那个女生学医疗，和刘芬一样都是五年制。有亮在另一所大学的会计大专班，只读三年。

他几乎每周末都来医学院。大学里最出众的是漂亮女生，刘芬没有了骄傲的资本，不免失落，这时有亮的殷勤追求让她多少有些安慰。他不让人觉着讨厌，虽然衣着破旧却并无寒酸之气，加之能说会道，很快与刘芬的室友们熟络起来，还结识了几个高年级的同县老乡。一个学期不到，系里人都知道刘芬"名花已有主"。

刘芬是慢慢喜欢上他的，慢慢开始喜欢听他描绘远大理想，慢慢欣赏他眼神的坚定和眉宇间的轩昂，慢慢不再介意他的学历和身高。大二的某个晚上，当有亮指着月亮告诉她那些梦时，她满心甜蜜地偎在他怀里，享受着仿佛公主才有的珍爱。

父亲对这件事表现出前所未有的强硬，说并非嫌弃他的家境和学历，而是看这孩子脑筋太活络了，怕刘芬将来受欺负。

有亮毕业进了个好单位。他有个远房表舅刚调到省电视台任台长，也亏了两年前听娘无意说起，他才与这表舅逐渐往来密切，刚好用在了刀刃上。台里年年进那么多人，要谁不是要，何况这么机敏能干的外甥？表舅一句话，外甥立马到广告部报到。

20世纪90年代的电视广告如日中天，有亮脑子灵光腿脚勤快，深得主任欢心。不到一年便安排考驾照，派了辆微型面包给他，说是方便跑业务。

那个周末，刘芬在同学们艳羡的目送中坐上宿舍楼前的车，夜晚的风温柔妩媚，她觉得开车的有亮帅极了。

单位不是一般的好，新职工都有房分，虽然在旧楼顶层，可也是实实在在的两室一厅呢。有亮抱着女朋友不停转圈欢呼，在他们自己的小窝里，两个年轻人激动无比手忙脚乱地完成了初次。刘芬被有亮深长的吻覆盖着，有些缺氧，只听见他一遍一遍在耳边喃喃：芬儿，我一定会给你最好的，我要让所有女人都羡慕你和我们的儿子。

大五时刘芬怀过一次孕，有亮原是想要的，说反正快毕业，单位也找好了，把婚礼一办就可以放心生。刘芬思来想去还是流掉了，一则怕上班时肚子藏不住，二来婚礼上也丢不起那人。有亮为此郁闷了一阵，他说总觉得这次是个男孩。

刘芬的工作自然也是他搞定的。台长表舅常带他出席老乡联谊会，里面藏龙卧虎，往往谈笑觞筹间就办成了寻常百姓看来天大的事情。刘芬想进哪家医院还不是卫生部门领导的一句话，领导还说了，以后让院长重点培养。

等到正式出嫁时，刘芬的新郎已接任退休的主任，成为台里最年轻的科级干部。有亮回家摆了 30 桌，全镇的人都知道漆家老三在省城当了官，大专生娶了个本科生，可长脸了。

原镇长，刘芬的父亲，婚礼上将女儿交到女婿手里，郑重其事地嘱咐道："这个女儿呀，我从小到大没动过一根手指头的，拜托了！"

这一年台里改革，广告部试行内部承包，中标职工保留原有职级和待遇，条件相当诱人。有亮测算过，除去上交的定额，利润很可观。何况此次若不竞标，主任的位子也要拱手相让，于是，漆主任系着安全绳下海，成了漆总。

虽说省台广告是皇帝的女儿不愁嫁，可生意人的时间不属于自己，刘芬下班回家总是一个人，饭也懒得做，路上很多小吃摊，随便填饱肚子了事。有亮拿回来各种卡券，美容美发的、购物的、餐饮的，说是业务单位用来抵款的，她用不完，便常请同事们去消费，剪个头一百多也不觉得心疼。大家都很羡慕她结婚就有套房，老公又前途无量，可她并没觉得多开心，晚上的等待总让人觉得屋子太大。

有亮应酬回来得早的时候，会兴奋地拽着刘芬，告诉她今天去了哪儿见了什么大人物，然后又内疚地搂过她："芬儿，对不起，我天天吃那么好的，把你一个人丢家里，以后我一定带你吃遍所有的高级餐厅。"

刘芬对吃兴趣不大，却永远记得有亮说这话时认真而深情的样子。

孩子终于来了，因为有亮做不到几个月滴酒不沾，整个孕期刘芬就一直惴惴不安、胡思乱想。等到 8 斤多的女儿新鲜白活地抱在手里，仔细瞅完哪哪儿都没少，这颗心才算落了地。

有亮有些失落，他说找人算过了命中有子的，连名都想好了，叫漆劲雄，怎么就成闺女了？

"劲雄"成了"婧雄"，刘芬倒更欢喜，只能生一个的话还是女儿好，老了小棉袄更贴心。这个有亮，上头两哥哥都生了男孩，爹娘那边也没给压力，干嘛还那么巴巴地想要儿子呢？

失落归失落，粉嘟嘟的女儿很快攫获了年轻父亲的心。有亮回家早多了，进门就抱着奶娃娃亲个没完，妥妥地成了女儿奴。

这一年公司净赚 30 万，有亮在"文涛苑"订了一套 170 平方米的四房，临湖，2500 元一平方米，是市里最贵的楼盘。更主要离刘芬单位近，有亮一眼相中，付了五成，剩下的钱把二手普桑换成了索纳塔。

周围还没什么人贷款买房，一下子背了 20 多万的债，刘芬心里总是不太踏实，想劝有亮换套小点的，一问才知这是最小的户型，也就把话咽下了。有亮让她放一万个心，明年就能还了贷款，跟着他的女人要学会花钱。

刘芬的医院福利也不错，但她还是仅着自己的收入开支家用，装修也就基本款。有亮成天忙外头，给了 20 万装修费，结果刘芬只用了 7 万，3000 块的布艺沙发连品牌都没有，漆总实在看不过，找人换了套真皮的。搬家后，除了两人共同的同学，他再没请人来家坐过。

赚钱那么难的事，在有亮这里跟过家家似的轻松。不到半年换了奥迪，每年都在投资，入股、购不动产，有些刘芬知道，有些不知道也懒得知道。他拿钱回来她就存着，有时候周转需要又拿回去，一点也不心疼。她上班、陪孩子，和同事一起炒炒小股票，为一两千块的盈亏上心，好像这才是真金白银。

有亮胖了不少，醉酒的时候越来越多，刘芬有些担心，想着哪天拉他去医院查查，可别年纪轻轻喝出了脂肪肝。她每晚一定等着他回家，泡好解酒茶看他喝下去才放心。

那天等到 12 点多，刘芬开着电视蜷在沙发上睡着了，迷迷糊糊觉得冷也想不起找东西盖。恍惚听见开门声，便起身去迎有亮。

有亮好像没喝什么酒，神采奕奕的样子，头发纹丝不乱。刘芬和往常一样接过他的包，去浴室放水，他酒喝得少的时候喜欢泡个澡睡觉。

"今天不泡了，早点睡，明天还要出差。"

"哦！"刘芬摆好有亮的鞋，回身望向自己的男人，眼里分明的热切。有多久没温存了，她都不记得。

"看看你的样子哟！头发乱七八糟，脸色怎那么憔悴？这睡衣穿多少年了，也不晓得换套……"

有亮不耐烦地走向卧室，好像要避开什么。

刘芬尴尬地怔了一会儿，目光黯淡下去，脸上的雀斑在灯下显得更黑更密了。随后她也转身进卧室，塑料拖鞋发出踢踏的响声，在深夜里有些刺耳。

转眼婧雄3岁了，幼儿园开学后，刘芬和有亮商量件事儿。

"有亮，领导派我去北京进修，婧雄在幼儿园也适应了，家里有妈照应着，我想下个月去，要半年。"

进修的事本来早就要安排，有亮和上任院长打了招呼，也就这么拖着。新院长雷厉风行，要求尽快开展临床药学，检测设备已在采购中，刘芬作为医院不多的全日制药学本科生，是未来的学科带头人培养对象。

"去什么去呀？你舍得婧雄半年没妈妈？院长那儿我再去找人打招呼，小事一桩。"

"这事儿赖不过的，上百万的设备都买了，就等着我学成回来开工呢。"刘芬知道，医务人员去发达地区上级医院进修，开阔视野，学习新技术、新方法是开展工作的常态要求。她也是要强的人，做了几年主妇，事业上放缓了很多，好在领导一直给她留着机会，她不想再拖了。

"我不希望你去。正好也想和你说说，女儿3岁了，咱们不缺钱，你请假回家再生个吧，我还想要个儿子。"有亮的态度很明确，原来他一直没放下心事。

"计划生育这么紧，知道了一定会开除的。"前段时间单位刚开除了一个，也是老公做生意发了财，老婆请假回家，超生的儿子都养到10岁，被合伙人告了，查实立即开除，交多少罚款都没用。

赚多赚少是一回事，女人一定要经济独立，刘芬从没想过放弃工作。

"这个你放心，保证不会开除，儿子生出来还要上户口呢，咱得让他合法。我已经找好了人，给婧雄出轻微智障的鉴定，只要你答应，其他事我来办！"

这哪是商量，简直是命令，给他生个儿子的命令。不知从什么时候开始，有亮变得这样强势，买房子买车不需要问她，不回家也常常忘了告诉她，竟然连生孩子这种事也是知会一声。刘芬甚至觉得，如果不需要她配合的话，有亮会不知从哪儿变出个儿子，然后吩咐她好生养着。

刘芬可以忍受有亮半夜带回的那些暧昧的香水味，但不能忍受他把她当成生儿子的机器，曾经她是他的月亮。更不能接受的是，他竟然忍心将那么娇俏伶俐的女儿描述成智障，刘芬一想到这两个字和婧雄联系在一起，就心疼得说不出话来。

那天，她和有亮大吵了一架，这也是他们婚姻生活中的唯一一次争吵。

离婚是漆有亮提出的。

进修结束后刘芬也察觉出不对劲了。以前应酬再晚有亮也要回来睡自家的床，现在常常夜不归宿，说是出差也没见有换洗衣服。女儿说这半年爸爸好忙，只带她去过一次动物园。

刘芬不是没有动摇过，这个越来越有魅力的成功男人，会面临多少诱惑，她心里清楚得很。可是一段婚姻能靠生儿子来维系吗？曾经那么骄傲的刘芬，又怎会甘于只拴住一位父亲的心呢？除了贤妻良母的身份，她还需要一个社会角色去证明自己的优秀，如此才能获得长久的笃定。

她在打一个赌，赌"是我的跑不掉，该来的终归要来"。她所做的，并不是放任，而是另一种努力，朝着她认为对的方向努力。

但是这次她赌输了，输给了一个年轻女人的子宫。

漆有亮要儿子，儿子长在那个女人子宫里，所以漆有亮想要儿子就必须连那个女人一起要了。

刘芬伤心欲绝，却拼尽全力表现得心如止水。她宁愿有亮不再爱她，也不愿意承认是这么愚昧的原因让她溃不成军。她和婧雄加在一起也敌不过一个刚成型不久的胎儿，很长时间她都无法相信，那个说要带她吃遍高级餐厅的男人，再也不会回家了。

漆有亮为此流过泪，而且不止一次。在终于说出离婚的时候，在离家前抱住女儿的时候，在据他说的极度内疚的时候。刘芬却不肯在他面前掉一滴泪，这让漆有亮多少有些意外。

暑假时刘芬带女儿回了趟娘家。到家的时候是傍晚，父亲啥也没说，让刘芬娘带着婧雄去东头姨婆家串门，然后撸柴火烧灶煮饭，用焦黄香脆的锅巴熬了一大锅粥。刘芬呼噜噜喝了三大碗热腾腾的粥下肚，连头发丝儿都在冒汗，才终于痛快淋漓地哭出了声。

两年后漆有亮见她依然孤身一人，某次接女儿过周末时试探过她的想法，只要她一心一意带好女儿，他可以负担这个家，绝对比以前还尽心。

刘芬对他最后的一点留恋，就这样被撕碎了。在女儿面前她没说什么，也实在没什么好说的，对一个有了钱便梦想齐人之福的旧式男人。

多年后，42岁的刘芬副院长坐在办公室听取护理部主任的汇报，二胎政策放开后临床上怀孕的越来越多，导致一线护理人员持续短缺，希望医院及时招聘保证护理服务质量。那一刻她不由想起了漆有亮，听说他生了一儿一女，事业也越做越大，如果当年有这政策，她也如他所愿生下儿子，他们之间是否又会发生别的故事，谁也不知道。

刘芬一点也不恨这个男人了。从某种角度去理解，他上一段和现阶段的人生没有什么不同，不过为了将漆婧雄和那一双儿女带来这个世界。而这幕戏里的自己，以及其他人，都是配角。

月亮还是那个月亮，只是有的人忘了举头可见的清明。

离婚

这次我一定要和林静茹离婚，离不可理喻的林家人远远的，带着我的小儿子，他才是黎家真正的后代和希望。

我爱过林静茹这个女人。我真切地记得这回事，记得她像一只温顺的小猫，大眼睛里满是闪闪发亮的崇拜，让男子汉的保护欲在我的体内不停冲撞。可什么时候开始，她变得和那些讨厌的妇女一样了，虚荣、攀比、唠叨、懒惰，自己越来越胖，却对我越来越不满意。

娶妻如此，家门不幸！

当年我可是学校的风云人物。读书自不用说，能考进这所中专的都是佼佼者，虽然来自小县城又出身贫寒，可凭着帅气的外表和卓绝的口才，我在一众黝黑憨傻、拙口讷言的农村同学中很容易就脱颖而出。我的霹雳舞跳得很好，那年元旦汇演引发无数师妹们的尖叫，成了几届学生中的传说。

传说不能当饭吃，我们放弃读大学的梦想报考中专，就是为了早点端上铁饭碗。当毕业分配来临时，我做了人生第一个重要选择，这个选择造就了其后所有的错误和耽误。

省里有关系的同学早已定下了分配单位，学校还有几个指标，虽然去向并不好，也毕竟是留省城，肯定轮不到我。接下来档案会转回各自县里，那个早没了母亲的家我压根不想回。正好有个地级市的煤矿集团医院来招人，我毫不犹豫报了名，卷起铺盖来到这座小城。同行的还有另外两个同班男生，竹竿和四眼，跟我一样，都是没有门路怕分回农村。

小城依山傍水，只是工业污染有点儿重，不过青春飞扬的我能透过黑灰看见蓝天白云。不出意外，我很快成了医院年轻姑娘们的焦点。

单位规模不小，一点不逊市人民医院，一茬茬的小护士和花蝴蝶似的，在眼前飞来飞去。我才18岁，没认真谈过恋爱，虽然找老婆尚早，又有哪个男孩会拒绝女孩子的温柔和关怀呢？

不寂寞的日子过起来总是太快，26岁的我依旧单身。曾经谈过的几个女朋友都嫁人了，因为我不肯给她们嫁我的机会，也就没什么伤心的。老家的父亲催过几次，我开始想安定下来，只是有点烦躁，这几年麻将桌上手气不太旺，一直没攒下钱。

林静茹小我6岁，父母都是总厂的职工，刚进医院，在神经内科当护士。对了，我的专业是药剂，每天各科护士都要来取病房的药，接触几次，我知道她是喜欢上我了。竹竿为此郁闷了很久，他第一次见静茹就起了心思，可落花有意流水无情，怨不得我。

这女孩长得和她的名字一样美，我俩走一块绝对是一道风景。我当然不是只看外表的人，她很乖，单纯得像白纸，我说什么她都觉得对，这点很重要。更重要的是，她是独女，在财产继承和生活帮衬方面没有什么纷争。身边常有同事为家长里短和遗产分配弄得鸡飞狗跳，那样真的很没修养很难看。

准岳父不愧是块老姜，谈婚论嫁时彩礼什么的都随意，就一条，孩子得跟娘姓。这是我始料未及的，原来老爷子看中的也正是我外乡人的身份，酝酿曲线救国、传宗接代。

我犹豫了，竹竿又开始跃跃欲试，他家里几兄弟无所谓，我可只有三个姐姐。有位老姐偷偷教我，先答应下来再说，是女儿就随她家，想办法再偷生个，名正言顺跟我姓。周围超生的是不少，开始偷偷摸摸，过几年也就罚点钱的事。

就这样，我"入赘"林家。婚礼是岳父母操办的，那天父亲和姐姐们都来了。

生的是儿子，户口本上的名字叫林震钰。岳父的强势全厂出了名，我终究胳膊拧不过大腿，只好寄望几年后。

这倒插门的日子说起来是满纸辛酸。那只温顺的小花猫，林家大小姐，自打怀孕开始就变了个人，伙着颐指气使的岳父母看我是横竖不顺眼，好像她嫁了别的男人就不用受十月怀胎苦。我岂是愿意仰人鼻息的，可就在这日复一日地忍耐和退让中，终于养成了一副自己都瞧不起的妇男样。

岳父母对孙子是百般溺爱，我仿佛看见了这孩子可悲的未来，却无能为力。林静茹下班除了陪儿子就是和闺蜜逛街，买来一堆的衣服和化妆品，可还是越来越丑。她和我的交流方式也简单到只剩两种：抱怨和哭。我烦了她的那张脸和尖利嗓音，做完家务后尽量找理由出门，慢慢又成了麻将桌上的常客。

打牌这事，我本是瘾很大的，结婚几年为了照顾林家人情绪，打得极少了，现在被你们逼回来，可怨不得谁。手一沾上麻将牌，什么奶粉尿片恶婆娘全都忘了，手气好的时候那真是春风得意马蹄疾，这种感觉其他地方找不着的。

我一年带老婆儿子回趟老家，通常是在年初二以后。在那个家里，林静茹总是绷着一张脸，姐姐们都装作没看见，热热闹闹地逗儿子玩。亲戚问起孩子的名字，父亲只说叫"震钰"，从不提姓什么。这件事是他们的心头刺，明明是亲孙子却传不了宗，难免被乡邻背后戳脊梁骨。

竹竿和四眼也陆续成了家。他们老婆都是本地的，都比林大小姐贤惠，他们的孩子都跟爹姓，这让我郁闷至极。

我的工作就是发药，机械刻板没什么技术性。竹竿和四眼都先后通过成人高考拿了大专和本科学历，我也考了两年但落榜了，在职文凭都是混的，我还不稀罕呢。竹竿又考取了执业药师，虽然好像没什么用，可在我们医院是头一个。主任很器重他，让他做了药库管理员。这可是肥差，不用倒班不说，灰色收入地球人都知道，又有机会常在领导跟前表现，他很快便成了"红人"。

这小子真是走了狗屎运，每次他带儿子在我面前晃悠的时候，我都恨不能让林震钰踢上小竹竿两脚。可这个没用的家伙，偏会被小了几岁的娃娃追着打，真是丢死人了，黎家绝不会出这种男人。

老丈人看我更不顺眼了，动不动怨天恨地："看人家怎么怎么上进，我家静茹跟着你啥时能有好日子过哟？"眼看闺女错过潜力股，他怕是连肠子都悔青了。

我早已修炼得充耳不闻。我一个大男人，刷锅洗碗拖地啥都干，成天给你们当保姆，现在又嫌我没出息，不能带来富贵荣耀，也不照照镜子，就你们那福薄的样子，受得起吗？

林震钰越长越肥，身体和思维的反应都比同龄孩子差一截，完全没遗传一点我的优良基因。他们有些慌，催我带孩子好好检查，省城和北京上海都去过了，也查不出什么。没别的法子，就这么看他一天大似一天，笨是真笨，体质又差，脾气更是宠得上了天，一点家教都没有。守着这样的孙子，林家的日子过得愁云惨雾，我每分钟都想逃。

除了麻将桌，又能逃到哪儿去？烟雾缭绕的笼罩中，稀里哗啦的洗牌声陪伴我一个又一个夜晚。我迷醉于此，岳父母的咒骂、林静茹的哭泣，都不能减慢一点我奔往的步伐。老丈人来掀过桌子找过领导，丈母娘到单位把彻夜不归的我抓得一脸稀烂。闹吧闹吧，你们不就想弄臭我吗，现在如愿以偿了，看你女儿的富贵荣华是不是更近了一点。

我也想赚钱，比林家人更想。一切的矛盾和痛苦都是因为钱，钱会说话，钱会让我这坨臭狗屎变成鲜花。我是学药的，眼见医药代表个个都风光无限，就找个机会也去医药公司应聘。口才、外形都拿得出手，专业又对口，我被录用了，立即办好停薪留职。林家人表现得比我还雀跃，家里阳光灿烂、瑞气祥和，我头一回有了男主人的感觉。

工作地点在宁波，老丈人让我放心奔事业，家里有他们二老在呢。拖着行囊出了门，我好像古代进京赶考的书生一样奔赴功名。广阔天地大有作为，再也不用囿于这座黑乎乎的小城，我看见自己越飞越高的未来。

生活是残酷的。三年里我东突西走、巧舌如簧、谄媚成狗、酒肉穿肠，业绩却始终垫底，别说一朝暴富了，有时连底薪都拿得跟跄跄。为什么别人都是被钱追着跑，我这么努力却沾不到孔方兄的一片衣角？我有点相信宿命了，如果命里只有八分米，走遍天下也不满升哟。

林静茹在电话里的声调越来越高亢，有时候老丈人劈手抢去对着话筒吼："你看看身边谁做药代不发财？窝囊废一个，钱赚不到，儿子又带不了，我林家上辈子到底欠了你多少，一把老骨头都被啃光了！"我听到那头林震钰歇斯底里的哭闹，仿佛看见那张扭曲变形的老脸和儿子吹得奇大的鼻涕泡。

终于，在老板嫌弃的眼神里，我领完最后一笔菲薄的年终奖金，离开了曾义无反顾跳下的"海"。我对别的海也失去了兴趣，在咸咸的海水里扑腾并不适合我，上岸吧。于是，我溃退了，灰溜溜回到那逃不掉的家，回到那让人绝望的生活。它们都还在那儿，似乎永远不会变，狰狞着绝不放过一丝一毫嘲笑我的机会。

时间像流水，和麻将声一样哗哗唱着歌流走，转眼已毕业20年。38岁的我还在调剂师岗位上，多年如一日，好歹考过了中级职称。林震钰10岁了，暴戾、蠢笨依然，我望着他常常有陌生的感觉，好像他身上根本没流有我的一滴血。这种念头很奇怪，但分明有治愈作用，让我觉得前方隐隐约约透着光亮，心里也就没那么沉重。

老丈人把旧房卖了，加上积攒的家底，在中心地段买了上下楼的两套房，他们住楼上，一大家子日常生活还在一起。装修的过程我被骂得体无完肤，大事小情没有一件能让他们满意。在老丈人眼里，我就是个十足的窝囊废，当不到官发不了财，倚靠他们活着，买房子也拿不出一分钱。他们逢人就诉苦，邻居、同事、亲戚，隔三岔五还敲个电话给我父亲和继母，数落我好赌成性、烂泥巴扶不上墙。我早就成了死猪，还怕你这点开水烫吗？黎某人不发达就算了，但凡有那一日，一分钱姓林的事儿都没有。看到他们被一身的病痛折磨，我暗暗幸灾乐祸。自作孽不可活，对林家人，我只有冷漠的恨意，连多恨一点都嫌累。

林静茹是独生女，早就符合二胎政策，可她迟迟不肯生，说我没有责任感，再生也是拖累她一家人。

这可不成！现在真是反了天，女人不给夫家传宗接代还理直气壮。我背地里恨得牙痒痒，还得向她赌咒发誓再生了儿子保证不摸麻将，工资奖金全额上缴，两个孩子的教育绝不让她操心。

跪地指天也跪了，保证书也写了，这个女人居然哭哭啼啼起来，说她身体不好，这年纪经不起剖腹产。

你既无情，休怪我黎某人无义。单位派人对口支援乡镇医院半年，我二话没说报了名，铺盖一卷和几个同事在邻县重新回到了单身汉的日子。

我单身汉时就两件事，赌博和谈恋爱，现在只剩了赌博。说实话，也想过不如另起炉灶找别的女人生，可瞧瞧自己口袋里布贴布，镜子里的人早从玉树临风变了"土肥圆"，女人脑子进了水才会跟我呢。

卫生院在山里，无甚消遣，臭味相投的几个人赌得昏天黑地。人家说情场失意赌场得意，我偏偏倒起霉来喝凉水都塞牙，半年下来工资卡里只有三位数余额，外加数张借条在别人手中，合计差不多5万。

林静茹哭闹了几回，终于还了债，但从此和我分房睡。老丈人倒没以前那么张牙舞爪，只是看我的眼神刀光凛凛，恨不能一片一片剐了跟前这个孽障似的。

钱是我输的，可这能全怪我吗？但凡你们给一点希望和温暖，让我开开心心当个奶爸，我能天天趴在麻将桌上不下来？

熬到发工资，我立马租了间房搬出去。清净没可能，她的亲友团轮番轰炸、现身说法，无非是浪子回头好好过。林静茹和她父母没露面，我自然也嘴上不服软，让那些说客传话，要么生，要么离！

局势奇迹般扭转，两个月后林静茹同意生。做好了持久战准备的我喜出望外，屁颠颠跟着她回家。那是初春时分，太阳有了些暖意，我和林静茹并肩在摊贩中穿行。我看见她的侧脸蜡黄憔悴，一缕头发散乱地垂在耳畔，忽然心疼了一下，她也老了，日子过得这么快呢！

备孕开始。都不年轻了，为了黎家后代的健康，一切谨慎为上。我戒烟戒酒戒赌，但不觉得多辛苦，心中希望生发豪气干云，有时候看到林震钰也觉得有可爱的地方。

小儿子降生，43岁的我如愿以偿，无法描绘激动之情。我第一时间发朋友圈，征集一个寓意深远的好名字，广撒喜信、大宴亲朋，共同见证我的新生活扬帆启航。终于等到的孙子让晚年心事成烟，父亲那天喝了不少，兴致勃勃地告诉我，等断了奶可以将孩子带回老家，他这把老骨头还能扛一阵。

小儿子大名黎展鹏，特别爱笑。我告诉自己一定不能再让林家二老的溺爱毁了这孩子，他是我后半生的希望，是我最重要的事业，呵护、打造、磨砺，必须多角度权衡、全方位规划。

初生的喜悦很快演化为生活的一地鸡毛。溺爱的担心是多余的，他们对展鹏的照拂比对震钰明显稀淡，说自己老了，顾不了那么多，一代管一代吧。

这样也好，少些龃龉。奶粉尿片、碎片化睡眠，除了上班我都围着小儿转，我不惧劳疲，穷尽心力欲将焦头烂额的忙碌弹成一首协奏曲。协奏曲并不好弹，林静茹这婆娘越来越不可理喻，时不时加入一段歇斯底里的不和谐音符，生生把调儿扯成了呕哑嘲哳难为听。我想起那些一度因为她怀孕而泛起的温情，只好躲在缭绕的烟雾后苦笑，自我解嘲。

她说她产后抑郁。如今的女人，坐月子闷久了就爱钻牛角尖，屁大点儿事也往抑郁上套。就她那样，一句话憋不住半小时的直篓子，一个月恨不能逛32天街的买货和吃货，如果也会抑郁，那地球人都得把帕罗西汀当饭吃。

她动不动就哭天抹泪、这疼那疼的，总之为生儿子从十八层地狱走了一遭，全家都把她当娘娘供着，也止不住吧嗒吧嗒说来就来的泪河。我试着不过分关注，她又嗔怒于此，说自己被当成生育机器，还在哺乳期就冷落母亲，真让人寒心。

一直到儿子半岁也没消停，还有完没完呢？要不是娃娃尚且恋着那口奶，索性一不做二不休，就父子俩相依为命罢了。争吵重复上演，不断升级，我是宇宙间第一薄情寡义男，好高骛远、口舌逞强，从无半分担当。自然，误了她青春是首罪，她在一次次咒骂中涕泪横流，幻想着如果嫁给其他任何一个追求者，如今该逆生长为怎样令人艳羡的优雅贵妇。

我漠然看着她那张脸，浮肿苍白，颧骨上的黄褐斑随着夸张的表情翕动，如垂死挣扎的蝶。皱巴巴的睡衣下虚胖松弛的肉体，有一种任由沉沦却无法抓握的绝望。可悲的女人，以为自己还是 18 岁。我抱起刚吃完奶的儿子，想出去透口气，她冲过来挡住门，不依不饶：

"姓黎的，逼我生了儿子又想拍拍屁股就走，你还是个男人吗？"

我妈沉睡了 20 多年，隔三岔五地被你们一家老少问候，她招谁惹谁了？我一把推开这个虎目圆睁的胖女人，抱着惊啼小儿夺门而出，林静茹在身后发出凄厉的尖叫：

"打人啦！姓黎的打人啦……"

后来儿子被女同事抱回家，没办法，他的口粮还在那个娘身上。

老丈人挥着拐杖朝我劈头盖脸地敲，一下两下三四下、五下六下七八下，咚咚咚如急促的鼓点。我不躲也不还手，只抱住头蹲下身，很奇怪，不疼。我感觉不到力的作用，也听不到围过来的一群人说着什么。他们的目光都交织在我身上，许多嘴一张一合一张一合，却发不出任何声音，像吐着泡泡的金鱼，有牙齿的吐着泡泡的金鱼。

我在出租屋里奋笔疾书，真的是奋笔，因为没有电脑。多年来在林家所受虐待，从头至尾、点点滴滴，写了有 3 万字，上班时敲成电子版、打印、分发。给单位领导，给她的闺蜜们，给我的同事，还有同学们，让真相大白于天下，公道自在人心。

我一定要得到展鹏的抚养权，然后找一个贤惠明理的女人共同抚育他，胜过跟着那位亲娘百倍。

法院说，哺乳期内男方不得提出离婚。

尘埃里只有沙

这个故事是我听来的。

两年前我从县里招考进这家国企，由于常跑外勤，一来二去和单位司机熟络了。司机50多岁，是位爱讲故事的大叔，自然需要听众，于是车上气氛便极其融洽。他说他的前任，有个司机特别好那一口，逮住领导开会的间隙都能叫来个女人在车上爽一回，有次被撞上气得领导七窍生烟。这位已退休多年的前司机就住在宿舍楼，所以我见过，步履蹒跚连笑得都辛苦，很难把这样的龙钟老态和故事里的男人联系起来。

白布被单的故事也是司机大叔在路上告诉我的。

"黄翠荷死了！"他说这话的时候没有转头，平视着车窗前的熙熙攘攘，露出了少有的怜惜神色。

这个叫黄翠荷的女人已经和眼前的芸芸众生没有关系了。有时候听别人的故事真像看电影，一桩中心事件、几处重要节点，观众都希望得到刺激震撼，而个体所承受的欢乐与苦楚，又何曾有一分沁透你的肌肤。

故事始于40多年前，男女主角都曾是这个厂的职工，他们的一生无数次从别人嘴里流出，经过了多少的臆想和推演，不知还剩几分原来颜色。比如我接下来的叙述也是如此。

徐明终于答应和黄翠荷结婚了，消息一传出，厂子里像炸开了锅。胳膊拧不过大腿，这婚迟早要结没什么稀奇，让人惊愕的是徐明提出的条件。

徐明只有一个条件，结婚那天床上用品一色用纯白，不然这婚绝不结。

更让人惊愕的是黄翠荷竟然一口答应，引得一片哗然。

那是1969年，离欧洲的极简主义流入中国尚有几十年时间，那时即便城里人结婚，也少不了鸳鸯戏水的粉红床单、红缎被面和大红双喜的枕巾。红，始终是婚庆的主角，白色虽纯洁，但在传统文化中代表丧悼，大喜日子里是要避免使用的。

那么徐明的要求就委实叫人寒心，这哪是结婚，简直和进坟墓差不多。热心的大妈大婶们自然不会放过这难得的与厂长夫人推心置腹的机会，纷纷向黄翠荷的妈表达了对小两口未来生活的担忧："男方看起来像赌气呢，婚姻大事非儿戏，最好慎重考虑。"

当妈的何尝不知，一颗心悬得高高的，又是羞辱又是心疼，夜夜只会哭，也哭不动女儿非嫁不可的决心。而黄翠荷的爹，兼着革委会副主任的黄厂长气得一口钢牙都要咬碎了，真不知女儿看中了这小子什么。

黄翠荷是这么解释的，徐明有些洁癖，喜欢白色，以前上海人也时兴穿白色婚纱呢，没什么不吉利。

于是那场简朴的婚礼在人们的齿间流传了几十年。多年后，婚礼上不苟言笑的新郎和低眉顺眼的新娘已没多少人记得，只有那张雪白的高低床持久盘桓在众人的脑海里，像医院的病床，惨淡到无能为力。

黄翠荷是厂长家的三闺女，在厂幼儿园工作，相貌平平，右眼角下有一小块蓝色的太田痣。性格像母亲，随和，有点懦弱，没有干部子弟的张扬骄横，是个不引人注目也不让人反感的姑娘。

5年前，20岁的黄翠荷对刚分进厂职工医院的年轻医生徐明一见倾心。徐明英俊得像电影明星，喜欢他的女孩怕一车也装不下，只是听说家庭成分不太好，有个叔叔去了宝岛台湾，性情又孤高，没见谈过正经女朋友。按说遇着黄翠荷这样家庭背景硬又情深如许的，也算机缘难得，偏偏徐明半点不来电，又不敢果断拒绝，心不甘情不愿地敷衍着。明眼人都看出来，黄翠荷是剃头挑子一头热。

这一热就热了四五年，本不愁嫁的厂长女儿把自己低到尘埃里，像娘一样无微不至照料着徐明。这男人私下给过她几分温存不得而知，人们只看到他的不屑、鄙夷，烟酒笑谈间他无耻地形容这女人的"贱"，乃至怨恨于厂长的淫威。

黄厂长压根就没看上徐明，漂亮的皮囊不能当饭吃，女儿太不值得了。软的硬的都使过，奈何女儿是吃了秤砣铁了心，他也懒得管了，而几年间徐明从未正式登过他家的门。

得知女儿怀孕，黄厂长才第一次淫威发作，把徐明叫到办公室下最后通牒，要么立即结婚，要么脱下白大褂滚去食堂烧锅炉。为了女儿，他不惜擅用一回权利。说实话，他骨子里更希望这小子拒绝得干脆一点，长痛不如短痛。

黄厂长失望了，没想到长痛的开始就这么锥心，若不是碍着领导身份，当爹的恨不能捶扁了这小子。婚礼那天，新娘的父亲将自己灌得酩酊大醉。

那个年代白色床品很难买到，黄翠荷费了不少心思，扯来上好的白棉布，自己做了一铺一盖和一对白色枕套。她觉得父母多虑了，既然徐明肯娶自己，以后一定会慢慢好的。她很感激肚子里的孩子，想到终于能成他的妻，黄翠荷甜蜜地笑了。妈妈不忍看被一堆白色包围的女儿，抹着眼泪走开。

白色被单要常洗，黄翠荷大着肚子不方便，除了刚结婚那阵儿，真正用得并不多。徐明不介意，他压根不喜欢白色，白色让人联想到工作服、来苏水儿，谁愿意上班和回家面对同样的东西？他只需要婚礼那天的凄惨颜色罢了，别人既然给了枷锁，那大家都别想称心如意。

儿子像是黄翠荷一个人的，徐明不管不顾一副谁让你生的模样，3年后第二个儿子降生，黄翠荷不得不依赖自己妈妈帮忙。这个只负责提供精子的男人，大把的时间和护士眉来眼去，公然与女工打情骂俏，完全没把妻子放在眼里。两人之间少得可怜的交流徐明也不忘刻薄，倒像是格外开恩赏了她两个孩子，女人应该感激涕零。

没有人理解黄翠荷如何做到无怨无悔把饭送到男人的牌桌前，活得比旧式女子都不如。这边还在哀其不幸怒其不争，徐明却提出了离婚。

原来他大学时有个初恋，当年因为家庭原因父母反对而分开。女友后来嫁给干部子弟，几年前老公因车祸失去一条腿，徐明暗地里帮了她很多，包括经济上，因此拿回家给黄翠荷的钱就更少了。

这回他铁了心要离婚，而且不要孩子，即使震怒的岳父将他调离医生岗去心电图室，也不肯说一句软话。退休的岳父余威尚在，单位开不出证明，他毅然搬了出去，什么也没带，从此与黄翠荷分居。

徐明的工资 2/3 被厂里扣下发给母子三人，他便不再回家，听说为了钱在外面干过不少兼职。黄翠荷迅速衰老了，头发干枯、面色萎黄，眼睑下的青斑愈发明显。很多年里，她都带着一脸愁苦进入人们的视线，而新婚之夜的白色被单就更多地在人后被提及，将她淹没在一重又一重命中注定的啧啧惋惜里。

90 年代中期，做了十来年心电图医师的徐明在 50 岁时停薪留职，用叔叔给的资金开了家诊所，几年下来，赚了不少钱。

据说那位初恋并没离婚，徐明也不再提离婚的事，只是仍不回家。他们一直没断，她的儿子留学他给了一大笔钱，房子不知买了几套。

黄翠荷已经退休了，还住在厂里分的旧宿舍。两个儿子读书都不行，技校毕业不久又遭遇下岗潮，于是跑去找亲生父亲。

徐明有钱，看着两个 20 多岁的儿子忽然生出舐犊之情，慷慨给了本钱，一个做装潢广告，一个做通信设备。那是做生意的好时代，俩儿子稳稳当当地立了业，然后结婚生子，徐明当了爷爷。

当了爷爷的徐明仍然不肯回家，他有不止一处房子，却没有一个家。即使这样，他也不愿再回首面对黄翠荷。

又过了 10 年，徐明老了，诊所转给了别人。而那位初恋，在送走丈夫后飞去国外与儿孙享天伦之乐，依然没有给他希望。或许，69 岁的徐明已经不需要希望了。

而黄翠荷似乎也等累了，在一个冬夜静静地溘然长逝。医生说是心梗，没有多少人想起她还有个当医生的丈夫。

葬礼上徐明露了一面，冷峻漠然的神色让故人们想起当年那场婚礼，他也是这样无悲无喜。

司机大叔说，黄翠荷是单墓，徐明无论如何不肯买合墓。他说这一世就算了，来世再不要互相折磨。

我想起了《无问西东》里的淑芬和许老师，一个人不爱你，哭是错，笑是错，连呼吸都是错。尘埃里难养花，因为那里只有沙。无爱的女人，如何挨过这一生的冰冷？而孤独的，岂止是黄翠荷一个呢……

长公主

我叫顾如梅，排行老三，大姐叫爱梅，二哥建辉，四妹恋梅。

我们几个名字都是父亲取的，我问过老顾同志，为啥不干脆让老二也叫建梅。老顾神秘地与我咬耳朵："本来是有这意思，男孩取个女娃的名字也好养些，你妈死活不同意。你晓得她封建，就偏心你哥。"

我妈叫李金梅，今年75了。

李金梅和一般老太太不一样。这年纪的老太太年轻时大多吃过苦，过日子精细，老了还是舍不得多花钱，有啥好东西喜欢留着，做子女的怎么劝都想不开。我妈从不犯这毛病，她绝对是老年时尚的代言人，穿的戴的简直天天不重样才好呢。

我们姐弟每月都会找日子一起去陪陪老人，昨晚刚回自己家，老顾同志的电话就追来了。原来碰巧我和二嫂都穿了新裙子，我妈瞅着眼热，等孩子们一走，对着老顾就抹开了眼泪。什么娶了媳妇忘了娘、这么多闺女也没件小棉袄，只管自己美美的，哪管老娘穿破衫。老顾责成我们务必记得，每月轮着给妈妈买衣服，我们负责采购，找他报销。

"老顾同志，冤枉啊！妈的衣服可比我多，上月刚给她买了衬衫呢……"

"那不是长袖嘛，现在该换短袖了，不得狡辩，立即执行！"

我这哪是老顾的前世情人啊，勤务员还差不多。赶紧奔商场左挑右选，这件粉红她应该会喜欢，老太太可潮呢，还知道今年流行莫兰迪色。赶紧送去吧，不能耽误她傍晚散步和老邻居们显摆。

我们姐妹仨都说妈妈命好，被老顾同志一辈子宠着，我们喊她"长公主"，妈也不生气，好像还挺喜欢，偷偷地笑。偶尔抗议起来："你们那是没见过我让他的时候！"声音带着快意，少有的轻柔，似少女娇嗔。她

133

自不必担心这位"驸马爷"打金枝，敢不敢另说，舍不得是一定的。

　　老顾牵着一身新衣的长公主出门遛弯。我妈不时停下与人寒暄几句，一脸的喜气洋洋，老顾任她说叨，只安静候着。夕阳的余晖明亮着他们的面容，那么和谐、那么心满意足，仿佛整个世界都在眼前。我竟觉得自己有些多余，在这帧画面里。

　　1943 年，我妈李金梅，出生于一个中农家庭，上有兄姐，她是幺女，多得宠爱。因家境尚可，没挨过饿，还识得几个字。长到 18 岁，好看的姑娘总有人家惦记，媒人们开始在外公堂屋里进进出出。

　　我妈忆及当年的美貌总是心驰神往，照片上的她有点像金嗓子周旋，身材小巧玲珑，两条油亮的长辫子，眼睛会说话。有多好看呢？她说那是十里八村美名远扬，要早生十几年也是可以去上海滩闯一闯的。我偏要逗她："那是，再早生几百年，选秀进宫，咱就是皇后！"妈妈照样不恼，只笑着轻轻拍我。

　　不知为何，媒人说了十几个，我妈就没一个中意的。外公破天荒对她吼过一回，最终选定邻村一个小伙，俩人见过一面，男的憨厚壮实，一看就是种地的好手，何况他还有个哥在县里当干部。外公外婆很是中意，收了聘礼，各自准备嫁娶事宜。

　　结婚那天，吹吹打打拜过天地送入洞房，看似无异，谁料半夜新娘跑了，第二天男方气势汹汹来娘家要人。外公是又急又羞，这边也毫不知情，到哪里去交人呢？男方找不着人，嚷嚷着要退彩礼，还要赔偿。

　　外公答应要么给人、要么退赔，好歹打发一帮人暂且回去等消息，便急急火火往镇上赶。当爹的多少有点数，闺女的心思在那儿，果然在小顾老师的宿舍看到了这天不怕地不怕的野丫头。

　　小顾是镇上人，从前家里以酿酒为生。那一片十里八乡人家都爱酿一种糯米酒，有条件的在酿好后加一块猪板油密封贮存，假以时日油化入酒，其味醇厚甘甜、飘香四溢。此酒多为清明前后酿制，便唤作"清明酒"，遇着婚丧嫁娶的大事，自家酿的不够便去镇上买。

顾师傅酿酒的手艺颇为人称道，只是家财不旺人丁凋落，小顾还未下地走便没了娘，做父亲的一直未有再娶，含辛茹苦抚养唯一的儿子。他希望小顾识文断字，以后不要和他一样卖力气过活，小顾念书也很争气，考试从没出过前三名。

成立生产合作社那年，酿酒的顾师傅一病不起寻妻去了，刚初中毕业的小顾同学，也就是我的父亲，成了孤儿。

初中那时叫高小，即使在镇上，能念完高小的也不多，算是有文化的人。小顾断了继续读书的可能，两年后进镇小当了老师。儿子做了先生，顾师傅九泉有知亦无憾了。

我妈那天和村里的金花一起赶集，金花娘让带些腌刀豆给在镇小当教导主任的她二舅，于是我妈第一次见着了刚下课的小顾老师。

金花和小顾原是认识的，小顾告诉她主任去县里开会，腌菜他可以转交。听说二舅不在，金花活泼起来："顾老师带我们去看看你住的地方呗，下回拿豆腐乳给你，我娘做的可好吃了！"

我妈在那间潮湿破旧的小屋里看到了一桌子的书，她从不知道一个人可以有这么多书。那些书名她只认得一小半，能把这许多书都吃到肚子里的小顾，在她看来像高山一样伟岸、像丛林一样神秘。

小顾个子不高，年轻时不会超过 1.68 米，但在 1.6 米的我妈眼里是暖如春阳、玉树临风，看来无论什么年代，暖男都是少女杀手。我妈坚持说那天小顾的眼睛一直就没离开过她，是因为她，认识了那么久的金花才第一次进到他的宿舍。

我调侃老顾同志，那个金花是喜欢你的吧？老顾不好意思地笑，我哪知道，问你妈记得不？

才子轻取佳人心，不少姑娘暗地里喜欢着小顾，却并没有让娶老婆这件事变得容易。他有个叔叔早年被抓壮丁一直没回来，听说当上军官，新中国成立前去了台湾，这从未谋面的叔叔，让家有女儿的父母们心存隐忧。一晃无亲无故的小顾 22 岁了，还是一人吃饱全家不饿。

媒人踏破了门槛我妈也不肯点头，外婆盘根问底从闺女口中听到小顾的名字，老两口犯了难。最疼的就是她，打小没吃过苦头，跟了那顾先生可看不清前路。往好里说或者可以不用土里刨食，可这运动一波接一波，谁也说不准那位台湾亲戚对他有多大影响。

外公特意去偷偷瞧过小顾老师，人是中意的。他也喜欢识文断字的人，做派和气度都透着一股清气，看着舒服，可思来想去还是不敢冒险。那是1962年，刚经历过三年困难时期的外公，对知识的崇拜大为降低，认为不管啥世道，能种好地有饭吃才是生存王道。

外公第一次违背闺女的意愿，独断专行挑了一个他认为可靠的后生，结果都知道，我妈逃婚了。

那个夜晚在我妈的回忆中一次比一次惊险、一次比一次丰满，那是一位姑娘勇敢追寻爱情的壮举，一双神仙眷属幸福人生的启航。我妈从不掩饰她的自豪，她自豪于自己与命运对话的主动，因为勇敢而一生酣畅。我也很骄傲，骄傲我是这场伟大爱情的结晶和延续，并依然在见证、在参与。

怎样假装上茅房，在深夜里一路狂奔，开门瞬间惊愕的、惊喜的父亲，被我妈描述过无数次。我妈是个故事高手，晚上的风呼呼作响刮得脸生疼，远处有幽幽绿光和骇人的野兽低吼，鞋子跑丢了一只，脚被砂石硌出了血，等等。我们从小很喜欢听这一段，想象着天空再飘点雪花，就像极电影里的喜儿夜奔，不同的是，喜儿逃往荒寂的深山，我妈奔向的是幸福彼岸。

在每一次回放中，我妈绝对不忘的一个细节，也是她最得意之处，她假以月事之名，在那夜并未与新郎行周公之礼，得以保全清白女儿身以缭父亲。我妈也承认，那后生确是憨厚老实，没有强迫她半分，可自己对他怎么也喜欢不起来。听说他后来找的媳妇很贤惠，孩子们都挺有出息，算是终有福报。

想来那也应该是我妈和小顾的洞房夜，虽然没有花烛和盖头。每每讲到父亲目瞪口呆地看着她从天而降，我妈便停止了绘声绘色，泛起一丝不易察觉的羞赧。这神色让一位七旬老太的面容瞬间有了光华，我常能捕捉到，却忍住顽皮不追问下去。那是属于她和父亲的甜蜜，即使儿女，也不该去打扰。

当外公看到"生米煮成熟饭"的一幕，除了接受别无他法。开明的外公没舍得责怪女儿，只暗暗懊悔自己的武断生出许多波折，闺女眼光不错，小顾人品他是放心的，只求往后日子安稳太平吧。

我妈成了小顾先生的媳妇，一拨又一拨孩子们的师母。小顾在基层执教 10 年后，被县教育局挑中调往办公室，撰写材料、迎来送往，展现出不俗的文字功底和组织能力，颇得领导赏识。

我的父亲，从教书先生小顾，到局干事小顾，到顾主任，这期间一直没有放弃学习，读了师范，再读电大，42 岁那年荣升顾局长，达到职业生涯的顶峰。

外公担忧的那位台湾叔叔从无音讯，或许早已消失于这个世界。父亲的政治生涯一帆风顺，让外公一家人在村里备受尊崇，我妈在娘家的话语权也由此奠定。

我妈后来进印刷厂当了一名工人，因为勇敢，她从农民的女儿，到教书先生的伴侣，到端上铁饭碗，更没想到有朝一日会成为局长夫人。而我更要庆幸，因为她的勇敢，才有了我们兄弟姐妹四个和缤纷圆满的今天。

父亲前后担任过几个局的一把手，有的还是权重部门。虽说不上夫贵妻荣，局长夫人的身份让我妈身边少不了拥趸也是事实，她的虚荣心和表现欲得到了极大的满足。我妈是她们厂里的特殊人物，不用上流水线，厂长和她说话也轻言细语商量着来。得到了满足和尊重的我妈其实善良得很，于公于私帮了厂子和同事们不少忙，退休多年后都还有人念叨她的好。

父亲总是很忙，家里的事、家族的事，都是我妈说了算。她喜欢张罗，场面最好热闹排场，反正张罗起来也不累，自愿帮忙的人总是很多。她负责指挥、分工、巡视，仿佛排兵布阵的将军，很有成就感。

父亲什么都由着她，只要不触及工作中的原则，我妈就有这本事，让在下属面前不怒自威的父亲，回到家立马温柔可亲。只要父亲不出差，不管多晚，我妈一定等他，那时没有条件天天洗澡，她会烧水给父亲泡脚。

父亲靠在沙发上，半眯着眼，我妈搬个小板凳坐对面，一边给父亲洗脚，一边絮叨些儿女家常。褐红色的脚盆又大又深，我妈的手很温很软，父亲的双脚在她手里像一对宝贝，被反复抚弄摩挲着。

这样的画面我习以为常，儿时起夜小解的时候、初高中熬夜备考的时候，常常看到格外温柔的母亲和卸下疲惫的父亲。由此我从小就认为，女人为男人泡脚是顺理成章的事，并且一直偏爱厚重的原木洗脚盆，刷桐油那种，越用颜色越深，好像家的颜色正当如是。如今轻便的电动泡脚桶没有这感觉，模拟得再逼真的震动也比不上一双用心的手。

父亲不管家事，只有一回对子女提出了明确要求。大外甥是家里第一个孙辈，姐夫驻部队，大姐婚后一直还在家住着，孩子出生基本都是我妈忙前忙后。大姐是剖腹产，奶水又不够，做娘的心疼女儿，夜里也三番四次起来帮忙。不到一个月妈就撑不住了，血压高位徘徊再不宜劳累，只好把老家的远房亲戚叫来操持。那一次，父亲定下了原则，我们四个结婚以后回家吃住可以，孩子必须自己带，不行就请保姆，绝不能累着妈妈。

这条规矩出台时我们有三个还没成家，它极富前瞻性，既防止了将来的集体啃老，也约束了老妈自我燃烧式的母爱泛滥，且公平公正、绝不厚此薄彼。当后来的我们陆续面临这一问题，无计逾越时才领悟到父亲的英明。它是一条底线，一次情感权重的衡量，关键时刻父亲立场鲜明：他的女人他来爱护。

而当我亦为人妇、为人母，阅历越多就越羡慕我那老妈。父亲对她的珍爱绵长深沉、宽博如海，即便最得宠的我，比之老妈所享只算得云淡风轻。我们三姐妹常感慨，妈妈挑男人的眼光委实超前，几个女人能有此等福气，被父亲这样的超级好男人始终一贯奉为公主。

我妈退休那年，很是任性了一阵。没了人前人后的热情呼应，加上更年期的困扰，她的心理堤坝和激素水平同时溃败。我妈变得特别不自信，父亲稍晚一点回家便疑神疑鬼、盘东问西，暗地里自作聪明地检查衣物。父亲是坦然的，装作不察觉由她翻腾。不见蛛丝马迹的老妈似乎放了心，又似乎不甘心，在矛盾中反复着，不时来点头疼腰酸的症状，嚷嚷着去住院，支使子女们和父亲围着她转一回才得消停。那一段时间一见老妈的电话我们就犯愁，这个长公主，又准备唱哪一出啊？

长公主的退休加更年期综合征在一年后痊愈，灵丹妙药是一块菜地。父亲到底高屋建瓴，知道该给我妈找点精神寄托，他叫来乡下亲戚把门前荒地开出来，松好土撒上种，剩下的交给妈去忙活。

我妈是农民的女儿，骨子里对土地的热爱就此被彻底激发，显示出卓越的劳动天赋。她上午下午都在园子里，浇水、拔草、捉虫，比上班还积极。我妈一改往日矜持，不怕脏臭地收集人工肥料，为了种出的菜好吃她啥都肯干。儿女们和邻居、老姐妹时常来家里拿菜，那是我妈最开心的时候，她总是将提篮和袋子装得满满的，还不忘叮嘱吃完了再来拿。用父亲的话说，种菜让她重新找到了被别人需要的存在感。

其实我妈最大的存在感，是父亲说只爱吃她烧的菜，又是亲手种的，那滋味再高级的酒店也比不了。就为这句话，我妈全神贯注于园子，早忘了之前为何折腾。

父亲回家吃饭的时候明显多了，他不是甜言蜜语，家里的菜确实好吃，我可以证明。

世纪之交，我的父亲老顾同志，光荣退休了。晚年生活除了读书看报，他只做一件事，就是陪伴我妈，他的长公主。陪她整菜地，陪她逛超市，陪她看电影，陪她遛弯，甚至陪她找从前的姐妹叙旧。感觉父亲完全属于我妈了，随时听诏侍奉左右。

老顾同志制定了周详的旅游计划，开始陪长公主看世界。名山大川、国内国外，我妈鲜活赛蝶、笑靥如花，在每一张照片里尽情绽放。老顾的摄影技术越来越好，他每年制作一本家庭相册，我妈的美丽倩影要占一多半，闲来无事又学着做成网络视频，就没见过还有比我妈朋友圈更嘚瑟的老年人。

老顾在前面牵着长公主的手优游自在，和每天一样，我放缓步子逐渐落于他们身后，只跟随。老顾老了身型缩了，他的长公主也胖了不复窈窕，远远望去，一双小小身影好像两颗圆圆的土豆，饱满滋润、踏踏实实。

那一刻，我忽然很想变老。

公不离婆秤不离砣

凌晨四点，王廉新准时醒来。

天黑得不像天，像和地勾连起来的一个密封容器，等着太阳来砸开一条缝，年轻一些的人们才会睡眼惺忪地爬起来，把这个世界变得热闹。

冬天真难熬，对心脑血管不好的老年人来说，南方没有暖气的冬天和又寒又湿的早春如同鬼门关，不到日头暖透、脱了棉衣，也不敢说又安然度过。

王廉新继续躺着，一动不动，直勾勾盯着天花板。灯的轮廓影影绰绰，此外什么也看不清，他也不需要看清什么，只是一双眼睛要有个着落罢了。此时若有人能看到他怕是会吓一跳，沟壑满布的脸上眼眶深陷，骨碌着两只大而无神的眼睛，灰白头发又乱又长，被子包裹得严严实实，只露出一个头。

冷，使得卧室的空气都像新鲜了许多。暖水袋在脚边还温热着，王廉新一直不用电热毯，年轻时也没有这玩意。老了是怕冷，可这身上的冷好解决，心里的冷清再没人暖了。

老太婆的枕头还在，蜂花洗发露的味道早没了，虽然看不清，他也知道她正在对面的墙上对自己笑呢，昨晚还和她说了会儿话才熄灯睡下的。她是个寒婆婆，一年四季手脚冰凉，现在也不需要老头子暖被窝、掖被角了。王廉新不知有多少人和他一样，苟延残喘地活着，对明天的太阳没有期待。

老太婆王新月原本是国民党军官的二姨太，结婚三个月男人就带着大房一家老小去了海峡对岸，留下她一人没着没落。迫于生计寻到一家教会医院做事，新中国成立不久医院解散，新成立的公立医院急需人手，好在学了些护理常识，被安排进去成了一名正式的护理员。

这年王新月 24 岁，长得跟上海滩电影明星似的，甜美灵巧，一双丹凤眼含情脉脉，白制服燕尾帽的身影不知牵动了多少男子的心。可终究不是姑娘家的清白之身，那过去的一笔，又有几人真的不介意呢？

王廉新比她还小两岁，个子不高，戴一副厚厚的眼镜，成天夹着本医书来去。他的话不能再少，还慢条斯理一个字一个字往外扔，再急的性子都得耐着心拾起来听。

王新月注意到他是因为两个人的名字只差了一个字，当时还调皮地想过，如果两个同姓的人结婚，第一好处就是孩子跟爸爸姓也跟妈妈姓。此外她压根儿没想过和这个比自己小的年轻医生会有什么故事。

王廉新追求她的方式很特别，或者说完全不开窍，就是帮助她学习。他整理出不少护理专业笔记，得空就一起反复琢磨，还让她大胆在自己身上实操。王新月悟性不错，没多久有些技能已经比年资长的护士都熟练了。一年后局里选拔人员去护校培训半年，她轻松过关，论成绩还是前三甲呢。

护校离了医院 100 多里，王廉新一个礼拜一封信，纸上的热情扑面而来，可比面面相对时强烈多了。"这个呆子！"王新月读信时的娇嗔也是藏都藏不住。

她有时候回一封，不多几句话，无非一些学校的新鲜事。有时候并不回过去，让信箱那头的男子眼巴巴地失落，急不可耐地追一封来，言语间仍舍不得半点怨怪。

不回信的王新月，多是坐在池塘边的石头上，望着被风吹皱的水面发呆。那个杳无音讯的军官面目已模糊，王廉新，他真的值得托付吗？

结业前的半个月，她写了一封信，比从前的都要长。军官用一笔钱将她从继母手里赎救出来，短暂的疼爱与安逸，到今天的自食其力。曾经的过往被人们窃窃传说，她只在信上与他详述一回，希望他于她的喜欢没有回避这一点。

王新月是个好女人，你要对她真了，她能掏心掏肺地暖和着你。结婚后的王廉新几乎被她供成了菩萨，除了张嘴吃饭这样必须亲力亲为的事，再不必操半点心。他从此一心扑在工作上，原来尚有的生活自理能力都被惯没了，连洗澡的衣服肥皂都是老婆准备好。全院再没有比他更舒服的男人，常常把一干家有悍妇的男同事眼红得半宿睡不着觉。

王新月的干净在全院出了名。屋里收拾得一尘不染，大的小的出门都清清爽爽，女人们私下里传说，她的短裤都用纯白棉布自己做，穿到洗破了还是没一点痕迹。做女人都知道，若不用消毒液浸过，穿久了多少会有些发黄的，也只有她做得到日复一日。

只一点遗憾，结婚 5 年才怀一胎，此后再无孕相。同辈们多是三两个，王新月觉得有些对不住男人，他倒并没往心上去，说儿女和父母都是缘分，无需强求。王廉新老家在四川，只有年迈老父随兄嫂过活，侄子侄女一堆，每年寄些钱去便欢喜。时间一长，她的心事也慢慢淡了，一心守着男人女儿过日子。

独女王川能吃肯长，十三四岁上已蹿到 1.7 米，比爹妈都高出一截，只是太瘦，风吹杨柳倒的身段。姑娘是温室里的花，手绢都不曾自己洗过一条，也没吃过下放的苦，高中毕业后便进了齿轮厂。

厂里福利不错，但王新月总觉得自家姑娘斯斯文文，混在一群粗声大气的人里干些辛苦活太委屈，一直也没停过托人换个单位。可大集体的工人编制，能进的都是差不多的企业，几年下来也没遂了心。

王廉新已是业务副院长，王新月和他商量着，实在不行就把闺女调医院放在身边吧。王廉新何曾做过这种事，再者医院说了也不算，还得劳动局同意。这辈子都没为私事向谁低过头，一说到送礼求人，他的头就摇成了拨浪鼓。

几十年没和老头子红过脸的王新月，第一次三天都没和他说过一句话，连睡觉也拿后脊梁对着他，不过热汤热饭并没少一顿。满脑子工作的王廉新还没觉出味儿来，她倒先憋不住了："小川的事儿你不管，我自己去跑，你也不许拦着！"

王廉新想拦也拦不住，这事还真让王新月给办成了。她开了口本院院长自然答应接收，侧面打听到劳动局有个副局长是护校同学的亲戚，上了几次门，一溜章盖下来，三个月后王川就到医院人事科上班了，办公室和她爸斜对门。这回要说他这个当爸的没出面谁又能信呢，王廉新还真小瞧了自己这个老太婆。

抱上外孙肖科那年，单位转来一封中国台湾的信，寻的正是王新月。当年的军官丈夫已身染沉疴不久于人世，平生唯一愧疚便是弃下的女人。"流离数十载从未忘怀，当初并无子嗣想是伊人早已别嫁，未有打扰之意，只希能知晓安好。虽万千不足以折罪，仍有一不情之请，如能寄一缕青丝相伴长眠，当含笑瞑目。"信后留有一个电话号码。

王新月早已将那男人的模样都忘了，这信好像将她拉回前世，似曾相识却激不起波澜。她把信给王廉新看，老头只从老花眼镜上边瞅她，瞅了好一阵，笑而不语。

"死老头子，不说话做什么？笑得我心里发毛……"

"原来这个老太婆一直有人惦记呢，还好早不知道，要不夜里都睡不安稳啰！"

是否应该回信，王新月纠结了几天，想到可能是临终心愿终于不忍。老头让她自己处理，思忖着宜短不宜长，回了一段："露水之缘，早已随风；满头华发，青丝无踪。安好，勿念。保重！"

在国民党老兵返乡个个都是腰缠万贯的年代，这个故事后来被口口相传出更精彩的版本。有说她拒绝了军官的一大笔遗产。有说她当年已怀了孩子，生下来送了人，军官是寻子来了。王新月随他们怎么编排，只当没听见，带小毛头忙到脚不沾地，哪有那闲工夫理会。

外孙肖科完全采用科学喂养法，每天睡几个钟头，什么时候添什么辅食，据说猪肝都用天平精确到克。一家大小都是伸手吃缩手放，由着王新月拨弄，她嘴上对人埋怨，却又一副乐在其中的样子。只是年纪不饶人，几年下来，老得迅速又明显。

或许是过于精心，肖科难带得很，风吹不得雨淋不得，三天两头往医院跑，院子里再没有比他更瘦弱的男孩。看到别人家的孩子随便拉扯都又黑又壮，想着她家肖科要能有这一半样儿也好啊，王新月又心疼又心焦，急得血压蹭蹭直往上升。

女婿单位分了房后，为孩子读书方便，一家三口就搬过去住，只周末回来陪陪父母。王川不会做什么家务，好在女婿勤快，包容性也强，她只负责晚上陪孩子写作业，其他不用操心。肖科十七八岁上才病得少了，瘦也是精干的瘦，不再羸弱得叫人担心。这孩子四肢不发达头脑却特别灵光，一路优等生直到大学。这年外婆王新月已经75岁，背也驼了，显得越发矮小，成了一个鸡皮鹤发的袖珍老人。

肖科念到大四，和家里商量着想去美国留学，王新月是既欣慰又舍不得，这孩子要留在国外的话可就见一面少一面了。不料送走肖科的那个冬天，王新月就中了风，医院里躺了一个月，回家还是下不了床，落下半身不遂。

王廉新退休10多年，医院返聘每周六坐一天专家门诊，此外除了看书、看报、遛弯，就是练书法，家里的油瓶倒了都没扶过。老太婆一病倒，可苦了女儿王川。

王川51了，去年刚退休，幸亏闲着没事学烧了几个菜，好歹能对付做饭。其他收拾东西实在不拿手，两个月下来家里乱得什么都找不着，每天又要两头奔波，比上班辛苦多了，早已心力交瘁。

王新月一辈子没麻烦过别人，现在干躺着动不了，还连累老头子和女儿，心里的急火憋得嘴都起了泡。王廉新瞧着不是办法，和她商量着请个保姆，帮着做饭搞卫生，不然迟早会把王川拖病了。

保姆并不好找，好不容易来了一个，没几天就不肯干了，说她家的事谁都做不了。王新月自己做事仔细，坐在床上也闲不住，少不得要求这个叮嘱那个，最终保姆宁可不要工钱都高低不肯留。

老头子王廉新把心一横，撸起袖子从头学。一切以老太婆的最高指示为准，凡事床头请示汇报。慢慢地王新月表情轻松了，有时还被老头子逗笑，眼里的脏乱也变得没那么闹心。

王川隔天来一次，买够两天的菜，常和老爸比赛谁烧得好吃，老妈做裁判，输了的负责洗碗，王新月总是判一人赢一次从不会记错。太阳好的时候，爷俩一起把她搬到阳台的小床上，聊聊闲话，说说肖科在美国的事儿，被暖阳笼罩的老太婆满脸笑纹很久都不消散。

卧床3年，王新月还是丢下老头子走了，都说"干净人邋遢死"，可她走的时候清清爽爽，没生过一个褥疮。弥留之际说不出话，只紧紧握住老头子的手。王廉新俯身低语："我知道你坚持得很辛苦，放心吧，我和小川会照顾好自己。"这才撒了手。

老太婆一走，王廉新整个人都空了、垮了，日子只剩下回忆。这几年女儿用手机拍了不少照片，本来该有更多，躺在床上的老太婆嫌丑不让拍，好些都是偷拍的。王廉新望着手机里看书的、看电视的、睡着的老太婆，又翻翻老相册里那个笑起来眼睛弯弯的老婆，一双嶙峋的手摸啊摸啊，她仍是笑，他也跟着笑，却不知眼潮了一次又一次。

王川不放心，日日过来陪着父亲。王廉新便把那心酸忍回去，照样遛弯、练字，每天去湖边公园绕一圈，回来买点菜，嘱女儿每周来一两次就好，反正手机联系方便得很。她也是退了休的人，该有点自己的生活。

天大亮了，预报是晴天，王廉新吃了一个馒头和小半碗粥，下得楼来。楼洞门口遇见老孙家大儿子正锁电动车，也是来看老爹的。

小孙打过来一根烟："王伯，有一阵没见你了，还是那么精神！"

"老喽！零件到了期，小毛小病不断的。现在都是为女儿活着，若不是这个女儿，真是一天都不耐烦啦。"

"那可不行，我还舍不得王伯呢！中午上我家来吃，完了咱爷俩杀一盘？"

"你小子再耍赖皮，小心我告诉你孙子！"

和 60 岁的小孙抽完烟，83 岁的老王缓步走进阳光里。他今天要去趟红十字会，问问器官捐献的事儿，趁着能办就办了。只是都这么老了，到时零件有没有用还未必呢。

老太婆要在，这事儿肯定弄不成，虽然是当护士的，脑袋瓜子可封建呢。想到这点，王廉新像小孩儿偷偷做了坏事没被发现一样，忍不住笑了。

第二辑　我的七岭镇

印刷厂里的张清华

那间印刷厂离我家不远，我们边玩边走也就十来分钟的路。

大概每个县都有一座文化馆、一家电影院、一个新华书店、一两所小学和中学。当然也必须有一间印刷厂，没有普及复印机的年代，印刷厂业务繁忙。

我八九岁的时候，世界是砖红色和青灰色的。红砖或者青砖的建筑，水泥路面，旧得脱了漆的课桌，傍晚时分工厂烟囱吐出的滚滚尘烟。印刷厂属于青灰色。狭长平房、油腻机器、穿工作服的工人们，连一摞摞没有印上字的大张白纸，在昏黄的灯下也泛着青幽幽的光泽。

我们常扒着印刷厂临街的窗户张望里面的神秘世界，哐哒哐哒、卷进吐出，白纸印上文字或者图案，一张又一张，越长越高。邻家小哥哥阿不旦说里面没准藏着期中考试卷子，于是我瞪大眼睛想看清楚那上面蝌蚪般的字迹，却一点便宜也没捞着。

靠窗地上堆着印好的东西，但从没见过有字的，都是些年画、挂历，还有大张的扑克牌。一整版的国王或者王后，手握权杖，隔着窗户对我们似笑非笑。

扑克牌拿再多也没意思，我们早玩腻了，如果印刷厂有熟人就好了，说不定能帮忙弄张卷子出来。

其实那些穿着蓝灰色工作服穿梭在一组组机器中间的工人里面，还真有一个认识的，只是这件事他不肯帮我们。

他姓张，听说是清华大学毕业的，所以大家都叫他张清华，本名倒没几个人知道。他是某年县里的高考状元，在清华大学读到第三年突然发了精神病，因为这病才被分回原籍。这些年全县考到北京和上海的大学生都没回来，他是唯一一个。

我们不太明白清华大学生是一种什么样的存在，只记得大人们聊天谈到他时，都觉得惋惜。他们说聪明人比傻子更容易得精神病，因为太聪明就不容易快乐，得了精神病后只生活在自己的世界里，感觉不到痛苦。也许这是老天爷的安排，可那些医生偏偏要把人家从那个特殊世界拉回来，治到又能觉知痛楚才放手。其实乾坤宇宙中，到底谁不正常，天知道呢。

印刷厂宿舍离我家很近，隔了两排平房，好朋友佳佳住那儿，我常过去玩，也就常能见到张清华。

他天天戴一顶工作帽，眼镜片有酒瓶底那么厚，面色青灰，看不出年龄。他几乎不和人说话，大人们也不主动和他搭讪。下班后若天色尚早，他就坐在门口边抽烟边看书，像被黏在椅子上一样，捧着比字典还厚的书直到天黑。

我很好奇是什么书，有一次大着胆子凑过去问。他挺和蔼，合上书给我看封面，书名是英文的，我看不懂。他说里面有很多好看的故事，是一位伟大的英国作家写的，叫莎士比亚。这个名字有点奇怪，我翻了翻，每一页都是密密麻麻的英文单词。

"你能看懂这么多英语？"刚学会写 200 字作文的我，对能看这种"天书"的人肃然起敬。

"这不算什么，你好好学习，长大了不光能看懂，还能用它们写文章呢！"他真谦虚，我有点喜欢和他说话，完全忘了他有那种病。

仔细瞧过他，帽子下露出的脸庞倒是光光净净，双颊瘦削、眉毛浓黑英挺，应该算个漂亮的叔叔。只是眼镜后面的目光空洞，偶尔直勾勾盯着一个地方的时候显出有些异常，若被他这么多盯几秒，我背上的汗毛也要竖起来。好在他不常这样，反而看人时的眼神有一种无辜和软弱，似乎连小孩子都可以欺负他。

熟了以后，他会允许我和佳佳进他家里"参观"。并不是所有小朋友都有这机会，这令我有点骄傲，而且觉得自己很勇敢。

他的家干爽幽静，落地的暗红色金丝绒窗帘隔绝了外面的热浪，两个大书柜里满满都是书，让我忍不住咽了咽口水。

桌上有几个魔方，他玩给我们看，三两下就转成每个面颜色相同，和魔术师一样。让他教了几遍也没学会，我有点沮丧。

他拿出象棋、围棋，还有一种黑白格棋盘、棋子上雕有十字架和马头各种造型的，他说叫国际象棋，我连见都没见过。

这些棋我们都不会下，他有些失望。我问他有没有跳棋，他说没有也不会。我很得意，说可以教他，班上还没人下得过我。

佳佳从家里拿来跳棋，我们搬出几个凳子在他家门口玩起来，只讲了一遍规则他就说可以了，第一盘赢了我五步，后来我输得更多。他兴高采烈，青灰的脸色变得明朗，笑起来的样子比发呆时好看多了。

连连输棋的我却不开心，不肯再下。

"再玩一盘吧，要不我先让你三步，好不好？"他近乎哀求了。

"不下！天黑了，我要回家。"心知让五步也难赢，我拒绝给他机会，在他落寞的目送下走了，后背并没有发凉。

后来他说教我们下国际象棋，可惜几个女孩并没什么兴趣，反而拉着他一起跳房子。他跳房子真不行，单脚立不住一会儿，左摇右晃和小娃娃学走路一样可笑。输了就要刮鼻子，于是他的鼻子被我们狠狠地刮到通红。

阿不旦撺掇我去问他能不能偷到卷子，他表情很严肃，说小孩子要诚实，好成绩是自己努力得来的，千万不能学那些歪门邪道。我被他盯得脸发热，再也没敢提这事。

除了用厂里的次品扑克和我们玩一阵"加减乘除二十四"，那个夏天大多时候张清华仍是坐在门口看书，偶尔会抬起头看我们做游戏，用嘴吐出浓浓的烟圈，一个接一个，那是他的游戏。

我有幸可以借他的书回家看，但必须得干干净净还回，弄脏的话不能再借。我就格外小心，唯恐失去这特权。

在挑书的时候常会看见他妻子，圆脸短发、白净和气，每次都拿零食给我吃。我很诧异居然有人愿意嫁给张清华，而且长得还这么好看，笑起来眼睛会发光。晚饭后他俩一起散步时从我家平房的路口经过，他妻子会和熟人打招呼，被牵着手的张清华很乖地跟着走。我看着这样的他们看了很多年。

等他们消失在越来越浓重的夜色里，大人们又开始感慨起这女人。他俩是高中同学，女的考上医学院，为了张清华放弃了留省城大医院的机会，回到县里而且要求分在精神病院。那里又破又小，福利待遇差，说出去也不好听，是没人愿意去的地方。

她不顾全家人的反对，毅然和张清华结了婚，一心一意维持着他的病情稳定。张清华按时服药，每天上班、回家，两人一起看书、下棋，七八年里没有再发作，连他父母的相继离世也安然渡过。

他妻子有个很好听的名字，眉如。他们俩一直没生孩子。

那年冬天，张清华的病开始反复，听说是因为产生了耐药性，换了几种药效果都不佳。他频繁地进出医院，出院后厂里不敢让他再进车间，怕他哪天把手伸进机器里，或者把自己当成纸给切了。调去烧开水，职工们又怕他啥时发了病偷偷下毒在水里。最后大家一致同意张清华可以不上班，工资奖金照拿，于是他赋闲在家，成了年轻的"退休工人"。一年后新的治疗方案终于起效，病情趋于稳定，少有发作了。

不过大人们悄悄叮嘱，不要再和张清华玩儿，说不定他什么时候犯病会伤害到人。后来的夏天越来越热，我的功课也越来越多，慢慢地少出去玩了，就没怎么见过张清华。

外出读书的那年寒假，听父亲说张清华走了。一年前得的肺癌，手术后一直卧床，眉如独自照顾他，走的时候身上干干净净，一个褥疮都没生。我开始学医学知识，知道这背后要付出多少。

张清华走后，很多人给眉如牵线做媒，她都一一回绝。我遇过她一次，瘦了些，脸色比从前苍白，多了丝丝白发，孤独的背影让人心酸。

没过两年，眉如也走了。听说是心梗，睡梦中走的，没有痛苦。

多年后，看到扑克牌时我偶尔还会想起那间机器哐哒作响的印刷厂，戴着帽子的张清华在一丝不苟地工作，还有他家的书柜和金丝绒窗帘，那位柔美冲淡的眉如阿姨，他们笑的样子都很好看。

那时的世界是砖红色和青灰色的，但并不晦暗，即使下雨也温暖、明亮。那时的我不懂爱情。

苏家阿姨

吃完早饭，我和弟弟照例去苏小刚家玩。

我们俩是苏小刚的跟屁虫，暑假的大多数时间都跟着他混。准确地说，我才是那条跟屁虫，弟弟只是粘着我的鼻涕虫，甩都甩不掉。苏小刚大概也把我当鼻涕虫，他总是瞧不起女孩子，在七岭镇的街上成天带着个丫头转悠太没面子，所以他并不讨厌我带着弟弟一起玩儿，虽然弟弟还小，有时候会被吓得尿裤子。

苏小刚家在前面一排，他家的后窗对着我家院子，中间隔了条排水沟。夜里乘凉时常能听见苏小刚妈妈对这哥俩吼，吼得气急败坏，接下来还会有巴掌和屁股迅速接触的声音。只要苏小刚和他哥苏小亮偷偷去礼棠湖游了泳，晚上准保能听到他妈的吼。昨晚就是这样，他妈不光吼还哭了很久，好像还打破了东西，难道这哥俩和他妈对打起来了？

苏小刚正被泡饭热得一脸汗。我妈刚买了一群黄澄澄的小鸭子，我们昨天说好了去挖蚯蚓给小鸭子吃。很奇怪，苏小刚的爸也在。

苏叔是货车司机，常年在外跑运输，回家也是喝酒睡大觉。我很少看到他，平时苏小刚哥俩都是苏家阿姨管。

苏叔头发乱糟糟的，胡子拉碴，一口一口猛吸着烟。铁青色的脸上几道明显的血痕，颈脖子和胳膊上也有，原来昨晚苏小刚他妈是和他爸打架。

苏小刚冲我使个眼色，三两口扒完饭就一起往外跑。他说昨晚他妈和他爸吵了一晚上，早晨收拾东西回东乡外婆家去了。

"我妈昨晚可凶了，又抓又咬，还拿大剪刀乱扎，那样子非捅死我爸不可。"

"为什么呀？你爸做了啥坏事，你妈要杀他？杀人会枪毙的，那你和苏小亮就成孤儿了。"

我很为苏小刚兄弟俩的命运忧心。杀人可不是闹着玩儿的，听我爸说他们单位两个建筑小工打架，一个把另一个的太阳穴戳出了血洞，凶手就被枪毙了。

"我妈说要把我爸和那个狐狸精都剪碎了。"苏小刚看起来并不怎么担心。我知道狐狸精就是坏女人，可苏小刚他爸和狐狸精干的坏事能有多坏，我们还是不太明白。

苏家阿姨拿剪刀的样子我见过。她有一把黑黢黢的大剪刀，用来剪黄鳝、剪带鱼、剪鸡鸭肠子。她总是穿一件又大又肥的塑料围裙，头发在脑后胡乱扎成一个小揪揪，脸色黯淡，低头摆弄那些又腥又臭血呼呼的东西。

我妈说苏家阿姨年轻时候挺好看的，可我一点都不觉得。她总不好好梳头，不像隔壁小娟的妈妈那样有好几件花连衣裙，抹香香的雪花膏，还戴金项链。她也没穿过高跟鞋，天天风风火火提个菜篮上下班，怎么会漂亮呢？

苏家阿姨一直没回来，苏小刚的奶奶从乡下过来，为他们兄弟俩烧饭。没人管的苏小刚见天去礼棠湖游泳，晒得像个黑猴。我妈叮嘱我和弟弟好多回，一定不能跟他下水玩，那湖里有水鬼，每年都要抓走几个小孩。我最怕鬼了，才不敢跟他去野。

快开学了，有一天晚饭时我妈对我爸说："你知道吗？刘莉和老苏还是离了！"

"真的呀？终于还是离了！人家刘莉不容易，这个老苏呀太不自重了！"我爸摇摇头表示惋惜。

刘莉就是苏小刚的妈，我们这片的孩子都叫她苏家阿姨。她管苏小刚哥俩可严了，她说我是乖孩子，学习又好，欢迎我去她家玩儿，最好大家一起写作业。苏小刚不爱念书，可玩起来新点子像炒熟的豆子一个一个往外蹦，绝对是这一片宿舍小孩子的老大，他振臂一呼，拉起十几个人的队伍没问题。

我爱去苏小刚家还有一个原因，他家有我们这片的第一台电视机。我爸说苏叔跑运输能挣大钱，最让我羡慕的就是买得起电视机。我特别爱看电视，能从开播看到满屏雪花，都舍不得离开去上厕所。《新闻联播》让我知道世界原来有很多国家，有的地方在打仗，有的地方没粮吃小孩都饿死了。外国的地名和人名都很长很奇怪，我现在能说出不少呢。《天气预报》节目让全国的省会不再陌生，每天我都特别关心北京下不下雨，仿佛自己第二天要出远门去那儿似的。

电视机 14 英寸，熊猫牌，放在苏家卧室的五斗柜上。苏家阿姨坐在床上，一边看一边手里钩一块桌布，我和弟弟一人搬一小板凳，头仰得高高的，旁边写字桌上一架台扇吹出凉爽的风。苏小刚只爱看打仗的片子，这会儿通常在外面玩捉迷藏、抓萤火虫。苏小亮读初中了，和我二姐一个班，他不爱和他妈说话，也不乐意和我们一起玩儿，说我们是小屁孩。于是，在这样的夜晚看起来，我们倒更像苏家阿姨的孩子。某个时刻，我也希望能当她家孩子，虽然苏小刚说他妈妈成天就知道呱呱乱叫，比蛤蟆还吵，可她家有电视，还有玩不厌的康乐棋，足以抵消一切缺点。

这个暑假在播一部巴西的电视连续剧《女奴》，每个礼拜只放一集，我都是在苏小刚家看的。漂亮的伊佐拉、大坏蛋莱昂休、神秘的黑奴制度，磁铁般吸引着不谙世事的我。

有一个晚上，苏叔也在，和阿姨并排坐在床上，他不停打哈欠，好像不太爱看电视。伊佐拉穿着漂亮的裙子，我一直很奇怪，为什么她的胸部会有一条深深的线？其实这个问题以前就困扰着我，洗澡时看看自己又瘦又平的前胸，始终想不明白，外国人和我们长得太不一样了。

那天我问了苏家阿姨这个问题。她并没有回答，而是看了看苏叔，差点睡着的苏叔却大笑起来，笑得我莫名其妙。那集刚演完苏叔就让早点回家睡觉，还把我们送出门。我听见他在里面反锁门的声音，苏小刚还没回家呢，为什么就关门呀？

想到再也见不到苏家阿姨，再也不能随便去她家看电视，再也吃不到她给我的大白兔奶糖和上海点心，我有点难过，都是那个狐狸精害的。

大概过了两年，又到暑假，我已经读完五年级准备升初一。苏小刚下学期念初三，个头蹿得老高，学习还是不好，苏叔在家时没少揍他。

这天我在院子里葡萄架下练字，听见苏家门口有人说话，我赶紧跑到院墙边，贴着砖的空格往他家后门瞧。一个穿旗袍的女人手里提着一大袋东西，背对这边站在门口，大波浪卷的长头发上戴着晶亮的发夹，在穿过树叶缝隙洒落的阳光照耀下，像金子一样闪闪发光。我能看到苏小刚的大半个侧脸，他右手被漂亮女人拽着不放，脚一刻不安分地拨弄着地上的石子，一直没抬眼，时不时点点头。

苏小刚提过袋子后，漂亮女人转过身要走。天啦，是苏家阿姨！我差点叫出声来。碎花旗袍、珍珠项链、卷头发高跟鞋、白脸蛋长眉毛红嘴唇，这么漂亮的女人怎么会是苏小刚的妈？这家伙还不得美死？我趿拉着拖鞋就往外窜，直奔苏家。

漂亮的苏家阿姨已经没影儿了，苏小刚把袋子里的东西摊了一竹床，全是好吃的，新运动衫和凉鞋被扔在一边。

"苏小刚，你妈怎么变那么漂亮啊？都和电影明星一样了，还给你买这么多好吃的……"我艳羡无比地嚷嚷着。

"漂亮有什么用？都不像我妈了。唉，管她嘞！"

苏小刚找到一袋大白兔，撕开抓给我一把。这家伙怎么回事啊？要是我妈变这么漂亮我会高兴得疯掉，和她走在马路上该多美气啊。

晚饭时，我说了这个爆炸新闻，爸妈就聊了不少苏家阿姨的事。离婚后很多人给她介绍对象，好几个县委的机关干部呢，听说快结婚了，要嫁给不久前死了老婆的副县长。我惊到忘了扒拉碗里的饭，半天嘴巴都合不拢，原来苏家阿姨要去别人家当妈妈了，怪不得苏小刚不开心。

以后再没见过苏家阿姨。那个暑假我打康乐棋已经可以和苏小刚势均力敌，可他不怎么爱玩了。我家也买了一台14英寸的飞跃牌电视机，

《女奴》早就演完了，周末全家人都看《射雕英雄传》。

苏小刚读完初中去当兵了，听说是通信兵，专门管接电话的。后来苏小亮没考上大学，进了邮政局工作，曾经追过我二姐，我妈不同意，说他爸妈离婚儿女家庭也容易不稳定。有一年我去买生肖邮票的时候见过苏小亮，他坐在柜台里看书，还是不爱搭理人。

不惑之后的我，常常想起小时候的一些人和事。算起来苏家阿姨该有 70 岁了，不知道还穿不穿旗袍，那年八月的阳光洒在她身上，是少年的我心中最美好的女性影像。

曾经的少年

老毛同志进门就嚷嚷："吓死我了！那个人又在小区花坛那儿，这回手里拿个哑铃，一声不吭瞪着人。吓得我赶紧跑回来，这要被他砸到，脑袋都得开瓢！"

我携夫搬回七岭镇住没多久，老毛就发现院子里有个人不太正常。每天一大早固定在小花园蹲马步，问题是比常人透着股狠劲儿，大夏天穿夹克长裤，头发胡子很长时间没修剪，从不和旁人交流，怎么看怎么不对劲。

小区是卫生系统的家属院，我的少年时光在这里度过，如今老县城变成了省城的一个区，离繁华的新城中心只有几站地铁的距离。儿子落户外地后，为方便照顾老父亲我又回到老房子住。20多年这里住户换了不少，只剩下父亲这一辈儿的老面孔还认识几个，这行为怪异的人是谁家的真不太清楚。

"可能是老江的儿子，前段时间听说病了，是精神方面的病，老江专程去上海接他回来，在家休养呢。"

父亲的话让我心下一惊，十分不愿意相信这残酷的、粉碎希望的消息。

江叔以前是县医院的普外科"一把刀"，我家好些农村亲戚的手术都是他做的。江家儿子小江我太熟悉了，当年就是我们小院里数得上的"别人家孩子"。读书从没让大人操心过，考上复旦大学那年江叔放了一回热烈非凡的鞭炮，让我憧憬了好久。

那时年纪小，并不懂那响彻庭空的爆竹声是江叔多年压抑的宣泄，是巨大的喜悦和希望的昭告。江叔是个有能耐的医生，江婶却没读过书，反应有些迟钝，江叔从没让她单独出过门，连买菜都带着一起。江婶倒也

160

不吵不闹，乖乖地像个孩子一般跟着，跟了几十年，生了一儿一女，江叔操的不是一般的心。

江叔是工农兵学员，插队时乡下定的亲，江婶是公社书记的女儿，脑子有点不太灵光，生活倒也能自理。后来跟着江叔进了城，一辈子没工作过，老天有眼生了个好儿子，从小乖巧聪颖，给江叔争了大大一口气。

小江考出去后一直没回来，听说读完博士留在上海搞科研，成家立业发展得很好，这么多年孩子也该挺大了。江叔后来又返聘了几年，查出糖尿病才正式退休，小女儿就在本地，能常回家看看。只是江婶两年前发现脑梗，很少见江叔带她出门了。

命运对某些人是偏爱的，对另一些人却残酷到如入冰窖。江叔属于后者，被命运猝不及防予以痛击，而且在毫无招架之力的衰老残年。曾经有多优秀现实就有多残忍，欣慰有多满落差就有多大，真不知他该如何面对这天降横祸。身为医生对附着在孩子身上的病魔无力驱除，又是一份怎样的绝望？

难怪那天见到江叔买早点回来，又黑又瘦，疲惫不堪，手里拎的一盒拌粉，也和他一样孤单落寞地晃悠着。当时我以为是被糖尿病折磨的，没承想是突遭变故。

几天后我也看到了让老毛不淡定的那个人，真是小江。时隔多年，若不是江叔在一旁，我几乎认不出那是曾经昂扬的追风少年。他穿一件军绿色厚外套，长裤及脚，难以掩藏佝偻的身形。今天气温至少 37 摄氏度，如此装束却依然面色苍白，仿佛游离于这世界之外。更让人避之不及的是他的目光，敏感跳跃、惊惧狂躁，环伺着每一个靠近他的生灵，随时准备反击、进攻、撕碎对方。

我也害怕了，不敢多与江叔寒暄。到底发生了什么，让好好的一个人成了这般模样？同情嗟叹之余，又不免担心，这种状况明显病情尚未得到控制，该入院予以更有效的治疗，不然任其发展又不约束行动自由，很容易出现暴力伤及他人的行为，即使家人也可能被袭击。江叔是医生，应该比我更清楚，为何不尽快干预呢?

后来小江终于住院去了。听说因为在家乱点火，差点把房子全烧了，江叔只能在警察协助下将儿子送往康宁医院。万幸没有酿成大祸，整个小区的人都暗暗舒了一口气，恢复了晨练、散步的习惯，孩子们也能自由嬉戏了。

我忽然想起来，其实小院以前还有过一位精神异常的人，已经搬走好几年，人们都快淡忘了。

他和我同龄，姓周，比小江小几岁，姑且叫他小周。小周的父亲老周是恢复高考的第一批医学生，好像是病理专业，在县里算是学术权威。老婆是医生，在乡下卫生院，交通不便一周回家一次。他们生了俩儿子，这里说的小周是老二。

老周的老婆矮矮胖胖，两条油亮的麻花辫齐腰长，一点不像女医生，看起来比食堂卖包子的大婶还要土气，加上聚少离多，老周和她感情不太好。

老周有个情人，是小院里公开的秘密，连小孩子都知道。因为女的也住在这里，听说就是老周医院的护士，仰慕他的才学，为他一直单身。那房子是女的父母留的，俨然成了老周的第二个窝。

老周起初遮遮掩掩，大晴天从那屋里出来还斜撑着伞，挡住上半身，完全是掩耳盗铃。其实这种事大家都心照不宣、视若无睹，背后才好嚼舌根子，我都听爸妈在饭桌上说过好几回，早不算新鲜事儿。慢慢地老周也不再躲闪，有时进出遇见谁还打个招呼，倒让别人应得尴尬了。

我们并不知道空气中飘浮着微妙，只觉得老周这事算不上美气，因为那女的并不好看。吊梢眉，肿眼泡，嘴巴有点歪，虽然白净，可还是丑。大家都说她是一副苦瓜脸，成天冷冰冰的，谁也不搭理，只有见着老周才会笑逐颜开。他们俩之间见不得人的丑事，还有这女人的丑和傻，成了院里经年不衰的谈资和笑料。

一个院里差不多大的孩子都在一块玩，你到我家写作业，我去你家吃零食，或者吵架赌气，是常有的事。周家两兄弟有时会来我家玩，不过好像没谁去过他们家。这哥俩外形和性格完全不同，哥哥生得粗壮性子也野，惹毛了就挥拳头；弟弟斯斯文文一派书生气，急起来面红耳赤却憋不出一句重话。

小孩子往往口无遮拦，有时会拿老周的事嘲笑哥俩，刮脸皮羞羞脸激怒他们然后赶紧跑。这时哥哥一定跳起来对骂，好几次还揍得人回家找妈。弟弟小周只会把头埋得低低的，不让人看到他眼里噙满的屈辱。

初中以后，这哥俩几乎不出来和院里的伙伴玩了，偶尔见到的他们，哥哥面相越来越凶横，弟弟表情越来越漠然。又过了几年，有一次回家听父亲说小周得了精神分裂症，守在楼道里要袭击邻居，这才知道是发病了。

老周始终没有离婚，和老妻守着有病的小周，一晃也挨过了二十几年。那个不好看的护士没等来云开日出，退休以后就搬走了，据说认养了一个亲戚家的女孩子，供她读书，指望她养老。

后来老周一家也搬了，曾经的故事飘散远去，没有人会记得，过去那个腼腆羞涩的少年。

画家的爱情

"这个秀青啊，真不像个好好活命的女子，还是这样不肯听爷娘的话……"

晚饭时，父亲照例和母亲说些今天的新闻，我们似懂非懂地一边听，一边用筷子仔细翻找着菜盘底的肉。从父亲的语气中，仿佛秀青身上发生的事情非常不小而且不好，使得他"唉、唉"地重重地叹息了好几声。

秀青是父亲战友的独生女儿，和我大姐差不多年纪，在县医院当医生。我们县城叫七岭镇，不过南北向两条长街，衍生出小巷若干，居民散居于此，相距都不太远。父亲偶尔会带我去战友家串门，所以我见过秀青几次。

都说她长得漂亮，我却没什么印象。只记得短头发，脖子又细又长，还好脸圆圆的不会显得太瘦。薄嘴唇，眼睛很大，似乎挺爱笑，对了，牙齿很漂亮。我对自己的四环素牙自卑得紧，就特别留意别人的牙齿，而彼时正是细脚伶仃的黄毛丫头，并不觉得瘦条的女子有多好看。

大姐那时已经生了女儿，听父亲说秀青也是结过婚的，两三年就离了。嫁的是个工人，除了吉他弹得好没啥长处，起初父母自然不肯，拗不过她的执意，只好陪了丰厚的嫁妆过去。听说市面上能买到的家电都置齐了，当时家家三四个孩子，日子都紧巴巴，嫁女儿少有这么豪华的。

小两口婚后的生活方式超乎了小城人们的想象。都不爱做饭，男的喜欢掂二两，于是发工资的上半月天天下馆子或者买卤菜，下半月常常酱油拌饭也是一顿。有一回两人突发奇想去成都旅游，一合计把结婚的彩电卖了800块当川资，秀青的父亲气得有半年没理女儿。

后来还是离了婚，房子本是男方家的，俩人没其他财产也没孩子，手续好办得很，秀青又回到了父母身边。

而这回让我的父亲扼腕叹息的，是秀青又要结婚了。她爱上了一位画家，这也不稀奇，潇洒不羁的艺术家应该比工人更适合她。稀奇的是我们小小县城从哪儿蹦出个画家让她认识，而父亲又何以不看好呢？

画家来自省城，原也是这里考出去的，回来是为养病。听说身体不好，离过婚，这年又病重了一次，出院后回到小城静养，住在父母留的一套小房子里。

秀青是消化内科医师，某次接诊了一位患者，自称是画画的，有多年肝硬化病史。画家比秀青大 12 岁。

这才是父亲在饭桌上连连摇头的原因，不止父亲，大人们大概都会这么想吧。

我虽只有十几岁，却也知道一点肝病的危险。农村老家常有人得肝炎，而且有的一家几口都是，村里人管他们叫"黄病鬼"，躲得远远的，唯恐被传染。听说若是脸色发黑，肚子大得像蛤蟆那样，就没什么救了。不管是黄脸还是黑气，都不会好看吧，秀青自己就是医生，怎么不怕呢？

他们还是结了婚，秀青想做的事没谁拦得住，和第一次一样。

有一次我哮喘发作，住院时父亲找了秀青帮忙，她还来病房看望我。那是我唯一觉得她好看的一次。她的头发留到齐肩，别着一支亮晶晶的紫色发卡，同样闪烁的还有那双眼睛，盈满了笑意。

7 年后，大家都以为会远走高飞的我，带着失恋的满身伤痕，回到小城，和秀青成为同事。命运真是难以捉摸，你永远不知道每往前跨一步，迎接你的会是什么。

然而听说我从未见过的那位画家，她的丈夫，已经死了。虽是县医院，也有几百职工，我和秀青不是一个科室，上班两个月才在路上遇过她一次。她又瘦回了原来的样子，确切地说，是更黯淡了。枯黄的短发凌乱地贴在头上，两腮薄薄地陷下去，圆润的脸庞不见了，眼无神得很，空寂得像晚秋荒芜的田野。

她的身形单薄如纸片，宽大的工作服像挂在衣架上，晃晃荡荡。而尚未从低落中走出来的我，在父母无声的关切下无处宣泄，只好埋头将自己吃得珠圆玉润，正好是大人们愿意看到的样子。当不再瘦的我，看见更加瘦的秀青，那一瞬心里有根弦"咯噔"一下，疼醒了。

我低低地叫了句："秀青姐……"听见自己的声音很干涩。

她看了看我，应是认出来了，眼里依然找不到光亮，挤出一丝笑容，似乎已费了很大气力。

"小秋吧？回来啦……"她的灰白的唇嗫嚅着，终究没再说什么。

那天晚上，我躲起来大哭了一场，为自己，也为秀青，为所有稍纵即逝、无法抓住的爱情。

秀青活得潦草，素面朝天，头发总是像被秋风肆虐过一样，衣裤宽大如袍，找不到一点女性的曲线。第一眼看到她的人几乎都会想到同一个词：憔悴，是的，这是个憔悴的灰扑扑的女人，而且老得太快。

不过她待人并不潦草。我带过几个农村亲戚找她看病，每次都细致得很。其中一个亲戚有找不出原因的转氨酶异常，用遍了药物也降不下来，就诊的几个月里，她翻阅了许多资料，电话请教外省大咖，最后联系到在武汉进修时的老师。她在纸上画出线路图，下了火车如何去到那家医院，又去哪个科室找专家，写下电话，以及需要带去的检查结果，细致得仿佛幼儿园阿姨叮嘱小朋友。

我是个慢热的人，也终于与秀青一点点熟络起来，就像两块冰贴在一起，接触的那一面温度也会升高。我们似乎能懂一点彼此，又自觉保持着某种令双方舒服的距离。我爱记录点小情绪，小心翼翼地发到QQ空间，只给几个熟人看，其中有她，但她向来只点赞从未留言。有天她忽然对我说："看你最近写的几篇很有进步，从前会带一些口语式的表达，现在没有，语言美感出来了。"我没意识过自己有这问题，第一次被指出来，于是回头去看以前的文章，果然有的，因此对她生出几分亲近和欣赏，与之前的怜惜和心疼又不同，嘴上却不说。

在菜场的鱼摊遇着她正买鱼，挑来挑去都嫌大。她说自己爱吃鱼，可烧整条的话一顿吃不完。

"一个人的饭很难做，不过也有好处，就是自由自在。"终于挑到一条秀气的、适合她独享的鱼。她说烧饭比写文章难很多。

有一次被同事拉去聚餐，看到她也在我有些诧异，原以为她是拒绝这种俗世热闹的。席间不知怎么聊到生死的话题，她说："我是活不过52岁的。"我心下一惊，在她脸上却看不到一丝波澜，"有个人算过老郭49岁走，真是那一年，怎么熬都没熬过去。我的寿命也是那次一起算的。"

她说："身体不好其实活得会很辛苦，如果没什么牵挂，走了也是解脱，不可惜。"桌上的烤鱼嗞嗞作响，黄白红绿的一盘热烈证明着美好生活的诱人。

有一天，秀青悄悄地问我，愿不愿意去看画展。我对绘画一窍不通，但对画展、音乐会这种感觉上很高雅的形式并不抗拒，作为小城的小市民接触它们的机会不多，而彼时我有个好友正学着画画，梦想将来能开画展，于是欣然答应，告诉她还会带一个人去。她很开心，连声谢谢着，并且说记得星期天一定到哈。

画展设在省城南湖边一座小楼的二层。人不太多，也不至于太清寂，或许画展就该这样。我实在不懂画法的精妙与否，只是学着别人那样一幅一幅地慢慢看过去，在感兴趣的作品前多站一会儿，琢磨那些线条、褶皱、阴影和人物的表情，竟也觉出了几处生动。有些画本来一般，却起了个极好的名字，似乎有了舒柔的光晕，而朦胧美好起来。

作品按主题分为三部分展示，第三部分以"回忆"为题，几乎都是素描。有两道杠的小学生、滚铁环的男孩、补自行车胎的小摊和滴雨成线的老屋檐。其实我一折进来就被居中的一幅吸引了视线，不过仍憋住迫切拿着矜持，不紧不慢依次浏览过去，终于来到它的面前。

这幅尺寸明显要大不少，画着一棵枯树。因为硕大，而并不觉得萧索，仿佛还能想象它曾经的繁盛。黢黑的主干崎岖顽强，挣扎着向上，它很老，多有瘤瘿，却更显得粗壮威严。每一根刺向天空的枝丫都全力以赴，人们非但不需要去同情它，反而俱被那凛然的、不由分说的气势震撼住。

我几乎可以肯定这幅是极好的，不因为尺寸、不因为居中的位置，而因为我竟然看懂了几分，它的名字是《春天》。

这是很好的压轴之作，本以为到此为止了，谁知还可前行。转过来，与枯树一墙之隔挂着一幅更巨大的油画，几乎与整面墙齐高。这间只此一幅，其余都是白色。

一个全裸的女人坐在廊檐下，是很多博物馆都有的那种长廊。她齐肩黑发、素白脸庞、神态安详、双眸如漆，眼角有浅细的宁静的皱纹。

阳光从背后轻轻洒落在她修长的脖子和四肢上，越显得莹白如玉。优美的锁骨如蜻蜓展翅般停在颈下，双乳微微下垂，亦不失圆润，以一种似乎羞涩的姿态挺立着。

我像所有人一样，目光在这具美好的胴体上流连许久，才想起她的面目似曾相识。是秀青。

"我也没有钱，这些年好容易存了20多万，终于为他办了这个画展。"

说这话的秀青一袭黑色裹身长裙，分明而刺目的锁骨几乎要将皮肤撑破，单薄的身体令看到她模样的人生出许多不忍。她展颜一笑，牙齿还是那么漂亮。

我看了看那画上的裸女，和眼前真真切切立着的秀青，恍如隔世。

她送我一本画册，说不好意思因数量有限只能给一本。我赠予好友，托付给懂得之人，是它最好的归宿。

画展结束后秀青就病倒了，查出鼻咽癌，去上海做了手术，由她爱人的同学轮流照护。在省城医院出出进进好几次后，所幸慢慢痊愈了。

这期间她断续回来上过几个月的班，我常去她那儿坐坐，有一次聊到那幅画，只一次。

她说："老郭去世后只有那套小房子，我留给他女儿，又回去和父亲一起住。他的画都存放在朋友那儿，我只带了这幅回家，父亲让用布蒙住，我不肯，摆在卧室里，他从此再没进过我的房间。父亲去世后，我才开始筹备画展。"

后来秀青办了病退，我也随丈夫去了苏州，从此再没见过她。她的朋友圈里，有时会有卢浮宫、金字塔，有她坐在大象上灿然地笑。

算起来她今年 60 了。

唯母可亲

她那么美，像极了电影演员秦怡，是我 15 岁走出小镇前亲眼见过的最漂亮的女人。她也是我心中的完美母亲，想要下笔的时候，才意识到自己竟连她姓什么都不知道。如果需要一个称呼，我愿意在这里叫她"秦阿姨"，是的，没有比这再合适的了。

彦男是个早熟的女孩，在初一 4 班显得特别扎眼。那件紫色连衣裙十分合身，将她已然绽放的身材玲珑有致地勾勒出来，明里暗里牵扯了不知多少热切的目光。这些追随的目光里，包括发育不良、高瘦如竹的我。每当彦男跑起来的时候，她胸前白兔般的跳跃，总是让我艳羡得眼里冒火而后又深深自卑。

每天放学后，我坚持和彦男一起走，哪怕陪她值完日也等，心甘情愿做丑小鸭去衬托她白天鹅般的高贵。我太自卑了，除了成绩好，在她面前一无是处。她愿意把我当好朋友，于是回家的路上简直云白天蓝，花儿笑得更灿烂，鸟儿唱得更动听。

美丽是有基因的。我的土气羸瘦与母亲如出一辙，而彦男的鲜亮丰凝明显承自她的漂亮妈妈秦阿姨。

自从见过秦阿姨，我不止一次地幻想如果她是我妈妈该有多好。没见过哪个中学生的妈妈有这么漂亮，二姐已经谈恋爱了，每天穿得像只花蝴蝶，可我觉得她还是比不上秦阿姨一半好看。有天翻看《大众电影》画报，发现竟然有个人和秦阿姨长得一模一样，我激动得心怦怦跳，记住了那位演员的名字。

第二天，我一到学校就把画报摊到彦男面前："快看，你妈妈长得和这个电影明星一样嘞！"

彦男一副见过世面的样子："这有什么好大惊小怪的，我妈以前就被人家叫作'小秦怡'，我爸好不容易才把她追到手的。"

我又自卑了。别人的父母不光有文化、长得体面，还会告诉孩子好多家里的事情，就像好朋友一样。我的母亲不识字，只会做饭、种菜、喂鸡，从不穿裙子，看起来就是个乡下人，爸爸当初怎么会找个这样的人当我妈呢？这事让我一整天都闷闷不乐，晚上回到家越瞅妈越不顺眼，可照例围着灶台转的她对女儿的嫌恶毫不知情。

彦男总是有亮闪闪的缎带、发卡，香喷喷的花手绢，穿着最时兴的衣服和鞋子，梳着高高的马尾，光洁的额头和她的生活一样一派明朗。天天和这样的人在一起是有压力的，而我家除了没钱添新衣服，尤其还没有一个会打扮女儿的妈妈。

彦男的家境甩了我十八条街。她爸是镇长，我只见过一次，不高不矮，胖胖的，戴眼镜，提一只黑色公文包，挺严肃。秦阿姨在商业局的百货商店上班，我爸说那里的人能搞到各种票，买手表、电视机、自行车都要票。秦阿姨骑一辆很新的自行车，她家里大概什么都有吧，和电视里的外国人家一样。

我见秦阿姨都是在她家门口，或者她上班路上。我没进过彦男家，虽然住得很近，彦男都是出来和我们一块玩儿，没叫过我们去她家，我找她也是在门口。她家的院门正对着马路，一开门能看到天井，炉子上的水壶冒着白气，角落里堆满煤球，和我家差不多。不同的是，她家用砖砌了个小花圃，总是有不同颜色的花开得恰到好处。因为这些花，多年后我还记得彦男家的院子是活的，而里面那个家的情形，神秘中也被赋予了明亮的色彩。

这样环境中长大的彦男，言谈举止自然不俗，这份鹤立鸡群，被我们看作"洋气、高级"。女同学纷纷模仿她的打扮，只有我默默地听她说那些从爸妈那儿听来的见闻，打开了一点点这个小镇之外的知识窗。

她家很多报纸，最吸引我的是《参考消息》，她常带一两份给我看，但要在规定时间还，不然下次就没有。尽管报纸已经过时，我依然如饥似渴，不放过任何一个豆腐块。通过阅读，我知道了《新闻联播》最后几分钟寥寥数语的国际新闻是些什么事情，那些国家、总统名字的正确写法，知道世界上有地方在打仗，还有人饿死，知道了每个国家的钱是不一样的。

终于，我对彦男说的那些事开始有一知半解，并且能适时插上一两句，表示自己并非井底之蛙。我是那么愿意听她对世界评头论足，她对西哈努克亲王就像自家的老朋友一样熟悉，道琼斯指数的涨跌在她嘴里就像我妈念叨猪肉价格的波动，我们共同对生活在水深火热之中的外国老百姓寄予深切同情。当我们对某件事困惑时，彦男可以回去问妈妈，第二天她一定会详细转述"我妈说……"。不知不觉中，秦阿姨帮助我完成了对世界的启蒙，她作为老师几乎无所不知，作为母亲几乎无所不能，成了我日益膜拜的偶像。

初二暑假，彦男家突来横祸。她的爸爸，我们的镇长，在吹了一夜电扇后全身动弹不得，经过抢救，保住了命，但落下半身不遂，话也说不利索了。

这之后不久，我第一次走进彦男的家。

彦男感冒请了假，我到她家去送作业卷子。秦阿姨开的门，她的脸依然皎洁温柔如月亮，即使扎着围裙举着锅铲也散发出圣洁光芒。谢过之后她问我能不能教彦男一道数学题，她实在教不了。

撩起一道五彩缤纷的珠帘，这个家褪去了神秘呈现在眼前。

帘子后面第一间有些昏暗，我过一会儿才看清里面大概的样子。这是客厅加饭厅，狭长形，门在中间，一边摆着一对沙发和茶几，另一边放着饭桌和碗橱。沙发套是墨绿色布做的，并不是想象中很高级的皮沙发。我的二姑父是局长，他家的沙发就是皮的，二姑总是叮嘱注意别用尖东西划破了面子，于是我们连在上面蹦两下都小心翼翼。皮质的光泽在我看来是冰凉的、高贵的、难以亲近的，而彦男家的沙发竟和我家的差不多，让我十分意外又有一丝窃喜，似乎因此和她之间的友谊更真实了。

当然，若是留意，这里和我家有更多的不一样。比如洁白如新的沙发巾，淡雅的米色窗帘，饭桌上的格子桌布和花瓶里插着的几枝不知道啥名的花。我只认识喇叭花和栀子花，放学的路上有很多喇叭花，闻着不香；而栀子花在夏天的乡下到处都是，香气冲鼻子，可以炒着当菜吃。

桌上的花显然不是这两种，我偷偷深吸了几口不同于自家那淡淡油腌味的空气，循着彦男"快进来"的应声，穿过第二道门，来到南边的房间。

这里应该是卧室，很亮堂。窗边靠墙的角落摆着一张大床，彦男爸爸躺在那儿，枕头边堆着一垛书，身下是绛红色的竹卷席。电视机在呈对角线的门那边，垫高点头就能看到。

彦男正在给她爸摇扇子，我注意到电扇立在角落里，已经蒙上了布罩。

我轻轻地叫了声"叔叔"，脑海中还是那副提着公文包的严肃模样，一时无法将眼前这个苍白虚胖、穿着汗衫大裤衩、不能言语、不能动弹的人与之联系起来。

当我再次掀起珠帘，带着那股淡淡香味离开这个家的时候，看见天井的细长花圃里，一株酽红的花正倔强地绽放，鲜艳的花瓣上挂着清亮的水珠。那一刻，我仍然很愿意做这家的孩子。

半年后，彦男臂上套着黑纱，她还是没有了爸爸。

母亲对父亲慨叹："小秦还年轻，长得又好，这回怕是守不住，可怜了三个女娃娃还没长大。"彦男有两个妹妹，一个和我弟同级，一个还在读小学。

有一阵常听母亲说谁谁又看上了秦阿姨托人来说合，都是各种当官的，也不知怎么一下子冒出来这么多离婚的、死了老婆的男人。当母亲还自顾自地掂量谁更合适的时候，彦男说她妈妈把奶奶从乡下接来同住了，说以后奶奶由她家养老送终。

每天放学我仍旧和彦男一路回家，她沉默了许多，再也没穿过新衣服。而我忽然就不在意她的穿戴了，更多地去她家一起做作业，和她的妹妹们玩闹，还认识了好几种花圃里的花。

彦男奶奶总是弓着腰在厨房忙碌，她做的桂花发糕特别好吃，我总是吃到撑。秦阿姨变朴素了，更多时候穿长裤和布鞋，有一次我发现她头上长了几根白头发，还自告奋勇帮着拔掉呢。

初中毕业后我听父亲的话去读了卫校，彦男的分数也能上中专，但她只报了省重点高中。秦阿姨所在的商业部门越来越不景气，听彦男说，妈妈告诉她们，一定要读大学，不要担心家里供不起，可以向国家申请贷款，以后工作了再还。

我第一次听说可以贷款读书，心里后悔死了去读卫校。如果我的父母肯这么做，我完全能够通过这种方法圆大学梦，而不是此后一年比一年更深地感到遗憾。

不久后我也失去了母亲，不到一年继母进门，生活发生了巨大变化，我才慢慢懂得彦男当年的疼痛和慌张，以及秦阿姨强韧坚忍的母爱。彦男如愿考上大学，分配时恰逢中央部委招人于是去了北京。她的妹妹们，一个硕士毕业后移民加拿大，一个学了医。而我学完不喜欢的专业，拿着基本的原始学历打拼一路倍觉辛苦。弟弟当年高考失利，父亲不支持他复读，只得去了一所本地大专，一度使我中断学业的牺牲变得毫无价值。

秦阿姨退休后一直跟着彦男生活。那天看到她的近照，精神矍铄、笑容温暖、淡妆敷面，更觉明艳可亲。我想起从前的自己曾是多么希望有个如她一般知书达礼、气质高雅的母亲，如今回想，其实我的母亲，还有秦阿姨，都和秦怡一样，用一生的坚韧诠释着母亲最美的模样。

第三辑　在故事里望穿秋水

上顶妈

老家的方言里，娘叫作"姨娅"，祖母才叫"姆妈"。上顶妈是我祖母的亲妹妹，住在西边坡上，对东头坎下的我们来说是"上顶"，所以从小我们都叫她"上顶妈"。

上顶妈的家是真正的老宅子。青瓦挑檐，有门厅、正厅，有正房、厢房，小时候觉得高大幽深且神秘。老屋呈正四方形，中间一方天井，青石铺就，屋檐流下的雨水落在四边槽里，急时能连成条线，微时滴答悦耳。当初做房子的人应是见过世面也费了心思，风水和功能上都有些讲究，我公公住的屋就没有这样的天井。小时候一逢下雨天，我们几家的孩子都挤在上顶妈屋里闹，还记得踩在那吸水青石上的感觉，沁凉沁凉，几双白白的胖脚丫欢快地滑来滑去。

住在这么好风水的房子里，上顶妈的一生却让人唏嘘不已。

她和我祖母既是亲姐妹，又是妯娌，这种亲上加亲的关系在旧时也不多见。祖母娘家姓雷，听父亲说当年也算大户人家，姐妹俩许配我祖父两兄弟，同时出嫁，那排场据说轰动了一时。嫁妆的丰厚在村庄上是头一名，新娘子的凤冠霞帔自不必说，堆满床的锦缎被褥、四季衣裳鞋袜、红漆的箱笼、锁头搭扣一色黄澄澄的铜、夏天的竹席、冬天的火盆木炭，一应俱全。最为村人津津乐道的是，两口盖着红布的楠木大棺材，吹吹打打地陪嫁过来。老人说这个有讲究，叫作从生陪到死，棺材棺材升官发财，那是极好的彩头。

祖父家当时最多算个小地主，远没有雷家殷实，胜在兄弟俩生得威猛强壮、相貌堂堂。这边嫁女儿的不忍其受清苦，把两副周全的嫁妆置办得不差分毫，借着同样的家底，任两兄弟各自开枝散叶。岁月长长如老物的包浆，在幽光沉静里潜移默化着，年深日久竟过出了迥然不同的滋味。

我记得上顶妈是个好看的小老太太，眉目分明、鼻头小巧、下巴颏儿尖尖，虽然已满脸皱纹可是皮肤仍很白。背有些驼，又裹着小脚，走起路来就略显蹒跚。终年穿着深蓝浅蓝的棉布斜襟大褂，苗条的身材填不满空荡的衣裳。乡村的老年妇女似乎没有了性别概念，暑气蒸腾时居然可以裸胸敞怀，在晚辈和家人眼前也能坦然得很。老太太年轻时想必是很有料的，老迈了只余干瘪衰败的乳垂落于肚腹间，无奈地缅怀着曾经的饱满坚挺。发髻一向包得紧实，插黑色铁簪子，耳垂的洞空空如也。原先她也有穿金戴银的年景，可惜我没见过。

上顶妈说话总是低声下气，陪着小心翼翼的笑，永远像在讨好别人。那笑是一团化不开的墨，不清晰，不彻底，心事重重。她年轻时一定特别好看，为什么活得像有罪一样？好看的人不是更应该穿漂亮衣服，住明亮房子吗？幼时的我不会明白，命运多舛是怎样的让人无望。

她的姐姐，我的祖母，却生得面如银盆、肩宽背厚，这是自小挂在堂屋里的瓷板画像告诉我的。眼巴巴盼长子得孙的祖母，终于在仙逝前等到了弟弟的降生。父亲若不得子，她必然不甘心的，一生顺畅、多子多福多寿的祖母，怎能接受这样的不完满？和可怜的妹妹相比，她的肚皮是多么争气啊。嫁过来第二年生了我父亲，此后隔年一个共得两男两女，圆满完成了为陈家大房传宗接代的任务。及至父亲跳出农门在大城市南京当干部，二姑又嫁了一位后来官至局长的有为青年，祖母更是成了村里人艳羡无比的对象，在族群里说话也有了分量。旧时的农村女人，持家有道，又福荫子孙，老了便很有资格享受这样的尊崇。

而那么秀丽多姿的妹妹，嫁了同样魁梧俊朗的丈夫，琴瑟和鸣、如胶似漆。红盖头下掩不住甜蜜娇媚的上顶妈，与丰厚富丽的嫁妆一起抬进门的时候，何曾会知道，厄运终其一生如影随形，她将卑微地苟活着，直至绝望。

婚后几年肚子迟迟不见动静，无后为大是一等一的滔天罪过，仅此一条足以让美娇娘处处低人一头。同时过门的姐姐一次次的瓜熟蒂落，更让她对丈夫愧疚万分。年轻的男人倒是没有怨责，在地里勤勉不辍挥洒着一身好力气，不几年从一个晚清秀才手里盘下了这座宅子。青砖铺地的好堂屋，最需要娃娃的啼哭和奶香来暖。女人日夜虔诚地烧香拜佛，终于在第十年迎来了头一个孩子，我的火根叔。

火根叔手下又添了妹妹金姑，屋里终于不再那么清冷。父亲回忆说，那是他姨娘一辈子活得最开心的时候。后来我祖父在不远的坡下也起了干打垒的新屋，这位既是我堂祖母又是姨祖母的女人，就成了孩子们的"上顶妈"。

土根比大哥火根小近 10 岁，他的降生给上顶妈的幸福满足蒙上了一层阴影。小儿子左手先天畸形，土话叫"橛巴子"，上顶妈愁出了白头发，愁他大了不能下地抡锄头，愁以后讨不到老婆可咋办。

祖母劝慰她，"你看别家瞎子聋子也要过，好在脚是灵光的不碍着出门。老天爷可怜你，老大和闺女长得不晓得几好，老了跟到大崽也有福享，各人各人的命，橛巴子的事只好走一步看一步撒。"

"是哟是哟，就是这样的命哟！"上顶妈抱着土根边听边点头，擦干眼泪日子总还是要过的。

可纵使她心甘情愿地接受命运的安排，这日子却再也不肯让她好过了，老天要抽了她的顶梁柱、她的主心骨。

土根一岁不到，他的爹突然一病不起，两个月后撒手尘寰，终年 42 岁。父亲说得坏了病，是肝癌。

上顶妈的天塌了，守着三个娃只知道哭，在大家张罗下才置办棺木安葬了男人。

大的 11 岁，小儿子还在怀中嗷嗷待哺，四张口都要吃饭，地里的活儿一天也耽搁不起。没有男人的屋子，比没有孩子时更加孤冷凄清，上顶妈不需要也住不起这么大的房子，迫于生计，她把堂屋和上房卖了，自已只留了两间近门的边厢房，天井还是两家共用着。厢房没有窗，狭小阴暗，饭桌摆在中间的穿堂，也挡不住寒风和雨雪。

子少母弱，入不敷出，日子一天天凋敝下去。那些陪嫁的妆奁一点点零落，红漆早失了鲜艳，桌凳裂开大口子，农具杂乱无章地堆放着，角落和房顶蒙着蛛网，屋里弥漫着散不开的泥腥和牛粪味。入夜老鼠吱吱乱叫，它们真是溜偏了门安错了窝，这家连自己都喂不饱呢。

火根长成了 1.8 米的壮小伙，和爹当年一样一表人才，地里的活儿都扛下来了，可死做活做勉强只够全家果腹。那年月的农村户户手里都紧巴，指望着嫁女儿收些彩礼，拿不出彩礼，哪家的闺女肯给你呢？媒人都说火根的人品相貌没得挑，可再一看家徒四壁的景况，没有不摇头的，慢慢地，连媒人都不上门了。上顶妈一天比一天凄惶，抱不上孙子的心急如焚，又和她当年怀不上儿时一般了。

熬到 30 多岁，家里还是穷，火根好歹讨上了媳妇。不要彩礼的人家总是有原因，小儿麻痹后遗症右腿拐得蛮厉害，高大帅气的火根没有条件挑拣，只要是个女人，能洗衣做饭生娃就行。新媳妇除了行走不便，做事还是挺麻利，和上顶妈一起操持着里里外外，不仅人勤快对待弟妹也没有刻薄过。几年里陆续添了两男一女，紧巴巴的日子也有了平常人家的温暖和希望。

上顶妈有孙儿孙女带，累并欢喜着，心里石头总算放下了一半。自打女儿金姑嫁去外乡，已经 20 多岁的土根也该成家了，这是她憋了多年的另一桩心事。小儿子敏捷机灵，若没有残疾说不定是个角色呢，他日常生活能自理，长年跟着哥嫂也不是办法，无论如何得让他成个家，好有后人养老送终。上顶妈琢磨着这事儿还得仰仗老大出力，时不时地和我祖母念叨，让她催火根把弟弟的事抓紧点。那时的祖母已经儿孙绕膝、颐养天年了，有时间也有兴致教化晚辈，长兄如父，本也是天经地义的事，便一口应承下来。

祖母的晚年时光除了操心后辈，还有挺重要的一件事，就是每年挑选晴朗的日子，把陪嫁的棺材从阁楼抬下来，请专门的师傅到家里刷桐油。油一遍一遍地刷，好些天才能干透，黑乎乎的棺材在场院里肃穆停立，吓得小孩子夜里都早早回家不敢再出来。老人说木材吃的桐油年份越长，防虫防腐功能就越好。师傅刷油的时候，祖母一步不离在旁边盯着，唯恐他偷了油偷了懒。我看见太阳底下的祖母眯起眼睛，专注端详着她的最终栖身之处，心满意足、踏实无比。

有两次祖母让上顶妈把棺材也抬下来一起刷油。父亲说那几天他姨娘高兴坏了，颠着小脚跑前跑后，塞了好多花生和糖块给他吃。

敢作敢当的火根叔是条汉子，为人又忠厚本分，渐渐在村里有了些威信。被推举当了生产队长后，除了忙活自家田地，还要管着全村大大小小40多户的杂事。他断事总是很公平，村里人都服气。那一年和邻村争坟山，两姓人发生了大规模的械斗，当时的风俗是，谁家男人为村里公共利益械斗死亡或因此坐牢，其妻儿老小由全村养着。双方的族人像保卫领土一般奋不顾身、热血沸腾，梭镖飞舞中各有伤亡数人，而我村最终胜利得到山头。出了人命，凶手必须归案，这事儿得有人认，身为队长的火根叔眼都没眨坐进警车，蹲了4年牢。

那时父亲已转业回到县里，亲眼看到这"大义凛然"的一幕，心里也暗暗敬叹火根叔有种。只是又苦了这一家老小，虽有村里人帮衬着，毕竟男人不在跟前，有说不出的凄凉和煎熬。上顶妈老了许多，还要颠着小脚去县上监狱看儿子，而土根的婚事也就这样一年年耽误下来。

这4年里祖母走了。中风躺了两年的祖母有孝顺周到的儿女，安心安详地躺进50年前父母为她置办的棺木里风光下葬，送殡的队伍浩浩荡荡、绵延数里。

80年代的农村，仅靠种田的收入已经很难养家，头脑灵光的通过各种副业率先致富。土根还是光棍一个，火根叔想尽快了却这心病，两个儿子也10多岁了，总要起一栋新屋才好住。他见跑运输挺来钱，想到自己会开拖拉机，就东拼西凑借了 7000 元买台手扶拖拉机，指望头年先还完债，再好好跑几年赚点钱。

才跑了一个月，遇上骑车春游的学生在马路上撒欢，车没刹住撞倒前头一个，慌忙往后倒，又压住一个扶着车斗骑行的学生，两个男孩都没了。当时这样的肇事可以通过经济赔偿协商解决，最后同意一家赔 10000，拖拉机只卖了 3000 块，其余的都得借。

清明节回去给母亲扫墓，正好上顶妈过来和父亲叔叔们商量借钱的事。她穿一件好几个补丁的罩衣，神情寡落、步态沉重，临走时拉过我的手："没有娘的细伢子，嘎要听话哟！"四月的春天，风暖如酥，她的手却冰凉冰凉。这是我最后一次见到上顶妈。

我特别同情火根叔。头年腊月我母亲突然离世，多亏了他上下张罗办后事，那几天雪下得厚极了，他靠双脚在乡下和殡仪馆来回奔波。这么好的一个人，怎么就摊不上好运气呢？老人们说他家那阵真是倒起霉来连盐罐都生蛆。炸好的菜籽油年年都封在坛里，偏偏那年坛底开裂，满满一坛油沿着缝渗到地下，等到要吃油时，只剩了空瓮和其下一大块滋润丰沃的土壤。从来没有谁家碰过这么邪门的事，那一年又是靠了亲戚接济才过去。

20000 块在当时是巨债，打落牙齿也得还，除了一把力气啥也没有的火根叔，到县上的工地去做了泥水小工。一个冬天的下午，他突然来找父亲，说发低烧一礼拜了身上好难受。父亲赶紧带他上医院检查，最担心的事还是发生了：肝癌晚期。结果一出来，本来走着去的火根叔当场就晕倒了。

同情慨叹之余，淳厚的乡邻们又迷信到刻薄蚀骨。说脸尖就不是个有福气的相貌，上顶妈命太硬，克完夫又克子，那口棺材怕是要让儿子先睡了。

接下来的日子，父亲像疯了一样到处找偏方，几百块的补品借债也买来。可一瓶都没吃完，医生说还是拖回去吧，农村人迷信，死在外面的人连村都进不了。火根叔被抬回家的当晚，上顶妈就喝了农药。父亲闻讯连夜请救护车赶到时，可怜的姨娘已告不治，没有人知道她最后一晚的绝望。

3天后，火根叔在极度痛苦中走完了短暂而辛劳的一生，年仅39岁，据说死不瞑目。

家里再没有一分钱，所有的亲戚能借的都借了几回。村干部暗示两个未成年的儿子，天黑上山砍几棵杉树吧，队里睁只眼闭只眼。十几岁的孩子哪里懂事，只扛回两根又嫩又短的木头，放不下一米八多的火根叔，听说最后是敲断了腿骨才钉上棺盖的。

这是我少年时经历过的最悲惨的离去，老天一定要保佑火根叔下辈子还是高高大大、健步如飞。

坟地是村里专事丧葬的"八仙"选的。因为过世时辰不同，这一对苦命的母子并没有葬在一块，而是分别葬在两座山头，隔水遥遥相望。

许多年以后，乡下土地被征用，老坟都要迁移另葬，开棺的时候我没有勇气面对，只敢在远处望着。听见有人说，棺材好就是不一样啊，同时葬的，20多年了上顶妈还看得出样子，火根就只剩几根骨头了。

这真是件残忍的事。捡起的遗骸才那么小小一堆，就地放进深口铁锅，浇上汽油一把火就成了灰。我在远处望着黑烟滚滚，棺材盖板散落四周，后人不再哀伤，土根叔和亲戚们聊着家常，旁边是难得聚到一块的孙辈们在笑闹。世上早已没有了上顶妈。

在农村，多苦的日子也就一个字：熬。一日一日熬过，一辈一辈熬过，只要香火传承不断，总会熬到天光熬出头。

橛子叔

凌晨时分，西边坡上的老屋响起撕心裂肺的哀号。火根叔还是死了，从发现肝癌到咽下最后一口气，只有三个月。

漫山遍野飘着大雪，火根叔眼睛瞪得圆圆的，他怎么肯瞑目呀？身后是一个寡妇，三个半大的娃，一幢传了几代的风雨飘摇的破屋，还有一个30多没娶上老婆的橛子弟弟。他一身力气的时候，这一家人尚且吃不饱穿不暖，今后的日子可怎么过？

3天前，火根叔的娘，30岁守寡拉扯大他和橛子的老娘，喝下一整瓶农药，抢在儿子前面睡到村头山上去了。橛子叔先没了娘，又没了哥，那年的雪下得出奇厚。

"橛子叔走了，跟人上广东去了！"

我爸送走来借路费的橛子叔，说这话的时候一脸忧心忡忡。橛子叔本是有名字的，叫土根，先天左手畸形，手腕向内蜷曲，手指基本丧失功能，我们土话管这样的叫"橛子"。我从小就跟着大人们喊他"橛子叔"，久而久之，除了他娘，村里没几个人还记得土根这名字。

这副身板干不了地里的活儿，连到镇上卖花生都不能自个儿去。火根叔在的时候，只让他在家帮着养养鸡和猪，有干的不会让他喝稀的，但家里实在穷，又是残疾，没姑娘肯进门。

现在火根叔没了，家里梁塌了，橛子叔必须出去讨生活。那是1991年，大批人涌向广东，据说那是个淘金的地方，有的人一个月赚得比我们一年都多。从那儿回来的人连说话都带着股港味儿，对穷得发酸、土得掉渣的我们来说，港味儿就是钱味儿。

"听说那边好乱，有专门抢包的，那里的人都把包背前面。他一个橛子，有钱捡也捡不赢别人哟……"

橛子叔最远只到过县上，一下跑去那么远的、人像潮水一样多的广州，要常去火车站拉货，一只手怎么做到？会不会被人欺负？见过些世面的我爸也忧心难解。

橛子叔究竟吃了多少苦他从来没说过，大家只知道他在那边蹬三轮车，几年后攒了点钱，过年回家央人给说个女人。恰好邻村有个哑巴姑娘，家里穷只想打发了她，没要多少彩礼就过了门。

36 岁的橛子叔终于有了老婆，哑巴姑娘刚 20，就这样成了我们的婶儿。他们和寡嫂、侄儿侄女都挤在老屋里，一个锅吃饭，桌上偶尔也有了荤腥。

正月刚过完，哑婶就怀了娃，橛子叔决定不回广东，试试在本地找营生。闯过世界的他好像通了窍，打听到县里有针对残疾人的帮扶政策，像他这情况可以骑一种特制的人力三轮车在县城载客，赚的钱不用交税。橛子叔对蹬三轮轻车熟路，准备吃这第一拨的螃蟹。

虽然三轮车只需要先付一半钱，才办婚事的橛子叔手头还是不够，这回我爸二话不说又借给了他。他说上次去广东时借钱就不指望能还，没承想橛子好歹闯出一条路，不光养活自己还成了家，这次是拼养家糊口，必须得帮衬。

橛子叔的三轮生意不错，没多久在城郊租了间民房，把哑婶接来过。寡嫂留在村里主要养好几头猪，种种菜，加上卖花生和藠头的收入，也够吃够用。

哑婶真是个好女人。怀着身子手脚也闲不住，看屋后荒着一大块，和房东商量好开出来，一畦畦种上菜，只是城里不能用人的粪尿下肥，就又养了一群鸡。于是，住在县城的我家和大姑家经常能吃到橛子叔捎来的早晨刚摘下的蔬菜，还有新鲜鸡蛋。

哑婶生下闺女第三年，城里时兴起面的，橛子叔果断将三轮车转手，买回一辆二手面包车。这回他没问亲戚借钱，而是直接去银行贷的款，残疾人享受贴息优惠。这车自己开不了可难不倒橛子叔，大侄子初中毕业在家晃了好几年，刚满18送去拿了驾照，一身的牛筋马力跑起面的来根本不知道什么叫累。寡嫂数着儿子赚回来的钞票，人前人后不住嘴地笑。

逢年过节或乡亲们有红白喜事，橛子叔一家常回去。他在村里的地位明显提高，家家有难处都爱找他商量，大事必得听听他的意见，而只读过小学的橛子叔往往能切中要害，从此更加让人信服。

哑婶又生了个儿子，因为难产在县医院花了好几千。橛子叔一点不心疼钱，用一只手抱着大胖儿子，白天对着日头笑，夜里看着月亮也笑。百日那天，他专程跑去老娘和大哥坟前报喜，鞭炮噼噼啪啪在村头的上空响了许久，全村人都能听见。

后来，面包车换成二手桑塔纳，而且是两部。专跑县城到省城火车站来回，拼车25元一位，招手即停，方便也不贵，尤其是晚上公交停了以后，很有市场需求。两个侄子一人负责一辆，再请两位司机倒班，橛子叔正正经经当起了老板。

县城早买下了房，为两个孩子进最好的学校读书，橛子叔可没少花择校费。他说只要娃肯读，花多少钱都值得。

随着村里老人一个个仙去，按辈分酒席上橛子叔和哑婶坐的是头桌。皮包骨瘦的他慢慢发福了，和我爸一样，皮带垮在肚子下面，哑婶的手指、耳朵、肥白的脖颈间，一点一点金光闪闪。还在土坷垃里刨食的婆娘们看得眼里发了红，免不了夜里炕头上愤愤地冲自家窝囊男人踹上几脚，却不记得当年那幢破屋的门槛根本没人踏。

老家征地拆迁，橛子叔得了五套房，那儿建起高铁站和省行政中心，房价像火箭似的往上蹿。两个侄子也都分了房，各立门户跑运输，娶妻生子、开枝散叶。60多的橛子叔过起了包租公的日子，每天炒炒股，然后去茶楼和朋友们打发时间。

老天爷把对哑婶的亏待加倍奉还，两个孩子伶俐得很，读书不用操心，先后考上了大学。虽不是什么一流大学，对橛子叔来说也是光耀门楣的天大喜事，和家里出了状元一样值得热热闹闹庆祝。

橛子叔现在在家族里辈分仅次于我爸，虽说一年年渐老，那只好手却始终不肯落伍，上网、微信，啥都学得会、用得熟。老人说，太聪明的人容易早夭，因为老天爷也喜欢，总要有点残疾才不会被收去。事实证明，橛子叔的脑瓜比一般人要灵光许多。

山上的坟都要迁走，动迁那天，一族老老小小几十口人到齐了。长眠了几十年重见天日的那一刻，火根叔如果在天有灵也会感慨万分吧。

这是一个改天换地的新世界呀，他该狠狠地拍拍当年最放心不下的那个残弱老弟，欣慰地大笑：

"我屋里橛子，好样的！"

月凉如水

汤一平第一次梦见了母亲。

他看见母亲远远地站着，他知道自己终于梦见了。母亲已经在那座坟茔里躺了30年，除了在梦里，不可能再瞅见她的身影。

这么多年母亲从来不肯入他的梦。不管是少年时内心压抑的凄凉呼号，还是娶妻生子谋得一官半职的人生喜悦，母亲都没有给过一个让他倾吐的机会。

毕业后留在省城已18年，头5年里汤一平一次也没回过那个家。每年清明给母亲扫墓，都是先落脚姨娘家，一起去到乡下的墓地，祭扫完后回去和姨夫喝点小酒。那个叫父亲的人似乎在他的世界里消失了，曾经的怨恕和模糊的亲情就像褪去的潮水，卷走了一切却不见再度泛起。这异样的平静连汤一平自己都难以置信，他觉得至少还应该有点气愤，有点因这气愤而引发的刺痛，那种一颤一颤的揪缩感，他是记得的，可后来真的没有了。

每回姨娘都劝他，爷崽永远是爷崽，你的命都是他给的呀，算了吧！你现在活得挺好，他也老了身体还不太好，该陪他过个年的，你娘在地下也不愿看你们爷儿俩这么犟着。

结婚那年，汤一品忽然意识到一个问题，以后该怎么对孩子解释爷爷这个词，有父亲却置而不顾，3岁小孩都知道这是没良心。于是，他邀请父亲出席了在省城举行的婚礼。那场婚礼由时任市公安局局长的岳父一手操办，来了不少省市政要名流，父亲和继母因为紧张拘谨显得有些手足无措。汤一平注意到他举杯的手一直在微微颤抖，而那张过度兴奋的脸上，是做儿子的自己从未见过的眉飞色舞。

随后，汤一平携新娘回家觥筹交错地摆了10桌。这是父亲的意思，但汤一平坚持预付了费用，才同意由他和继母去张罗。而且收的礼金一分不要，说这些年也没给父亲买过什么，算是做点补偿。

此后面上恢复了正常往来，但除了清明节必回，汤一平回去过年的次数并不多。那不是他的家，只是有个儿子叫爷爷的人在那里。他借口年关食品安全稽查任务重不好休长假，留在岳父这边过年的时候竟多些。其实汤一平是不想看到儿子小涛对着他们一口一个"爷爷奶奶"地叫得亲热，而那个女人心安理得地享受着本该属于母亲的一切，全忘了当初待他是怎样的刻薄。

每一个清明，汤一平都在母亲的坟前默祷，娘啊，来看看儿子，和儿子说说话吧！母亲从来没有听到过，又或者听到了不肯回应，她会去姨娘那儿，甚至还去过一次父亲梦里，就是从不来会会儿子。汤一平心里怨过母亲太狠心，可姨娘说过世的人舍不得打扰的正是最心疼最在意的人，娘是不想让他醒了更难过。

母亲远远地站着，包着一方浅白色头巾，头巾下飘散出几缕花白凌乱的头发。母亲的头还会疼吗？她过世时尚没有白发的，现在儿子都40多了，可不老了吗？

母亲背倚着一间老屋的门框，远远地把关切的目光投向汤一平，脸上现出憔悴虚弱的笑容。笑容是那么无力，像一层刚好覆在脸上的雾气，随时都会被风吹散。汤一平眼里耳里都不敢相信真的是母亲，脚下却不由自主移过去，他觉出自己是在飘而不是走，他听见母亲低声地唤道："一品！一品！"

是的，母亲叫他"一品"，母亲在的时候他一直是汤一品。自从在历史书籍中弄明白地方大员叫巡抚，相当于今天的省长，在清朝也只属于从二品，他便对自己的名字有些隐隐的不安。想着头顶这么个高调显赫的名儿，若一直过得寒酸窘迫，岂不是要多一倍的难堪？正好高中有同学的父亲在派出所，遂央他帮忙改成了"汤一平"，此后所有的学历证书、履历表都是一致的，汤一品成了曾用名。

而自从研究生毕业进入市局机关的第一天，汤一平就深深为自己当初的英明决策而庆幸。局长尚且只有七品，小科员的他若还叫着"一品"，让人如何愉快地下指示做部署呢？只怕巴不得这个名字的主人越远越好，被领导自动屏蔽的人，大概只能永远在底层默默耕耘了，这不是任何一名公务员希望的结果。而更名的手续已经比从前繁琐许多，工作后再行变更，其后遗效应和他人看来的动机微妙，如投石入水，波纹一圈圈扩散开，引起何处的荡漾谁也预料不到。

汤一平靠近了母亲。他看见那瘦削的脸上纹路深刻，眼眶下陷显得眼睛大而无神，他的影子是这空洞中的唯一亮光。虽然不同于记忆中的母亲，可他一点都不害怕，他蹲下身子，把头微微仰起面对着她。母亲也低下头，像一品很小的时候一样，用鼻尖轻轻蹭了蹭他的鼻尖。汤一平模糊地记得这样的情形，母亲总是用这方法判断他冷不冷，当她凑近时，那张慈爱的笑脸带着一团温热的气息，便成了他的整片天空。

梦里的母亲，鼻尖是凉凉的，汤一平心头一酸，滚下泪来。

"娘，你怎么还住这种老屋？每年都烧好多纸钱给你，要舍得花哟！"

汤一平看清了屋里的情形。母亲站在厨房的门口，和小时一样烟熏火燎的厨房，墙角堆着一蓬干柴草，灶膛里还有未燃尽的枯枝。柴火灶上砖砌的烟囱通向屋顶，圆而大的木头锅盖被熏成了黑灰色，氤氲的热气正从锅盖与锅沿的缝隙蒸腾上来，进得厨房整个人便被一团粽香裹住。

母亲拉他在灶前的小木凳坐下，就像小时坐等热灶灰把地瓜烤熟那样。她拆出一把干草，在膝盖处折成两折塞进灶里。火苗亮起来，母亲脸上的沧桑柔和了许多。

汤一平还记挂着母亲为何住得这么简陋。每年不光是清明，中元节城里不宜焚烧祭品，他也一定叮嘱姨娘务必代办周全，除夕那天他若不回，挑灯、培土也有族弟会上心。他并不迷信，只是希望母亲在另一个世界过得轻松一点，而相信那些灰烬能达成这个愿望，也是唯一的安慰。

"傻孩子，要是那些纸到这儿都变钱的话，各个都能伸手吃缩手放了，人世间活得艰难的倒全都要早些撂了那边过来享福呢！"

"这里是按前世的品德分配吃住，娘以前是善人，从没坏过别人，所以分到的够吃。不过也没积过特别大的功德，住不上高级房子，原来住什么现在住什么。"

柴草烧透了便慢慢萎下去，生成条缕分明的暗红色灰堆。母亲又塞进几段枯枝，不一会儿就烧得噼啪作响。

"娘，爹买的是合墓，和她一起的，你知道吗？"

母亲拉过儿子的手，反复摩挲着。母亲的手骨节棱棱，粗糙但温暖。

"一品啊，随他去吧！你那时还小有些事不知道，娘没有文化，不懂你爹脑袋里想的东西，也知道他早就不想和娘一块儿过了。每次从城里回来，总跟人打听有啥娘的风言风语没，幸亏你娘行得正坐得端，没让人说一个不字，不然的话，只怕早被他抓住把柄离了。"

母亲不知道的是，汤一平对父亲的怨恨和鄙夷从小学一年级就开始种下了。

他7岁那年，该进小学了，为在哪儿念书母亲与父亲第一次有了明确的分歧。父亲在单位与人合住着集体宿舍，考虑常出差兼顾不到，说先在村小念着，这边抓紧找找领导，等分到间房，把家搬过来再转学。母亲坚持哪怕父子二人挤一张铺、吃食堂也要让一品进县小读书，出差时就让一品去姨娘那儿，姨娘才出嫁，和姨夫在县城边上开着一家小裁缝铺。

这事最后由祖母发话，吃再大苦也必须让唯一的孙子上好学堂，以后还指望他考大学光宗耀祖的。于是接下来的两年里，大多数时间一品和父亲朝夕相处，每个礼拜天回家母亲都会做红烧肉、米粉肉，让吃食堂的爷儿俩补足油水。放寒暑假一品才能真正回到老屋，和打小上树掏鸟蛋、下河扎猛子、撒尿和泥巴的伙伴又疯在一起。

一品喜欢学校喜欢课堂，因为成绩好老师们都格外看重他，在班上也有了两个玩得很铁的哥们儿。每回的奖状母亲都认真地用米饭粘贴在老屋的木板墙上，那一方方明黄引发乡亲们无数的艳羡。这可是从县城最好学校得来的奖，到屋里坐的都免不了夸上几句，夸这个儿子保准以后有大出息做大官，娘有福享啰！这时母亲总是嘴上说着客气话，憔悴的脸上泛起希冀的亮光，那些皱纹都跟着生动欢快起来。

　　可是无论一品拿多少个 100 分，父亲好像都没有太高兴的时候，只是在卷子上签个"阅"字，也不多问什么。不像勇强的爸，每回去他家玩都逮住一品问东问西，什么班上有多少满分呀，他平时是怎么学习的，平时要多帮帮勇强啊。一品也觉得勇强爸有点烦，可自己父亲的过于淡漠又使尚不更事的他生出一层隐隐的失落。他不知为什么会这样，也许世上是有许多不同类型的父亲吧。

　　一品夜晚写作业时，父亲很少在宿舍待着，他常和另一间房的叔叔们一起甩老 K 到半夜，一品看过他脸上粘纸条的样子，好滑稽。那里总是乌烟瘴气，吵吵嚷嚷的声音隔几间都能听到，同住的梁叔叔便会皱眉摇头。梁叔叔很喜欢看书，在宿舍和一品待的时间倒比父亲还多些，他有一箱子书，说等一品多识些字就可以随便拿去看。一品有时会问梁叔叔课本上的东西，心里盼望着早点能够进入那只箱子里的神秘世界。

　　这一排七八间大多是集体宿舍，最东头住着一位阿姨和她女儿。阿姨姓周，是父亲的同事，女儿叫小安，和一品同年级不同班。小安说她爸爸是军人，所以才可以和妈妈单独住一间房。住在这里的叔叔都爱和周阿姨开玩笑，她家里有东西坏了或者什么重的要扛，叫谁都会屁颠屁颠地赶着去，而其中一品的父亲特别积极。

　　周阿姨烫着卷卷的头发，从身边走过总能闻到很香的味道，好久好久都散不去。她常穿裙子，长的短的，各种印花，白白的胳膊和腿在太阳下明晃晃地刺人眼睛。她和母亲不一样，母亲的头发干干的枯枯的没有那么黑亮，而且从来不穿裙子，只穿那种又宽又大的布裤子，裤腿空荡荡地晃悠，包藏着母亲瘦弱的身子。

一品不怎么喜欢周阿姨，虽然她给他各种好吃的零食。那次一品的文具盒坏了周阿姨还送过他一个新的，上面印着孙悟空大闹天宫的图案。可一品真的不想要，若不是父亲严厉的目光威逼着，他一定不会接受的。

小安总是有不少做不出的作业来问一品，她只会扑闪着两只大眼睛咬铅笔头，就差把笔头咬烂了也不知听懂没有。一品觉得小女孩挺笨的，有点烦只是不好说，因为她常常带饼干和大白兔奶糖给自己吃，都是她爸从上海寄来的。为了又香又甜的大白兔，一品只能耐心点。

有时小安会端着跳棋过来找一品，说汤叔叔在和妈妈谈工作，让一品陪她下棋。一品不爱下跳棋，他有一副陆战棋可小安又不会也不愿学，一品便敷衍着陪她下，就这样小安也被刮好多次鼻子。一品从不心慈手软，小安的鼻梁都被刮红了，就气得不肯再下，一品才让她赢一盘报仇。

那天小安又来了，一品实在不想下那劳什子玻璃珠棋，正好前几天听同学说晚上路边有好多萤火虫，说不如现在偷偷去捉几只玩，不让她妈妈知道就没事，小安又兴奋又害怕地跟在一品后面出了门。

那片草丛果然萤光闪闪，不大工夫一品便手到擒来四五只，小安举着玻璃罐开心得哇哇叫，求他再多捉些送她几只。一品得意地表示没问题，遂猫着腰蹑手蹑脚地下到路旁的沟边，那里有几只又大又亮的正一明一灭。眼看着就要扑到手了，突然听见后面小安尖叫起来，回头一看只见她蹲下身去，说被什么东西咬了一口。

一品想："糟了！莫不是遇上了蛇？"天黑着也看不清有没有出血，吓慌了的一品想跑回去喊大人，小安哪敢一个人，哭得更厉害了。路边正好有骑车人经过，听见哭声停下来看究竟，赶紧把小安扶上自行车后座，一品一路跟跑着回家去。

小安哭喊着叫妈妈，过了好一阵房门上面的气窗才透出灯光，周阿姨将门窄窄地打开探出半个身子，听一品说小安被蛇咬了顿时也慌乱得不知所措。听见哭声的梁叔叔检查了伤口说不是毒蛇应该没有大碍，稳妥起见还是去一趟医院吧，他可以用自行车送她们。周阿姨慌忙谢着，转身直接把门关紧便抱着小安走了。

一品呆呆地站在门口，看着他们的身影冲进夜幕中，周阿姨头发凌乱地披散着，脚下只趿了一双拖鞋。

小安并没有什么事，一品仍逃不脱一顿狠揍，晚归的父亲下手极重，一巴掌把他嘴角都扇出了血。一品从没见过这么暴怒的父亲，那是一张气急败坏到狰狞变形的脸，好像要吞掉自己。一品抱着头缩在墙角，躲避着父亲狠劲踢过来的脚，周阿姨转身关门时，他看见门边摆着一双和这脚上一模一样的皮鞋。

后来小安不再来找一品问作业和下棋，一品觉得她越来越像她妈，爱臭美还骄傲得要死，不来烦自己最好。周阿姨对他们也冷淡了许多，父亲变得爱喝酒，喝多了一品便要受些无端的呵斥和拳脚，梁叔叔看不下去只好来拖劝。多弄几次一品也不肯哭了，只犟着头任由打骂，从此心里却再看不起这个叫父亲的人。

一年后，周阿姨带着小安随了军，腾出的那间房梁叔叔正好搬进去结婚。母亲终于进城安了家，父亲偶尔还喝酒，只是回来了倒头便睡，不再会把一品当作发泄对象。

"一品啊，才 12 岁娘就不在啦，可苦了我崽哟……"母亲抬手抚着儿子的脸，细细端详生怕看不够似的，而眼里已是一片汪洋，大颗大颗的泪滴落下来。

"娘啊，儿子做了官您知道吗？现在有条件孝顺了，您却一天儿子的福都没享过！"

一品只过了 4 年被无微不至照料的日子，母亲便因病故去。半年后父亲再娶，继母拖了个女儿过来，这个家明里暗里就容不下一品了。母亲临走交代姨娘无论如何让一品把书读完，姨娘不忍这没娘的孩子凄惶度日，一咬牙将一品接来，和自己的一双儿女一并养着。继母自是求之不得，私下又把父亲的工资掐得紧紧的，每月生活费和学费都要拖拖拉拉还打折扣。姨娘不愿为这撕破脸让一品难堪，好在祖母在世时把小儿子孝敬的体己钱都倾囊而出，说一品是好苗子一定不能耽误了。

姨娘姨夫没让一品受半点委屈，他一路读到研究生。在学校认识了现在的妻子，毕业后凭借准岳父的关系留在省城机关，因为头脑活络、办事严谨深得领导赏识，仕途坦顺40岁便做到正处。

虽然母亲从未给他一点梦里的怀想，汤一平始终相信，她一定在冥冥之中保佑着自己，立业、成家、生子、晋级，每一步母亲都知道，才放心地看着他走下去。所以现在他心里的不舒畅，连对妻子都没表露过，母亲却来了。

政府机构改革进行部门重组，汤一平主管的局与另一个重要部门合并，对方的党政一把手留任，他级别不变只能低配担任副书记，基本是个闲职。40出头的年龄本是大展拳脚的时候，却无平台作为，他表面上怡然自得、甘于清闲，心里早暗暗憋出了一团闷气。这团气吐不出来便滋生出身心各种不适，失眠、腰酸，近来连一向稳定的血压也波动起来。刚调整那会儿妻子担心他想不通，后来没察觉出什么异样还夸他心态不错，便一门心思放在明年要高考的儿子身上了。

"一品啊，你心里的事娘都知道呢！都说人是三截草，不晓得哪截好，这要都是节节高，那底下哪还有人呢？凡事想开一点，你以前管的事多压力大，把身子都弄虚了，现在有了空闲正好将养身体。娘就是寿太短，才没享到儿孙的福呢，人最要紧活得够长，才过得上想不到的日子。政府不是放开二胎了吗，说不定等小涛读大学去了还能生个闺女呢。"

汤一平被母亲的最后一句话逗乐了，"娘，你儿媳妇都40了还咋生啊？"

"想生就生得出，以前在农村娘和闺女同时生娃的多得是！娘随便说说的，你们的事我管不了了。来，快来吃娘包的粽子，你小时候最喜欢吃肉的，每次都要娘放大块点的肉呢！"

汤一平醒来，那股暖人的粽香似乎还弥漫在肺腑里。妻子伏在身旁如一只安静的小猫，对这个温柔了自己 20 年的女人，他心里涌起阵阵怜爱，轻轻披衣下了床，踱到阳台点起一支烟。深秋的月光清凉如水，又大又圆，那么纯净，让人觉得格外轻松。

老原

会上监察室负责人正传达市殡仪馆馆长在"红包"治理活动中因违纪被免职的通报，老原附过来低声说："这个人和我相当铁，以前每个月都要一起喝酒，单位好多同事家里老了人都是我找他搞定的，打个电话过去一路绿灯。这下好了，一撸到底！"

为了证明自己的话，他把微信好友列表调出来，找出头像放大给我看。照片上那位有着和通报中一样名字的倒霉蛋，在蓝天白云的背景下呈45度角仰望天空，正思考着耐人寻味的人生。

老原深情地凝视着这位铁哥们儿，想象他如今虎落平阳的憋屈，嘴角不由自主展现出一抹模糊不清的笑意，心里盘算着下次找机会还叫上他吃饭，自己可不是那种人走茶凉的势利小人，不过从前被他多灌的酒可以还回去了。

老原就是那种俗称"得转"的人，至少他自己在刻意营造一种这样的形象。"得转"是我们这儿的方言，指一个人处事圆滑、八面玲珑，各方面关系处理得很好、吃得很开的意思。男人玩得转自然混得不错，做生意接得了大单、求官找得到后台，家里一应人等大小诸事都搞得定。一般老百姓只有羡慕，恨自己没那眼色和口才、没那机缘和关系，有女儿的便恨不能千筛万选嫁个玩得转的如意郎君。

单位盖新大楼，拆了些旧房，办公用房紧张起来，只能几个科室合用，我最近搬到和老原一处办公。他是政工科科长，不算重点部门，手下配了个年轻女科员。我是工会的干事，毕业遵照父母的意愿在本地应聘到这家单位，岗位性质人畜无害、工作清闲，用父亲的话说最适合女孩子。学的是中文，工作却用不着磨笔杆子，业余喜欢乱写点小东西投投稿，倒也没辜负无聊的枯坐。人性有无尽的可能，毛姆说，我们要了解人性而不是判断人性。我觉得通过一些细节观察人，没事琢磨琢磨为何如此而不如彼，是件挺有意思的事情。

没过多久我便发现，和老原共处一室度过 8 小时实在是有些考验人。

他的电话出奇多，经常是打着电话进门，接着电话出门，边走路边通话再正常不过。科里的小姑娘汇报工作时，往往说不上三句便会被来电打断，一件事一次能讲完纯属幸运。而且似乎有没有叙述完并不重要，他的眼神是空洞的、飘浮的，好像那些电话有着无形的牵引已带走了他的魂，眼前的人说什么入了耳却装不进心，事后毫无印象。有些事因为耽误出了纰漏，他便会责怪科员没及时说，受了委屈的小姑娘又不敢申辩，只能偷偷对我倒点苦水。

我用我尚且纯洁透明的人性保证，完全没有偷听他人隐私的欲望，可老原的电话无孔不入地钻进耳朵里。我不光没有自动屏蔽的功能，甚至会不自禁地揣摩出更多的信息，起初因此我还鄙夷过自己，不久也就坦然了。因为我发现老原是自有分寸的，某些电话接通后他会神秘地移步隐蔽处，而当众展开沟通的，那种犹抱琵琶半遮面，略显夸张的语调和笑声，让人有理由相信，那是不惧人知的，或者更希望旁人竖起耳朵也说不定。

很快我就知道了他有些非常牛掰的同学，还有不少神通广大的朋友。他们分布在各领域的中上阶层，无一例外与他保持着如胶似漆的情谊，隔三岔五必邀上一回，喝酒打牌熬夜嗨皮、间或来点暧昧的活动，那些电话骄傲地向每位有幸的听众昭示着这一点。他哪里都有熟人都好办事，生老病死的大事自不必说，其他比如买房拿到不可思议的最低折扣，炒股有绝密内幕和业内大佬的高参，交通违章可以花钱销分，这在平头百姓的眼里，都是通了天的本事。

自然找他办事的电话不少，他的口头禅是"没有问题"，想来这是对方最希望听到的，忙不迭在信号的另一端感恩戴德。老原心满意足地挂掉电话后，常常向周围人发出小小的抱怨，每天不知道被多少这样的事烦着，没办法，谁让自己有这方面的人脉又特别爱帮忙呢，真是想低调都不行啊！

　　单位里 30 岁以上的女同事大多觉得老原是个挺好玩的人，爱开玩笑，什么都说得上来几句，一副见多识广的样子，她们尤其热衷于要他推荐个股，尽管到头来一样被深套。我们单位是阴盛阳衰，老原也很得意自己的女人缘，不接电话时便在各办公室流连。和放得开的打情骂俏，对内敛些的则含蓄赞美，引用着网上最新的段子，不忘来几句有点颜色的隐喻，姑婆姐婶们被逗得吱嘎地笑，他也几乎把自己当成了雨露均沾的贾宝玉。

　　奇怪的是，如此得转的老原在男同事中的口碑并不好，我从几个关系比较好的前辈那儿都听过对他人品的不屑，偏偏这几个人给我的感觉是比较稳重和正派的。他们悄悄提醒我，对这种人别说太多，我便留了心，对私人问题尽量笑而不语、避而不答。他对我倒是不错，没什么拿腔作调的派头，调侃也没有让人不舒服的内容。有一回他貌似轻描淡写地问起我家庭情况，我巧妙地岔开了话题，并没有满足他的好奇心。

　　有天一位男同事来坐，戏称他是"妇女之友"，老原立即大呼冤枉，说唯女子与小人难养也，而且都是些老茄子，不赏心不悦目叫看的人连兴奋点都能丧失了。为了证明他的"不幸"，接下来的话语有些不堪入耳。平胸的晚上关了灯都分不清前后，男人戴上胸罩效果都比她好；脸上汗毛重的那位简直比男人还有男人味儿，不知道她老公怎么亲得下去……他们毫无顾忌、绘声绘影地描述，会心地发出傲慢刺耳地尖笑，在场的我只是听到已觉羞愧难当，赶紧找个理由离开了办公室。

　　老原总是忙，听说在外面与人合伙投资了什么生意，自然没有很多时间坐下来，日常工作都有赖那位年轻科员。好在小姑娘麻利能干、做事漂漂亮亮，让他在领导面前不因工作减分。

　　"会做有什么用？要会说！"说这话的老原带着一脸深谙其道的玄妙。

　　老原的中层做了近 10 年，一直雄心勃勃想更进一步，却不知为何久未如愿。我也见过他在领导身边转悠不停，笑容像浮在水面上的一层油，每一个节点、每一丝语气都恰到好处，眼神崇拜、细节完美，谦卑仿佛与生俱来。事后他热衷于广而告之，一边满意地在烟雾中眯起双眼，那神情简直是连自己都佩服自己。

我常听他对某些同事颇有微词，后来才知道都是比他资历浅却级别高的，或者占据了重点部门，在他嘴里那几个都是不学无术只会溜须拍马的家伙，德不配位必有灾殃。想来在他的心目中，自己实在怀才不遇，也是个眼里没见过二两肉的失意大叔啊！

新楼落成后我搬了办公室，耳边没了老原的聒噪还有一阵子不太适应。偶尔迎面遇见，他远远地便堆了一脸的笑，夸着青春就是水灵的话，我听了却满身不自在，思忖自己应该配不上他这么高度的热情。

年底单位调岗，老原没有得到后勤的肥缺，出人意料地去了爱卫会，那是个养老喝茶的闲职，但肯定不是他眼下希望的。我觉得有些蹊跷，不过也没兴趣打听，大半年后在一次同事的饭局中才听说大概与一件事有关。老原在一次聚餐中酒后失言被人录了音，别有用心者自然不会浪费这大好资源，领导在心里狠狠记上了一笔，直到秋后算账。

至于老原失言了什么，倒是众说纷纭。有说爆料了领导私生活的爱好，有说吹牛和领导在哪个会所打牌，还有人说领导夫人做过全子宫切除就是他第一个传出来的。听上去都是坊间的捕风捉影，若真有其事，我倒有点担心录音者的下场。

两年后我辞了职，专心运营自媒体终于走上了靠文字吃饭的道路，舅舅支持我的决定，并且做通了父母的工作。舅舅是那所研究院的院长，虽然我从未透露过，可当时老原对我这个小人物的过分热情，总让人怀疑他知道点什么。

后来再没见过老原，只是偶尔听见有路人高声大气地煲电话粥时，会不免想起他。

白色巨塔

这小妮子长得真不赖，用北京话怎么说来着，盘儿亮条儿顺，尤其笑起来粉润红唇边的浅浅梨涡，勾得人心痒痒总想尝一尝。

可惜了，年纪轻轻那么死板，不谙半点风情。那天科室聚餐，只不过轻轻扶了下她的小蛮腰，闪得比兔子还快，好像我这个即将上任的大主任还不配关心关心小护士？要不是看在她是导师远房亲戚的面上，真想给点苦头尝尝，让她知道知道不懂眼色啥下场。

想起年近七十才舍得放手去美国和家人团聚的导师，那天送别宴酒后百感交集的模样，我不禁会心一笑。虽是亲戚，也不知老家伙是不是已经把小妞儿给办了，这些年科里但凡入得了眼的，漏过了谁？

好多男人都迷恋制服诱惑，可我们天天对着一堆白袍子，就爱多看几眼脱去工作服后的婀娜多姿。目送小妮子长发一甩，年轻的凹凸有致的身影越飘越远，我踱回办公室，关上门，窝进靠背椅，脚架上桌面，微合眼，将思绪从刚结束的会议中抽出来。那份喜悦还来不及细细品味，我想一个人待一会儿。

今天开始公示，我终于要当主任了。

文件很简单地贴在医院的公示栏里，我趁人不注意用手机拍了下来，此刻正久久地盯着屏幕，不记得眨眼。我的名字、拟任主任这几个字，它们并列的时候看起来踌躇满志，完全不像别的公文那样一副扑克脸。

7天，还有7天，我将登上梦想中的白色巨塔。

很久以前看过一部日剧《白色巨塔》，日本医生地位之崇高是当时的我们难以想象的。男主角终于荣升主任后带领一众医生查房时，那种春风得意、顾盼自雄的气势，深深地刻在我的脑海里。从那时起，我就为这个目标一直努力着。

领衔一个学科，带领团队运筹帷幄，作为一名医生，如果无意仕途，这大概是事业的巅峰。不出意外，我会在这个位置上干到退休。成为各种学术会议的常客，用制作精良的PPT进行交流与讲授，当然课件自有学生代劳，无需亲自操刀。凭我妙语连珠的口才，塑造一个蜚声业界、儒雅博学的大咖形象只是时间问题。我将弟子众多、自带流量，收获一长串的头衔和荣誉，以至于内容繁多，在个人简介和填表时总需要反复甄选。只要我愿意，退休后返聘是常例，依然可以挂领衔专家的名号，直到65甚至70，或者被猎头以重金挖走，换一个地方继续我的名医生涯。

除了德高望重，聚焦和掌声，还有最重要的一点，以后应该不会缺钱了，这让我近几天走路时脚下自带着丰富的弹性。

你说什么？不信我原来还缺钱？作为一名副教授、主任医师兼科室副主任，谁会相信钱不够花呢？说起来惭愧，我还真是挺缺钱的，一直都缺。

就像不是所有的高年资医生都能顺利晋升为主任医师，也不是所有的主任医师都能实现财务自由。在收入方面，各专业是有鄙视链的，金眼、银外、铜骨，好比大学中的清北、985和211，像我们干内科的，基本属于双非。Top5在彼岸，我们只能望洋兴叹，徒叹当年选专业时有眼无珠。

君子动口不动手，没有手术，君子只有手中的一支笔。

我们这行嘛，地球人都知道，靠那点工资哪够塞牙缝？有些事说得做不得，有些事做得说不得，对外一致缄默，有什么也是老鼠屎坏一锅汤的性质。这是一条产业链，养活了多少企业多少人，心照不宣，各自相安吧。

你们可以骂我无耻，还可能不信，刚毕业的时候我的羞耻心比你们强多了。独善其身改变不了任何规则，只会带来孤立和窘迫。要想不被同行当作怪物，要想让家人过得滋润一点，大家不都是一样穿着湿鞋在河边走吗？况且我们中的绝大多数并没有将利益凌驾于生命健康之上，任何时候治病救人都是第一位的，我们只是在若干有效方案中做些倾向性选择。

贪得无厌、必有灾殃，就算无耻，我也是有原则的。每天达到600元就收手，偶尔超额完成第二天就温和一点，绝不多吃多占。所以熟人看病我一般会让他们下午来找我，人在江湖飘，除了利益，有些东西还是需要用点心的。

在接棒科主任之前，这支笔尚未拥有完全自主权。副主任和主任之间虽然只差了一个字，权力和地位差的可海了去了，我们科有三个副主任，可十个副的也抵不了一个正的。且不说抛头露脸的机会，某种药在科里的使用情况完全取决于主任的态度，相关利益分配自然也是一把抓，我这个副主任也就喝点汤汤水水的份儿。

你问我是怎么成功走上前台的？脑袋决定屁股，要想屁股坐得宽、坐得稳，脑袋可不能闲着。搞科研吗？想在学术上有话语权，科研自然是少不了的，发SCI、报国自然，刻苦一点也不是遥不可及。但是若想做查房走在最前面的那个人，学术之外的功课一点也马虎不得。

那部日剧里医学圈也是一个名利场，对主任位子的争夺成了一场对政治思维的考验。男主风头太健引起了老师兼上司的不适，因而在他的晋升路上制造了许多阻碍，任何事在没有落袋为安之前韬光养晦，保持足够的低调是最明智的。老主任是我读硕士时的导师，一直以来我的眼勤手快、鞍前马后让他极度舒适，对我也是大力提携。多年后，我总算爬到了离那个位子最近的地方，登顶只差最后一跨。

擒贼先擒王，必须搞定你能搞定的对这事起最大作用的人。院领导再官僚，也不会任人唯亲而弃一个科室的发展于不顾，这时候，即将交棒的老主任的推荐就是定海神针。可导师青眼有加的并非我一个，还有一位副主任也是他的得意门生。按政策专家延聘最多到70，老家伙的退隐就在今年十月，至少在一年前，他都把一碗水端平的杂技耍得稳稳的，丝毫看不出有厚此薄彼的意思。

那位同门师弟似乎很笃定，一心一意在搞一个基因方面的课题。我绝做不到安之若素，如何占得先机让天平倾斜过来，苦于尚无良计。那天，我趴在思虞身上体会做男人的极致快感时，瞬间想明白了这事。

思虞是我当硕导后带的第一个硕士。小姑娘长得像左小青，干干净净又特有灵气的样子。漂亮女孩多得像春天的韭菜，割了一茬又一茬，而有水准的男人才懂得品女人。女人，最重要的是味道，有些人称之为气质，可我还是喜欢把那叫作味道，可以闻，可以尝，可以勾起男人的欲望。

不夸张地说，我曾经也是"院草"级人物，男人四十一枝花，迄今都不缺少仰慕者。用下半身思考的时候一多，难免保密工作不到位，孩子妈不依不饶地闹过几回，花了许多银子才换来雨转阴，再转多云。晴的日子是越来越少了，我真不想看到那张欠钱一样的脸，情愿在办公室待着也不愿回家，就像现在这样。

思虞的出现，在我头顶阴沉的天空撕开一道大口子，豁亮豁亮地罩住了我。我爱她透明的笑容、柔软的身体，不可自拔。她说她爱我的一切一切，从每一个细胞到每一节骨骼，从每一根头发丝到脚底的老茧，爱我的黑框眼镜和那颗早该拔掉的智齿。

思虞毕业后，我托关系把她弄进了市里的一所三甲医院。说实话，她凭自己的能力也会有不少好的选择，而我主动张罗这件事，除了借此显示能耐，还希望她能留在这座城市，同时又不希望她进我的医院。别的不说，仅仅想象导师会用什么样的目光抚遍她的全身，我就有一种把羊送入虎口的感觉。

我买了套公寓，只写她名字，她配得起最好的。这几乎花光了我所有私房钱，可我一点都不心疼，有手中这支笔，钱还会源源不断的。

思虞真是个乖女孩，除了上班，她几乎都在小爱巢安静地待着。潜意识里那儿才是我的港湾、我的归宿，我们对探索彼此的身体有着无穷的兴趣。我疯了，仿佛回到 20 年前，不知疲倦地与她痴缠，想把她揉碎，吞进肚子里，真正与我融为一体。每次狂风骤雨过后，我抚摸着羊脂白玉般温润的思虞，都忍不住喃喃低语："思虞，思虞，你等着我，等着我……"

离婚是必须的，但对事业上还想再进一步的我来说，眼下离婚的风险是巨大的。思虞愿意等，也让我更加心疼。主任的位子志在必得，然后才能拥有思虞，才有能力给她应有的一切。

我在思虞身上悟到的良计其实就是投其所好。我是男人，自然知道男人最想要什么，无非是权力、金钱和女人。前两样老家伙自己搞得定，从他年近七十仍精光四射的眼神看，对女人的胃口显然超乎常人。这一点我有十足的把握，说起来我才是最得他衣钵真传的弟子。

在工作中交出 100 份漂亮答卷不如和关键人物一起干一件坏事儿。从此导师越来越多地带着我在全国各地飞，我周到地安排好一切，然后用一种发自内心的无比虔诚的表情欣赏他台上学者桌上好汉、晚上更加精神焕发的风采。我一步一步地走，在医院的呼声越来越高，胜券一点一点在握。终于在两个月前，老家伙向我透露，关于继任者领导已经征求过他的意见，从业务能力和管理水平综合考量，他提出我更为适合。而上个月，那位埋头苦干的师弟在发完论文后辞职去了深圳，人家懒得和我玩儿。

微信来了，是思虞。我第一时间迫不及待地和她分享了好消息，她想和我一起庆祝。

"宝贝，不急这一两天，等一切尘埃落定，咱们再狂欢不迟。"其实我比思虞更迫切，只是小不忍则乱大谋，我将是医院最年轻的临床主任，嫉妒的人不会少，公示期这节骨眼儿上怎么小心都不为过。

我准备从今晚开始下班后哪儿都不去，按时回家吃饭陪女儿。7 天很快的，兴许还没咂摸出味道就过去了。

电话响了，纪检书记让我去他办公室一趟。看看表，还有 10 分钟就下班，任前谈话似乎也早了点，一路上我满腹狐疑。

门轻掩着，监察室主任也在，纪检书记面无表情：

"下午你爱人来反映了些情况，医院班子刚讨论过，现在找你来，有些问题需要了解核实一下。"

不是每个故事都有结局

敲门。得到请进的应答后，我推门而入，比以往任何一次都感觉轻松。

就快结束了，这一切！我递上假条。

"什么情况？"领导一反往日的威严持重，询问中带着关切，这种状态的交流，我不太习惯。我们之间只谈过工作，他永远对效率不满意，不断有新任务压下来，好像人生只有工作，不需要私人时间，甚至睡觉都是浪费。

除了汇报工作，我和他也没什么好谈的。他只批过女同事的保胎假，我不生二胎，也就无缘休假。这几年，随时加班，手机里满满的待办事宜，没有假期、没有旅游、没有赏花看云的闲逸。睡眠越来越浅时常惊醒，我陷入深深的忧郁，反问自己，这样的生活有何意义？

拿出诊断报告，默默递过去。上面写着：溃疡性胃癌，晚期。

回到办公室，我把科里人都找来。各项工作列好了清单和流程，照做便是，所有的联系电话也移交了，缺了谁地球都一样运转。

只说自己休假陪老父亲出国旅游，联系不方便，重要事情直接请示分管领导吧。病情只有老大知道，请他先勿声张，我需要一周的时间处理个人事务，然后会积极投入治疗。

开始收拾私人物品。最多的是书，日记本，瓶瓶罐罐，值班的洗漱用品，桌上的照片。拷走电脑里的个人痕迹。文件柜的锁坏了很久，一直忘了叫物业来修。它们都曾为我所用，却从不属于任何人，物安在，人将非。

窗台上几盆多肉依然饱满，不知道植物是否有记忆，原本平日对它们不够精心，这样也好，相忘不会太难。

最后一次打扫干净办公室，关闭所有电源，Game Over！26 年的职业生涯就此别过。

我一个人住，还没有离婚，估计也不用离了。

三个月前他搬出去，原因是这个家早就没有了温暖。一切都隐藏得很好，表面上我一直拥有正常的完整。我没去寻过他躲进了谁的温柔乡，这么多年了，没有 A 也会有 B，他那一副好皮囊和光鲜的头衔，何曾拒绝过隔壁花香？

女儿大学就在国外读，她自己选择的。

我一个人住，一个人面对。

我静静瞅着胃镜报告上那张血糊糊的影像。夸张狰狞的腔道、深浅不一的红、发黑的凸起肿块，真是丑陋啊。我撩起上衣，盯着胃所在的那一圈，腹部看上去白嫩平坦，难以想象其下包裹着那么丑陋的秽物。它们将一点点吞噬我，直至一起化为乌有。

切片的确诊结论不足十字，毫无商量的余地，就这么判了我死刑，叫人怎么服气？凭什么？凭什么这几个字简单组合一下我就必须屈从？它们在纸面上漂浮着，得意地嘲笑我，我伸手去抓，却屡屡扑空。若被我抓住，定要扯个稀巴烂，然后扔进马桶冲走。

泛上来一阵恶心，发源地就是那个丑陋的所在吧？天色渐暗，我没有开灯，径直爬上床。房里黑咕隆咚，像个大匣子，装着尚且还有具体形状的我。我瞪着天花板的某处，那里应该有一条缝，不过现在看不真切。想到一句诗：黑夜给了我黑色的眼睛。写这句诗的人已疯狂致死，而我还活着，至少现在活着。

为什么会是我？医学从不会回答这个问题，他们只负责侵入、切割、修补，痊愈和感知是患者自己的事。轮到你就是你了，想再多也无济于事，还是尽早开始治疗吧。

庙里师父会告诉你，前世作业今生报。少年失母、中年失婚、现在还要被夺去生命，我的前世到底是个怎样作恶多端的人，今生落得这样的报应？

作为医学从业人员，能更快地接受事实，可悲的是，也注定无法消除更深的绝望和恐惧。见得太多了，太多不好的结果。

我不想受折磨，那些毫无意义的，却被溺水者当成救命稻草的折磨。

女儿总是忙忙碌碌，连一周一次的视频通话都保证不了。在我的强烈要求下，才每天回到宿舍报个平安。眼下不想让她分心，先瞒着吧，到瞒不住再说。

想去看看父亲，阿姨说单位安排退休的老同志去山里避暑了。父亲的电话我几乎不打，他几乎听不见。老人听不见是福气，父亲每天都乐呵呵的，万事不叨扰。

姐姐们各忙各，美食、打牌、旅游，九宫格张张明媚灿烂。我拨通弟弟的电话，他们一家在海滩，听筒里传来浪的欢笑。让幸福多停留一会儿吧，下次你们来看我时，难免要强装笑容。真不想这样啊，即将让亲人们忧心了。

注册了一个云盘，将所有照片按时间顺序存档。这件事花了我两天时间，照片太多了，手机、空间，零零散散。我一边回忆一边整理，好似又活过了一遍。社交网站里的我，是个多么阳光自信的女人啊，就让她以这样的姿态永远活着吧。

跑去照了一套古装写真。小家碧玉、雍容华贵、衣袂飘飘，汉服和旗袍，过足了瘾。我前世的前世，该是个美好善良的姑娘吧。

然后是我的那些文章、日记，还有书。

文章各自在文集里，要做的也是备份。它们给了我太多的快乐和力量，无数个夜晚，我们相依相伴、彼此成就。不知道将它们留给谁，也不知道谁会愿意读这些，以后都与我无关了，那是文字的宿命。

书架上有我最忠实的朋友。一道道书脊俊俏地挺立着，作者的名字排在下面，有的醒目、有的淡然。张爱玲、三毛、萧红、老舍、钱锺书、陈忠实、海子，还有一些20世纪的大文豪，他们都去了天堂，只有文字得以永恒。我以前从未意识到，每晚的阅读几乎都是在和远去的灵魂对话。如果有书的话，无论在哪儿，日子都能挨下去吧。

还有几本发黄的日记。那个小姑娘成天地写呀写呀，喜欢的男孩连打个喷嚏她都觉得不同凡响。我清楚地记得那张脸和特有的无辜的表情。从用手机开始，他的号码一直躺在联系人里，主叫被叫都为零。

第二天下午，我在那座小城的茶馆里等一个人。他说喝不惯咖啡，而且依然不守时。女人愿意付出耐心等待男人，通常只有一个原因。

风风火火径直找到卡位坐下，他说一眼就看到了我，连背影都没变。

他呢，好像变了，肉多了、横了，不说话的样子有些凶巴巴。又好像没变，说话直溜溜不拐弯，眼里的真诚和从前一模一样。

他过得不错。小领导当了8年，升迁基本无望，炒炒股、钓钓鱼倒也自得其乐。妻子还年轻，正准备二胎。这些我陆续听说过，当真实的他坐在对面，把几十年的日子轻描淡写地吐露，还是让人有些恍惚。

我突然出现在这里的理由是出差。

茶过半盏，我并没说近况，他又追问了一次，便只挑顺遂的说，他大概也略知一二。

当年的趣事，他记得的不多，我描述那些细节，换来一脸的茫然。我不管，依然兴高采烈叽喳不停，他的眼睛在微笑，这样很好。

我说，送你张照片吧，是毕业那年在操场拍的，保证你没见过，小姑娘可好看了。

照片是唯一的一张，我保存了20多年，今天终于交到对的人手里，有些东西是属于他的。

他盯着泛黄的照片有些出神：

"还真是好看呀！当年怎么没发觉……"

"你那叫有眼不识金镶玉！可就剩一张了，记得收好啊，丢了你赔不起的。"

"一定！等 60 岁时咱们一起看！"

这话说的，我的泪几乎就憋不住了。

分别时第一次抱抱他，也是最后一次。原来他是这样的温度、这样的味道，很暖和、很好闻。

5 天后，林芝姹紫嫣红，南迦巴瓦峰雄奇当前，一切都显得渺小、轻灵，包括死神。

我在一片惊叹声中接通电话："请问是林女士吗？实在不好意思，上次的切片结果可能有点误会，您什么时候方便来医院一趟吗？"

山高路遥，我太不方便了，真恨不能变成一只大鸟飞回去。

差点出人命啊，亲爱的同行们……

我爱上了一条蛇

N 市新近上榜了世界动感之都，全城人民群情激奋、斗志昂扬，在新市长的策划下，正筹备一场前所未有的体验活动。由电脑随机抽取五位市民，复制个人所有物理结构、信息内容，再重新进行基因排列，保留原有意识形态，利用 3D 技术打印成一种动物，任其生存 3 天，然后原路变回人类，重归正常生活。简单说，就是选五个人做 3 天动物，再重新变回人样，该干嘛干嘛。

市政府还专门下文，此次体验活动是 N 市的城市形象建设工程，各单位和家庭须积极配合。凡被选中参与的市民，按因公出差的上限标准予以补助，同时有义务为相关部门和科研机构提供所需研究素材。卫星定位全程跟踪，参与者可自动发送求救信号，确保"人"身安全。活动圆满结束后，由 3D 公司赠送参与者大溪地 6 日游家庭套餐，价值 68000 元，有效期一年。

这么好的事和我有啥关系？电视里开始放广告，大溪地像一块蓝汪汪的水晶，美得让人窒息，我一边拖着地，一边忍不住瞄上两眼。除了常收到骗子发的中奖信息，我这辈子还从没有过天上掉馅饼的惊喜。

你们大概猜到了，这回馅饼真的砸我头上了，而且是一个巨大的法属波利尼西亚馅饼。

周五下午正百无聊赖地等下班，刚抢到两张特价电影票，是一部据说画面美到哭的动画片。得先瞒着老公，上次拉他陪我看《哪吒》，干脆在电影院睡了一个多小时，呼噜打得旁边的小朋友都提意见了。不过这次的体验活动他倒是挺感兴趣，说可以生而不为人，机会难得。

人事部门来电话让去一趟，一份盖着大红圆戳的通知是给我的。通知要求，今晚九点到省科技馆报到，我是那 1/5。

人有点儿懵。好像应该高兴，又觉得有些害怕，完全想象不出接下来会发生什么。打电话让老公来接我，得让他帮着捯捯。

真是有心栽花无心插柳，他用特别嫉妒的眼神看着我，完全不担心他老婆是会变成一头猪还是一条鱼，这两天怎么活下去。

男人哪里靠得住？等我变回来，再想清楚和谁去大溪地的问题。女儿参加了学校组织的游学美国夏令营，这会儿正在黄石公园呢。我再没啥可牵挂的，眼一闭心一横，赴汤蹈火去也。

我并没有见到另外4位幸运儿，每个试验单独进行。看一群科研人员严阵以待的场面，没想到我居然成了科幻大片的主角。

"可以自己选择当什么动物吗？"操作员示意我躺在一个大型仪器的平台上，和做核磁共振差不多。

"不可以，都是随机抽取！"他正全神贯注盯着显示屏，毫无商量的余地。

我做过科研课题，知道随机试验的必要性，遂乖乖闭嘴，只在心里默祷着，请把我变成一只美丽温柔的宠物吧。要是变回来的时候给能我补充点儿胶原蛋白，再把眼睛弄大点儿就好了，P图也不用P得那么辛苦。

一觉醒来，我变成了一条蛇。

不用照镜子，一回头看到自己长而蜿蜒的身体，我就知道自己是蛇。一直都觉得，蛇是比老虎更令人不寒而栗的，真是怕什么来什么。

打小骨子里就没有异想天开的细胞，五讲四美三热爱地长大，再因循守规地向老，没有说明书玩不转任何电子产品，做个新菜都要对着菜谱来。我这样的人，变只小白兔、小花猫什么的属情理之中，或者当一回金丝雀，也算圆了食来伸喙、被人金笼藏娇的美梦，可怎么偏偏就变成了一条蛇？

我怕蛇一类的爬行动物，非常非常怕，连带黄鳝、蚯蚓都只恐避之不及。那种滑溜溜的触感，悄无声息地潜行，一想到我就头皮发麻，若眼前真有一条蛇吐信子，必定尖叫不止、鼠窜而逃。可现在我自己就是蛇，逃到哪里都是蛇，蜕一层皮也还是蛇。这几天里，怕也好、喜也好，都改变不了做蛇的命运，如果是一条明智的蛇，会选择既来之则安之。

于是，在这个周六的清晨，骄阳正喷薄而出。郊外草地上，一条新蛇，正努力说服自己去接纳自己的身体，不再害怕。

从地底传来的滚滚车轮声使我冷静下来，意识到"蛇"身安全第一。于是先把惶恐放一边，打量起周围的环境。

试验人员考虑周全，将我投放在一个池塘边的草地上，不远处有一丛矮矮的植物，也不知是什么，不过直觉躲在下面更隐蔽些。我不想暴露在光天化日之下，更不应该去吓到和原来的我一样，对蛇毛骨悚然之人。

我开始了有生以来第一次爬行。很自然就会了，腹部鳞片稍稍翘起着力于地面，然后肌肉依次放松推动身体向前移动，并非我原来以为的滑行。

在树丛的荫护下，我觉得踏实多了。正好旁边有一汪浅浅的水坑，看起来还清澈，也顾不得许多，先探头喝了几口。做人的知识告诉我，喝水可以压压惊。

虽已为蛇身，还终究怀着一颗女人心，我很想知道自己长什么样。并不知道蛇界的美丑标准，我只能以惯常的眼光看，觉得自己还算一条美蛇。

我是一条色彩斑斓的蛇。体态匀称纤长、鳞片细密亮泽，还应该是一条年轻的蛇。背部黄褐色，一圈圈的黑色环状花纹，好像被一条横纹直筒长裙包裹，简约不简单。腹面的皮肤是带一点橘色的黄，低调中透着奢华。坑里还有些水，隐约能照见我的面容。圆润的三角形，很遗憾眼睛太小，不过好像蛇都是这样，大约也不需要割双眼皮开眼角吧。找不到鼻子，可为什么不觉得憋气呢？真可惜，做人的时候，我脸上长得最周正的就是高挺的鼻梁了。我把舌头伸出来，现在应该叫吐信子，细细长长，前面分成两个小叉子，我不太喜欢那两排小小的牙齿。我进行了一次深而长的呼吸，以求尽快镇定下来，空气清新如洗，有一种特别亲切的味道。

接受了自己的样子之后，我有了些为蛇的自信。虽然只有3天，也要做一条冰清玉润的气质蛇，力争在蛇界留一个优雅背影和美丽传说。唉！也不知道蛇有没有背影这一说。这没手机还真不方便，有哪些古今中外的名蛇轶事可以参照学习，我只能搜肠刮肚。

大学时排过话剧《毒蛇的自白》，俄国小说家安德烈耶夫写得沉博绝丽，我看可以在蛇界名垂青史——

      我从来就是迷人的，温柔、多情、知恩报德。而且聪明、高尚。我匀称的身子曲曲弯弯地游动时，是那么绰约多姿，你准会乐于观赏我静悄悄地舞蹈。瞧，我盘成了一圈，暗淡地闪耀着我的鳞片，温存地自我拥抱着，这一次次温存而又冰冷的拥抱，使我如钢铁一般坚韧的身子日益粗壮。天地间，独有我是出类拔萃的！出类拔萃！

我不是毒蛇，不求出类拔萃，当临事柔软、度日安详，不可有玷污蛇之清誉的行为。

白素贞是条好蛇，可怎么就相中了许仙呢？能被一条蛇吓死过去的男人，简直就是个巨婴嘛！换作我，才不要这种手无缚鸡之力的书生。

伊甸园的蛇是魔鬼，引诱夏娃和亚当偷食禁果，使人类承受苦楚。而蛇也受到上帝的诅咒，从此用肚子行走且终生吃土，导致我这几天将承受同样的苦果。

从小学过《农夫与蛇》的寓言，老师告诉我们对恶人不能心慈手软，那条恩将仇报的蛇，在我曾经幼小的心灵里是邪恶的化身。其实长大后有时会觉得农夫是被自己蠢死的，蛇苏醒后攻击人是自我防御的本能，连这点常识都不懂，真不是一个合格的农民。

最感动爸爸讲的故事《人心不足蛇吞象》，那条善良敦厚的大蛇让我好想抱一抱。后来才知还有一句"世事到头螳捕蝉"，都是说人贪心太过，反误了卿卿性命。我不贪心，我只贪大溪地的美色。

葫芦娃里的蛇精脸现在都成网红了，还有许多和蛇有关的成语，褒贬不一……

这时忽然听见一阵轻慢的脚步声，在不远处停下来。我的视力不太好，模模糊糊看到他戴一顶草帽，好像在张罗鱼饵鱼竿，坐下来后就一动不动了。他离得很近，我闻到了人的味道，生出几分不安，乖乖地蜷缩着，不敢弄出半点动静。八月潮润的土壤在身下悄然萌动，一种似曾相识的暖洋洋的感觉渐次涌上来，我又开始睡意蒙眬。

也不知睡了多久，被一阵哭泣声吵醒。是个女孩的嘤嘤哭泣。

我懒洋洋地立起头，花了几十秒才意识到自己还是一条蛇。阳光透过树丛的间隙，在我颀长的身体印上淡金色的花纹，日头快要西沉了，我居然睡了这么久。看来在这件事上，做蛇比做人惬意太多。

池塘边有一双人影，白色的长裙应该是姑娘，另一位高大些，是个小伙吧。我看不清他们的脸庞，有时候视力不好真是急死人。好在蛇的嗅觉灵敏，我闻到一股甜蜜而忧伤的气息，那是爱情的味道吧？试验确实没有改变情怀，我是一条文艺女蛇。

我不是有意偷听，是你们吵醒了我，这儿蛇生地不熟的，也没其他地方可以回避。

大致是这样的：他们可能是同学，男孩要去外地上大学，女孩落榜了准备出门打工，二人正依依惜别。一双影子时而重叠时而分开，手却是一直牵着。山无棱，天地合，才敢与君绝。只愿君心似我心，定不负相思意！虽然我早已客观冷静，但深知绵绵情话对18岁的杀伤力。女孩一会儿低低饮泣，一会儿又破涕为笑，小伙儿可以呀，书读得不错，还是撩妹高手！

如此美丽的哀愁，亦令蛇垂泪。夕阳西下，断肠人在天涯，只是没有瘦马，也无昏鸦，只有昏蛇尺余长。

我有点想家里那位了，也不知他在哪里潇洒度周末呢，他会担心我吗？当初我们也有这样的辰光，信步半座城都不觉累，哪儿人少往哪儿钻。可结婚后把孩子一生，浪漫全灰飞烟灭了，连渣都不剩。唉，婚姻真是围城！

天慢慢暗下来，二人相牵着走了。他们会去哪儿呢，我有些想入非非了……世间的情就是这样，但凡能依了此刻的心，又如何去论对错？若相爱，请深爱！虽有那"东风恶、欢情薄"，又难舍"金风玉露一相逢，便胜却人间无数"，也免得经年后终逃不脱，再"穿越大半个中国去看你"。

周围已空无一人，不远处传来蛙鸣，我甚至听得出鱼儿在池塘里优哉游哉。趴了大半天都快僵了，有夜色笼罩，我决定出去活动活动。

游走到塘边，波光如鳞让我兴奋，不由自主潜入水中，身体完全舒展开来，真真凉爽畅快。原来游泳是如此快意的事，那个做人的"我"却不曾领略。水里有些小虾，好像是美味，我有点饿了，张口吞下几个。那些小蝌蚪我舍不得做食物，小学语文书里教过，它们的妈妈会着急的。好在蛇的胃口很小，我几乎不怎么为觅食发愁，第二次觉得做蛇也挺不错的。

水里不好待太久，我上得岸来，找到一块大石头，盘在它脚下。夏夜旖旎、赏月听风，最适合酝酿，怎能没有好文章？

有一道黑影正往这边移动，好像也是一条蛇。这都憋一天了，连个说话的蛇都没有，终于得见同类，我激动地探起身，想让他看见我。

他果然回了头，踟蹰片刻，向我这边游移过来。真是太走运了！这是一条男蛇，而且颜值超高。我不知该怎么形容一条蛇的清朗俊逸，反正仿佛是罗晋迎面走来，我瞬间面红耳热、怦然心动。

怎么会这样？虽然我蛇的外表韶华正好，可内心并没有变化，罗敷自有夫，怎可春心再动？也没什么啦，追剧不就是看帅哥嘛，靳东、罗晋这样的哪个女人不爱呀？毕竟还要待两天，多个朋友多条路，有伴儿聊聊天也不错，何况长得还很帅！

"嗨，你好！你是新来的吗？"小晋蛇君并不知我欲拒还迎的纠结，他的眼睛在月光下闪闪发亮。这个名字挺适合的，就这样啦。

"是啊！初来乍到，还请多多关照！"怎么一股子东洋味儿，我暗自懊恼。

接下来的夜晚不能再美好。皓月当空、蝉鸣如瑟、心甜意洽、相谈甚欢，赶走了所有的燥热。我满心窃喜，实不枉为蛇一回。

夜已深了，忽然响起一道刺耳的刹车声，我们赶紧钻进石头下的缝隙处。他说无需害怕，人类只关心自己的事儿，我们别让他们发现就行。我真的一点儿都不怕，这是一条让蛇好有安全感的蛇。

下来三个男子，酒味污浊不堪，他们抬出一个人放在草地上。天哪！是个女孩，衣衫凌乱、人事不省，不知是不是被下了安眠药，任他们摆弄着。这姑娘危险了，这是一伙禽兽，可怎么办？我只是一条蛇，眼看罪恶就在眼皮底下，却连报警电话都打不了，急得我不安地蠕动着。

小晋蛇君低声叮嘱我藏好了不要乱动，他去想办法。我看着他游进水里，心咚咚狂跳不止，既担心他的安全，又着急时间紧迫不知是否来得及。

姑娘被丢在草地上，那帮坏蛋走到池塘边方便，烟头一明一灭，水面上飘散着他们不堪入耳的脏话。我乖乖地伏在原处，愤怒超越了惧怕，真想一跃而起咬他们一口。小晋蛇君怎么还不来呀？马上来不及了！

他们都带五分醉意，脚步趔趄地往回走，忽然听见一声惨叫，一男子抱着脚倒下身去，马上叫声迭迭。好多蛇从四面快速包抄过来，地上蠕动着黑压压一片，领头的正是小晋蛇君。被咬了的汉子连滚带爬，狂呼哀号，不停跳着脚躲避。其余两位貌似也遭到了袭击，被蛇们包围住，场面密密麻麻好不壮观。我看抗战片都没这么热血沸腾，立马从藏身之处爬出来，给他们呐喊助威。那几个坏蛋落荒而逃，发动汽车一溜烟儿跑了。

那一刻，小晋蛇君自带着光环，形象特别高大威猛。我像在演唱会的现场，嗓子都喊哑了。

"唉！唉！醒醒！醒醒！做什么梦了？好家伙，这一通大呼小叫的……"

老公打断了我的好梦。72 小时的蛇生只演绎了 1/3，说不定我还有机会成为蛇首夫人，就这么生生被拽回了人间。

"老公，我做了一个梦，和蛇谈了一场恋爱。"

"傻了吧，蛇哪有我帅？女儿来微信了，你不和她聊聊？"

我还在迷糊中，看着递手机过来的老公，眉眼有点儿像小晋，以前怎么没发现呢？

后记

小时候的夏夜，我躺在父亲的臂弯里听故事。父亲只念过小学，他肚里的故事全是从戏文中得来，每一位落难书生最终都会考上状元，与苦等他的小姐共赴荣华。在我懵懂的意识里，状元大概不难考，只是去往京城的路很远很远，够小姐等几年的。有些故事听了许多遍仍觉津津有味，满布天幕的星星也在一眨一眨地偷听，直到我沉沉地睡去。

等识了些字，父亲会不断地买回童话书，我满脑子装的都是王子和公主、阿凡提和阿里巴巴、一千零一夜的神秘刺激，那些故事里有父亲未曾见过的世界。夜晚的墨色天空中有时会有流动的亮点，那是飞机。我连火车也没坐过，听大人说飞机可以去外国，外国在地球的另一边，戴着皇冠的国王和王后住在美丽的城堡里。

后来我看了很多故事。某天，合上一本书的瞬间，一个念头兀自蹦出来，它新鲜而顽固地疯长，再不肯安分，搅得人跃跃不宁，须得做点什么才好。

因为不晚，所以步缩。写字的步缩，居于滕王阁畔，"秋水"是我用了十年的网名。身为一名医务工作者，和大家一样，从小爱看书、爱写日记，许多话宁愿落在纸上而不是轻易说出口。我告诉自己，只要心中的小火焰闪闪不息，任何时候开始都不晚。至今仍怀梦想，并且还为她坚持，这让我走在阳光下的时候感觉十分欣慰。

那个念头是，我想写故事。于是有了它们。

我眼中的世界都在写的故事里，有你、有我、有冀、有叹，流水以述、将心捧出，给安静的你。

2020 年 10 月于南昌